意境論的形成

——唐代意境論研究

黃景進著

臺灣 學生書局 印行

總　序

龔鵬程

　　我們在看畫、論詩、品茗、聽曲、欣賞風景時，常可以聽到：
「嗯，這幅畫好，意境很高」「這首歌很有味道」「不錯，這茶喉
韻很好」「這個作家性靈洵美，才華洋溢」「這詩風神搖曳」
「呀，這景觀氣象萬千，大氣磅礴」……這一類審美判斷語。

　　這類用語，往往可以概括我們對一個人一幅畫一首詩一處風景
的整體觀感。例如那個人的髮型、衣著、五官、修短、談吐、舉
止，整個人給我們一種感覺，讓我們發出：「這個人真有味道」的
讚嘆。或者說是品味、趣味、人情味等等。這品味云云，就是審美
活動的綜合判斷，用以說明我們對該事該物的理解與審美感受，也
用以指該事該物的性質。當然，有時這些用語只是分析性的判斷，
指該事物的某一部分特點和我們對某一方面的感受。

　　換言之，我們通常總要依靠這些語詞去描述審美經驗，說明審
美對象。可是，這些語詞，在現今這個時代再繼續使用時，卻可能
遭到一些質疑。比如一位外國人或許就不太能理解「詩有味道」是
什麼意思，或神韻、才氣、性情、興象確切的含義為何。許多現代
的讀詩者，看見古代詩話詞話中充斥著這類語詞，也常感難以捉
摸，不知韻、趣、味、氣、品、情、風、神、靈、意、境、界等字

詞到底是什麼意思，為什麼它們好像又可以隨意組合，變成韻味、品味、趣味、風味、情味、神韻、風神、風氣、風韻、韻趣……等等。這些語詞，用在文學及藝術批評上，好像也只是表白了觀覽者的印象概括，並未真正說明審美對象的性質。

臺灣在七十年代中期曾經因此而引發了「中國究竟有無文學批評」「中國傳統文評只是印象式批評」的爭議。爭議的靶垛之一，就是這類用為審美批評的語詞涵義不明或不夠精確，令人難以把握。當時大力推介新批評來臺的顏元叔先生，為黎明出版公司策編了一套《西洋文學批評術語叢刊》，大獲好評。相較之下，中國文學批評的這些語詞，如果也能稱之為術語的話，似乎誰也搞不清楚這些術語的涵義、指涉、起源、演變、與之相關的文學觀念、流派、現象為何。因此頗有人主張不應再使用這些陳腔爛調，講那些氣味神韻、摸不著頭腦的話，如此，才能建立起真正的文學藝術批評。

可是，文學藝術批評的術語，不只是一些描述語，它同時也是一個觀念的系統。談意境、重才情、說韻味的評論體系，正顯示著論文藝者是秉持著什麼觀念在進行其審美判斷。術語，其實就是一個個觀念叢聚之處。我們對傳統術語不熟悉、感到陌生、難以理解，實質上即是因為我們業已與傳統有了隔閡，不再清楚整個傳統文藝評論的觀念與體系了。故目前不應是拋開這些術語。拋掉它，事實上就是拋掉整個傳統文藝批評。而是首先應充分去解釋說明這些術語及其相對應的觀念，然後再看它能否與現代或西方之文評觀念對話。

基於這樣的想法，我們也曾於八十年代的《文訊》月刊上開闢

文學批評術語解釋的欄目，每期以辭典式的體例簡釋數則文學批評
術語。但正如前文所述，術語往往涉及複雜的觀念問題，不是簡單
幾句話就講得清楚的，所以大家眾議僉同，應就中國文評部分，仿
西洋文學術語叢刊，另編一套中國文學批評的術語叢書，詳細說明
每一個批評概念的義含與歷史。

　　這個工作由二十世紀八十年代末期開始，因人事倥傯、俗緣紛
擾，到現在才能逐步完成，實在非始料所能及。但成事之難，適可
見我們對此事之執著不捨。畢竟這是我們長期的心願，認為唯有講
明這些觀念與術語，才能說清楚中國文評到底是怎麼一回事。不達
成這個目的，我們是不會甘休的。

　　幹這場大事，我們的同夥人數眾多。總召集是黃景進。我負責
敲邊鼓，擂鼓進兵，所以總說明這篇序，就由我代執筆了。

二〇〇四年五月

前言（代序）

　　大概自王國維《人間詞話》問世以來，意境與境界問題，就吸引學者的高度興趣，如今，若說意境❶爲文藝美學的重要概念，相信不會有人提出疑問。有關意境的討論文字，可說層出不窮，在1990 年，閻采平曾歸納意境的研究爲五個方面：第一，意境的界說；第二，意境的結構與特徵；第三，意境理論的歷史形成過程；第四，王國維意境論的評價；第五，意境和意象之間的關係❷。如今時間雖已超過十二、三年，但是，關於意境的研究，似未超出此五大範圍之外。本書選擇第三個範圍爲研究主軸，是考慮到這方面所處理的問題比較基本、具體，並且可以提供其它方面的重要參考。

　　談意境論的歷史形成，通常是以王國維的詞論爲意境論的完成者（或集大成），然後往上溯，至少必須談到唐代的意境理論。而唐代意境論又非空穴來風，於是又可以往上追溯，甚至可以由六朝的意象論遠溯至《易傳》的意象哲學。因此，如果要完整呈現整個意境論的歷史形成，其時間跨度很大，內容複雜，若由一人撰寫，

---

❶　意境與境界兩個概念有重疊之處，談意境問題常不免要涉及境界的概念，爲避免行文煩瑣，以下僅用意境一詞，實則也包括境界問題。

❷　閻采平〈近十年來意境研究述要〉，《北京大學研究生學刊》，1990 年第 4 期，頁 17。

可以想見，其負擔非常沉重，即使勉力完成，其成果亦恐不免流於粗糙。故筆者商請楊玉成先生合作，即由筆者負責撰寫唐、五代以前部分，而楊先生則負責撰寫宋以後部分。我們認爲，到了唐、五代已經正式出現意境理論（主要在詩論方面），而宋以後，不僅在詩論中有新的發展，且又擴充至詞論、曲論、小說評點及畫論等藝文範疇，意境終於成爲中國文論與美學中的重要概念，故我們界定唐、五代以前爲意境論的形成階段，而宋以後則爲意境論多元發展階段。

就中國整個意境論的發展看來，唐代是意境論的形成期，同時也是意境論發展的第一個高峰。除了詩論以外，在書法與繪畫品評方面亦出現「境」此一概念，詩論方面的表現較爲凸出，在創作論與批評論方面均已使用「境」的概念，內容豐富，可以說：意境論的重要觀念在這個時期已經基本建立。並且，影響唐代意境論形成的因素相當複雜，既牽涉到兩漢至六朝文論的發展，也牽涉到儒釋道等三家的思想，爲了較充分說明意境論的形成，有必要將唐代（包括五代）意境論視爲一獨立單元加以研究。這本小書由筆者撰寫，重點在探討意境論的形成，而以唐、五代爲限。由於境字是關鍵性字眼，若對此字的義涵未能有清楚了解，很難進行意境論有關問題的討論，故在第一章即先考察境字的本義及其衍變。第二章考察境概念與傳統創作論的結合，這是了解意境論形成的重要步驟，由於牽涉到儒釋道三家思想及兩漢至六朝文論的發展，情況非常複雜，本章選擇一些重點加以分析，希望能勾勒出意境論形成的背景。由第三章至第五章，正式考察唐代意境論的主要觀點，其中，王昌齡與皎然二人的詩論，對意境論的形成具有關鍵性的地位，爲

作較詳細的說明，故分別立一專章加以討論。中唐之後，詩境的觀念已經確立，對心與境的關係、詩與禪的關係均有探討，且亦有一些詩論家（如權德輿、劉禹錫、司空圖等）提出重要的觀點，對王昌齡與皎然詩論均有補充。另外，晚唐五代詩格（如《文苑詩格》）提出意句與境句之分析，不僅對宋以後詩論有影響，且提供一把理解王昌齡「三境」說的鑰匙，亦值得注意。故本書特立「中晚唐的意境論」概括這些說法。

在結論部分，除了簡單概括前面考察的結果外，亦根據筆者所接觸的資料，歸納境字在各種語境的不同用法，以省讀者翻檢之勞。又考慮到「意境」、「境界」此二概念在古代有通用現象，其異同問題常困擾學者，故亦提出具體例子略加分辨。另外，對「意境」此一概念的義涵亦加以總結，除肯定情景交融的主流詮釋外，對其不足之處，亦根據本書對唐代意境論的考察結果，加以說明。最後則舉大家熟知的、晚唐詩人溫庭筠的名作〈商山早行〉略加分析，以印證前面所考察的意境理論。

在意境論的形成與發展過程中，書畫品評亦屬重要的一環，用境字或境界評書畫，甚至早於詩論；在唐代，意與境會的類似觀念亦已為詩畫所共同接受。唯因這方面所得資料較為有限，故未設專章加以討論，謹將所見放在附文中，以供讀者參考。

意境論的形成
——唐代意境論研究

目　錄

第一章　境字本義及其衍變：
先秦至六朝

　　有關「意境」的種種問題，與「境」這個字的用法可說有密切關係，因此，在討論意境理論之前，首要的工作自然是先釐清「境」這個字的義涵。過去學者對「境」字的本義及其一些特殊用法，雖然也有說明，但通常是比較簡略的，也因此，在一些關鍵性的地方，不能解釋得很清楚，甚至會遺漏一些重要的用法。本書特立專章討論境字的本義及其衍變，是希望能較詳細釐清「境」這個字的一些重要義涵，以便於後面關於意境理論的討論，並且，亦使後來的研究者不必重複同樣枯燥的工作。

　　本章的斷限只包括由先秦至六朝這段時期❶，因為到了唐代，意與境的融合已經成為詩學創作論的重點之一，正式出現意境理論。

---

❶　本書雖採取歷時性觀點，但基本上仍以問題討論為主，故分期只求其大概，並不要求十分精確周到。各種分期只代表觀念史的階段性意義，並無政治意涵；為將問題說明清楚，所引證資料亦時有超過自定階段範圍者。

第一節　先秦至兩漢

甲、現實土地的邊界

　　一般學者在考察字的本義時，習慣性地，會先檢查東漢著名經學家許慎的《說文解字》，因為這是一本時代較早、且具有權威性的字書。但是，出乎人意料之外的是，《說文解字》土部中並無此一相當常見的「境」字。幸好，北宋初徐鉉校《說文解字》❷時有增加一些「新附字」❸，在土部所增十三個「新附」字中即有「境」字，而其解釋是：「境，疆也，從土，竟聲。經典通用竟，居領切。」這段話有兩個重點，一是：「境」指土地的疆界；一是：在古代經典中，通常是用未加「土」旁的「竟」字指稱土地疆界，其言外之意就是，竟才是本字，而境是後起字。對於「經典通用竟」，學者已經舉出許多例子加以證明❹，古代經典中常使用竟字指國土疆界，這是沒有疑問的。不過，經典中亦常有從「土」旁的「境」字，甚至在一部書中會出現「竟」「境」二字「雜出」的

---

❷　或以為是二徐（徐鉉、徐鍇兄弟）合校，參見高明《中國古文字學通論》（北京：北京大學出版社，1996），頁12。

❸　「新附字」是在原許慎《說文解字》外新增附加的字，關於徐氏增新附字的背景，參見楊家駱《說文解字詁林正補合編》之〈序〉，及高明《中國古文字學通論》頁12。「新附字」對境字的解釋見楊家駱主編《說文解注詁林正補合編》（臺北：鼎文書局，1977）冊十，頁1252。土部之新附字共13字，境字為第6字。

❹　參見楊家駱主編《說文解注詁林正補合編》境字條下各家注解。

現象，學者認爲此乃後人根據通行的俗字（境）妄改所導致❺。於是，爲求得境的本義，幾乎沒有例外的，學者會轉向《說文解字》音部竟下的說明：「竟，樂曲盡爲竟，從音從人。」❻據此，竟字原本是音樂上的用語，指樂曲之終止，那麼，爲何又可用來指土地的疆界？段玉裁顯然注意到這個問題，故在注中云：「曲之所止也，引申之，凡事之所止，土地之所止，皆曰竟。《毛傳》曰：『疆，竟也。』俗別製境字，非。」這意思是很清楚的，因爲疆界是土地終止之處，於是就借用樂曲終止之竟字稱之。案《說文》田部「疆」下云「界也」，而「界」下云「竟也」，可見「竟」字確與疆界二字義通，故段注於「疆」下云：「然則疆界義同，竟境正俗字。」又於「界」下云：「竟，俗本作境，今正。樂曲盡爲竟，引申爲凡邊竟之稱。」根據《說文》與段注，竟字原義是指樂曲之終止，後引申指土地之終止，故與疆界相通，可稱之爲邊竟。案《說文》邑部「郵」字下云：「竟上行書舍，從邑垂，垂邊也。」❼此處之「竟上」顯指邊境之上，故段注云：「說從垂之意在境上，故從垂。」不過，後來竟字增加「土」旁——即俗字「境」，做爲邊界的專用字，俗字流行的結果，導致竟字指稱疆界的用法被遺忘。（宋）洪适《隸釋》專收漢魏碑碣文字，其中〈張平子碑〉有「境字」❽，據此，從土之境字，亦早見於東漢時期❾，尙古的

---

❺　亦見楊家駱主編《說文解注詁林正補合編》境字條下各家注解。

❻　本文所據段注《說文解字》，乃臺北洪葉文化公司版（1999 年增修一版）。

❼　所謂「竟上行書舍」，意指郵爲邊境傳送文書的站頭，參見劉廣生、趙梅莊《中國古代郵驛史》（北京：人民郵電出版社，1999），頁 131。

❽　楊家駱主編《說文解注詁林正補合編》第十冊，頁 1252，《鈕新附考》

文字學家（如段玉裁）雖貶之爲「俗字」，但後世通用境字（不用竟字）指稱邊界，則爲不爭的事實。根據字形，疆界皆象田地之間的界畫❿，是用以區隔田與田之間的範圍，故《詩經·周頌·思文》云「無此疆爾界」，《詩經·小雅·信南山》云「我疆我理，南東其畝」。田地之有疆界，可能是爲了保護主權，以防止侵奪，也可能只是爲了劃分工作範圍⓫，而無論是何種原因，設定疆界，其目的總在區隔、限定土地的範圍；境的作用，亦是如此。不過，境字雖指土地的邊界部分，但有時也包括邊界之內的土地範圍，在那種情況，境是境內的簡稱。

先秦典籍常用竟（境）字指稱國土邊界，如《左傳》莊二十七年：「（莊）公會杞伯姬于洮，非事也。天子非展義不巡守，諸侯非民事不舉，卿非君命不越竟。」《孟子·梁惠王下》：「臣始至於境，問國之大禁，然後敢入。」《管子·七政》：「故凡攻伐之

與《鄭新附考》。原文爲：「南陽相夏侯湛自涉境以經於諸邑，每縣咨其故老，訪其先賢。」（宋洪适撰《隸釋·隸續》，北京：中華書局，2003二刷，頁194）

❾　案：《太平廣記》卷一百五十七「李敏求」條言及「晉〈張衡碑〉」（「出《河東記》」），不知此碑是否即《隸釋》之〈張平子碑〉，若然，則境字的出現時代，尚有再考察的餘地。

❿　《說文》田部「界」下，段注云：「界之言介也。介者，畫也；畫者界也。象田四界。」疆的本字爲畺，《說文》田部畺下云：「界也。從畕三，其介畫也。」可見疆界皆象田四周的界畫。

⓫　《左傳》記載許多爭奪疆田的戰爭，可見疆界是一國主權的標識，參見杜正勝《周代城邦》（臺北：聯經出版社，1979）頁53。唯從《詩經·小雅·信南山》所謂「我疆我理，南東其畝」看來，疆界的劃分，似乎亦有劃定工作範圍的意義。

爲道也，計必先定於內，然後兵出乎境。計未定於內而兵出乎境，是則戰之自敗，攻之自毀也。」《韓非子·五蠹》：「境內……藏《商》、《管》之法者家有之，而國愈貧。」《呂氏春秋·用眾》：「田駢謂齊王曰：孟賁庶乎患術，而邊境弗患。楚、魏之王辭言不悅，而境內已修備矣，兵士已修用矣，得之眾也。」《戰國策·秦策》：「楚使者景鯉在秦，從秦王與魏王遇于境。」上面這些例子中的「境」（竟）字[12]，顯然皆指國土的邊界。《商君書》中「境」（竟）字出現特多[13]，並有〈境內〉篇論兵戰之法，或許是因爲商君所言皆不出富國強兵之術。由春秋至戰國，隨著國與國之間的關係愈趨緊張，各國皆加緊城池的建築與邊界的防衛，境字的普遍使用，反映出國土主權日益受到重視。可以說，以境（竟）字指國土邊界，自戰國迄今，一直是境字最主要的用法（漢以下即不再舉例）。

　　境、界、疆三字義可相通，故《戰國策·趙策·秦王謂公子他章》云「韓與秦接境壤界」，壤界即接境，但境界並未合爲一詞。境界連用，似從漢代開始，例如：

　　　　劉向《新序·雜事》：「守封疆，謹境界。」
　　　　班昭（曹大家）〈東征賦〉：「到長垣之境界，察農野之居民。」[14]
　　　　仲長統《昌言·損益篇》：「制其境界，使遠者不過二百

---

[12]　根據古代文字學者的說法，上舉先秦典籍之境字，原本寫成竟。

[13]　《商君書》中竟境二字雜出，非常明顯。

[14]　見《文選》卷九紀行上〈曹大家東征賦一首〉。

里。」**⑮**

陳琳〈爲袁紹檄豫州〉：「州郡各整戎馬，羅落境界，舉師
揚威，並匡社稷。」**⑯**

以上是學者所舉出的，茲再補一例：

《老子》第六十九章：「不敢進寸，而退尺。」河上公注：
「侵人境界，利人財寶，爲進；閉門守城，爲退。」**⑰**

這些「境界」複合詞，皆指國土的邊界。有人認爲「境界」連用之
複合詞即始於漢代**⑱**，是否如此，則牽涉到《列子》一書的眞僞問
題。《列子·周穆王篇》云：「西極之南隅有國焉，不知境界之所
接，名古莽之國。」此亦以「境界」指稱國土之邊界。案《莊子·
讓王》已言列子之事，列與莊應相去不遠，列先於莊，故莊子著書
多取其言**⑲**。唯通行之《列子》乃（晉）張湛注本，過去常被認爲
是僞書**⑳**，近二十年來，乃漸有爲此書辯誣者**㉑**──認爲應屬先秦

---

⑮　《後漢書·仲長統傳》引。

⑯　《文選》卷四四檄〈陳孔璋爲袁紹檄豫州一首〉。

⑰　王卡點校《老子道德經河上公章句》（北京：中華書局，1993），頁
271。《河上公章句》成書於西漢之後，魏晉之前，大約在東漢中後期
（見該書前言，頁3）。

⑱　參見薛富興《東方神韻──意境論》（北京：人民文學出版社，2000年6
月），頁25。

⑲　參見葉大慶〈考古質疑〉，收入楊伯峻《列子集釋》附錄三：辨僞文字輯
略。

⑳　參見楊伯峻《列子集釋》附錄三：辨僞文字輯略。

（戰國）古籍。因此，境界一詞始於何時，仍有討論空間。無論如何，至少從西漢開始，就已有「境界」一詞，這是可以確定的，而從上舉資料看來，似從東漢才開始流行。

土地邊界，其範圍是可大可小的，上舉例子絕大部份是指國境，但亦有指縣境者，如班昭〈東征賦〉所謂「到長垣之境界」，「長垣」即為陳留郡之屬縣而已❷❷。

乙、心理認知的邊界

古代的邊界，上面往往種有樹林以為識別兼有防禦作用❷❸，這種邊界，是屬於外在的、客觀的現實。但是《莊子》書中卻出現一種特殊用法，就是以「境」（竟）字指稱認知的對象或概念，此種

---

❷❶ 較重要者，有嚴靈峰《列子辯誣及其中心思想》（臺北：時報文化，1982），許抗生〈《列子》考辨〉（《道家文化研究》第一輯），陳廣忠〈列子非偽書考〉（《道家文化研究》第十輯）。由於帛書本與竹簡本《老子》相繼出土，亦使學者為張注《列子》翻案，如陳鼓應説：「總之，《列子》絕非偽書，它基本上是先秦的作品，只是其中有極少的段落有後人羼入的可能。」——〈論《老子》晚出説在考證方法上常見的謬誤——兼論《列子》非偽書〉（《道家文化研究》第四輯，頁418）。

❷❷ 李善注引《漢書》云：「陳留郡有長垣縣也。」（臺北藝文印書館影印胡克家重校《文選》頁148）

❷❸ 杜正勝曾論古代的封疆形式：「大概聚落的四周有耕作的田野和放牧採樵的草地，往外是邊境林，林外是區脫地，平民不敢也不可輕易去的。歷西周以至春秋，封疆的形式大抵未變。所謂邑、郊、牧、野、林、坰的層次不一定如古書所記的秩序井然，但古代聚落外圍栽種防衛林是可以肯定的。……疆界上種植樹木，或杜或桑，作為標幟。所以封疆就是壘土植樹以疆理土地，素來是諸侯爭奪的對象。」見《周代城邦》（臺北：聯經出版社，1979）頁51-52。

「境」應稱之為心理上的邊界。如〈逍遙遊〉云：「而宋榮子猶然笑之，且舉世而譽之而不加勸，舉世而非之而不加沮；定乎內外之分，辯乎榮辱之境。」另外，〈秋水〉云：「且夫知不知是非之竟，而猶欲觀於莊子之言，是猶使蚊負山，商蚷馳河也，必不勝任矣。」榮與辱，是與非，皆是人們認知上的相對概念，常被用來區分事物的價值，使事物之間形成對立，彷如敵國之間各有邊界範圍，不能侵犯。用境字稱呼這些相對性概念，意味著主觀上的認知已被具體化、實體化，似乎成為事物的客觀屬性。依照《莊子》一書的說法，不能平等對待不同的事物，而喜歡由差別對立的角度區分事物的價值，正是人們認知上的習慣❷❹，而由於這種根深蒂固的習慣才造成各種衝突❷❺，為人類帶來無數煩惱與災禍。為了打破這種固執差別對立的認知態度，莊子贊成老子之「絕聖棄智」❷❻，提倡「齊物論」，修煉「坐忘」❷❼工夫，並提出一種「無竟」的概念，如〈齊物論〉云：「和之以天倪，因之以曼衍，所以窮年也。

---

❷❹　《莊子·齊物論》稱之為「成心」。

❷❺　包括人與人及人與物的對立衝突，也包括人自身認知觀念上的對立衝突。

❷❻　由於郭店《老子》竹簡的出土，學者已懷疑《老子》並未提出「絕聖棄智」的觀念，主張「絕聖棄智」的乃是莊子學派。

❷❼　《莊子·大宗師》：「顏回曰：墮肢體，黜聰明，離形去知，同於大通，此謂坐忘。」楊安崙解釋說：「大通即大道，要求體道之人離形去知，既忘我，又忘物，做到物我兼忘，身心諸遺，這樣生死、是非、美醜、善惡都齊一于道，去掉一切物欲，一切人間的煩惱，人類就可以延長其生命過程，達到養生、全身的效果。」（《中國古代精神現象學——莊子思想與中國藝術》，頁 87）。可見坐忘實是齊物的修養工夫，而去掉各種差別對立的價值觀為重要的環節。

忘年忘義，振於無竟，故寓諸無竟。」曼衍指「無是無非，任其無極之化」，忘年指「同生死」，忘義指「一是非」❷❽，故「無竟」實指一種無差別、對立的認知態度，亦即是〈齊物論〉的理想。由所謂「無竟」，亦可以合理地推論，上文所謂「榮辱之竟」、「是非之竟」等，凡是具有差別對立的認知態度，皆屬於「有竟（境）」❷❾。在老莊哲學中，「無」此一概念往往與「道」相通，故「無竟」既可以指稱道體，亦可以指體道之人的精神世界❸⓿。張岱年曾解釋體道與「逍遙」的關係：「道是超越一切相對事物的，人在生活中也應超越一切相對的事物，從而得到一種超然的自由。莊子提出了逍遙、懸解的理想境界。所謂逍遙就是超脫了一切榮辱得失的思慮，而游心於無窮。」❸❶這段話正可用來說明「無竟」的內涵，可見齊物與逍遙實是一體的兩面❸❷：齊物是針對認知態度，指在認知上去除種種差別對立的觀念；而逍遙是針對精神現象，指

---

❷❽　見郭象注與成玄英疏，郭慶藩《莊子集釋》引。

❷❾　李榮《道德經注》即以有封、有爲之境、有事之境等，與無爲、無爲之境相對（見蒙文通輯校李榮《道德經注》，《道書輯校十種》頁 565，591，646）。

❸⓿　無竟可解爲無疆，即沒有疆界範圍，意同無窮，亦可解爲「無之竟」，即無差別之竟（境），前者可用來形容道體，後者可用來形容體道者之精神世界。案《莊子·齊物論》云：「古之人，其知有所至矣。……其次以爲有封焉，而未始有是非也。是非之彰也，道之所以虧也。」可見是非差別之心將使人遠離於道，相反，無是非差別之心才能近道。

❸❶　《道家文化研究》第四輯，頁 4。

❸❷　林希逸即以逍遙解釋無竟這段話（見歐陽超、歐陽景賢著《莊子釋譯》上冊，頁 95）。楊安崙則云：「因此，萬物齊一與逍遙以游是互爲表裏互爲因果的。」（《中國古代精神現象學——莊子思想與中國藝術》，長春：東北師範大學出版社，1933，頁 63）

去掉種種相對觀念束縛之後的精神自由狀態。

　　漢初重要著作《淮南子‧俶眞訓》云：「夫秋毫之末，淪於無間而復歸於大矣；蘆苻之厚，通於無圻而復反於敦龐。若夫無秋毫之微，蘆苻之厚，四達無境，通於無圻，而莫之要御夭遏者，其襲微重妙，挺挏萬物，撣丸變化，天地之間何足以論之。」❸文中之「四達無境」，正是形容道體：由於道體無形，看來就像四無邊境❸。

　　漢代重要《老》學著作，嚴遵❸《道德指歸論》（通稱《老子指歸》，下簡稱《指歸》）常以「虛無」論道之體❸，其〈道生一篇〉形容道體云：「有生於無，實生於虛，……萬物所由，性命所以，無有所名，謂之道。道虛之虛，故能生一。有物混沌，恍惚居起，輕而不發，重而不止，陽而無表，陰而無裏，既無上下，又無左右，通達無境，爲道綱紀。」❸文中顯然是以虛無爲道的本體狀態，這段話的重點在強調道體是沒有固定形象與邊界，「通達無境」明顯是模彷《淮南子‧俶眞訓》之「四達無境」，指無形之道

---

❸　張雙棣《淮南子校釋》（北京：北京大學出版社，1997），頁 173。

❸　參見張雙棣《淮南子校釋》，頁 182 引高誘注。

❸　嚴遵生卒年月不詳，金春峰謂其主要活動在漢成帝時期（《漢代思想史》，頁 415），張志哲主編《道教文化辭典》謂嚴遵爲西漢中葉道家學者（頁 163）。

❸　嚴靈峰《無求備齋老子集成初編》收嚴遵《道德指歸論》（明汲古閣版），其《方而不割篇》即云「道體虛無而萬物有形」（卷四，頁12）。

❸　嚴靈峰《無求備齋老子集成初編》，嚴遵《道德指歸論‧道生一篇》，卷二，頁 2。案〈道生一〉之篇名，應爲後人所加。

體看不到邊界。上引文中的「無境」，均可解爲「無窮」、「無疆」，應是承襲《莊子》的「無竟」概念。《指歸·出生入死篇》又云：「是故攝生之士，超然大度，卓爾遠逝，不拘於俗，不繫於世，損形於無境，游神於無內，不以生爲利，不以死爲害，兼施無窮，物無細大，視之如身，無所憎愛，……」❸所謂「損形於無境」，顯指「攝生之士」能體會虛無之道體，放棄一己之私，視萬物爲一體，無所憎愛區別於其間。《指歸·含德之厚篇》云：「道德虛無，神明寂泊，清靜深微，太和滑淖，聽之寂寞，視之虛易，上下不窮，東西無極，……」❸「無極」應同「無竟」。又《指歸·知者不言篇》云：「因循天地，與俗變化，深入大道，與德徘徊，……遁隱無形之境，放佚荒蕩之鄉。」❹所謂「無形之境」亦是對「道」體之形容，強調道體的虛無性質，故《指歸·知者不言篇》云：「道無常術，德無常方，神無常體，和無常容，視之不能見，聽之不能聞，既不可見望，又不可捫。……故無狀之狀，可視而不可見也；無象之象，可效而不可宣也。」❹以上引文乃是據明毛晉汲古閣刊《津逮秘書》本嚴遵《道德指歸論》，蒙文通另輯有《道德指歸佚文》，又有兩處用到「境」字：「是以知放流而邪僞作，道德壅蔽，神明隔絕，百殘萌生，太和消竭，天下偟偟迷惑，

---

❸　嚴靈峰《無求備齋老子集成初編》，嚴遵《道德指歸論》，卷三，頁10。

❸　嚴靈峰《無求備齋老子集成初編》，嚴遵《道德指歸論》，卷四，頁1。

❹　嚴靈峰《無求備齋老子集成初編》，嚴遵《道德指歸論》，卷四，頁5-6。

❹　嚴靈峰《無求備齋老子集成初編》，嚴遵《道德指歸論》，卷四，頁4。

馳騁是非之境，失其自然之節，精變至化，糅於萬物。」❷「夫聖人者，服無色之色，聽無聲之聲，味無味之味，馳騁無境之域，經歷無界之方，發無形之網，獲道德之心矣。」❸這兩處用法都已見於《莊子》，所謂「馳騁是非之境」顯然是針對俗人所堅持的差別觀念加以批判；相對的，「馳騁無境之域」則是稱讚體會虛無之道的「聖人」──他們在認知上已完全去除任何差別、對立的觀念❹。就字面言，「無境」是沒有邊界，也就是「無窮」，這正是道的屬性，而能馳騁於「無境之域」，顯指體道之人的精神現象：能在無邊界（無窮）的精神世界中任意遨遊，如此才能適性、自得，正是所謂的「逍遙遊」。

莊子喜歡由相對的角度論認知上的差別，雖然他只在「是非」「榮辱」這兩種相對認知中使用「境」（竟）字，但舉一隅可以知其它三隅，凡是具有相對意義的認知範疇皆可加上「境」字──或顯示其偏執，或凸顯其對立性，如《莊子·逍遙遊》原本云「定乎內外之分，辯乎榮辱之境」，《淮南子·俶眞訓》則易之爲「定於生死之境，而通於榮辱之理」。從相對性的角度使用「境」字，魏晉之後，隨著老莊玄學的盛行，更加普遍，而王國維《人間詞話》

---

❷ 引自張君房《雲笈七籤》卷一，見蒙文通文集第六卷《道書輯校十種》（成都：巴蜀書社，2001）頁 128。

❸ 引自強思齊《道德眞經玄德纂疏》，見蒙文通文集第六卷《道書輯校十種》，頁 136。唯嚴靈峰則以此段文字置於嚴遵《老子注》中（見嚴靈峰《無求備齋老子集成初編》所收《輯嚴遵老子注》，頁 10，據嚴靈峰的看法，《老子注》與《指歸》雖內容相近，但係不同的書）

❹ 案：「馳騁……之境」此種句型常見於佛經，故蒙先生所輯此兩段佚文是否爲嚴遵《指歸》原文，筆者仍持保留態度。

喜從相對的角度區分文學「境界」——如「有我之境」與「無我之
境」相對，「大境界」與「小境界」相對，若論其淵源，實可追溯
至《莊子》。

丙、藝術領域的邊界

　　如上所說，在古代典籍中，境通常只寫作「竟」字，而《說
文》音部竟字下云：「樂曲盡爲竟，從音從人。」所謂「樂曲
盡」，古本作「樂曲終」❹。依照《說文》的解釋，竟的本義是指
一首樂曲的終了，其字形結構爲「從音從人」，顯然，「從人」之
「人」應與「樂曲」有關，故徐鍇《說文繫傳》特別加以解釋，說
是「樂人曲所終也」❹，「樂人」應即古代的樂工。值得注意的
是，古代典籍在提到樂曲的結束時習慣用「終」字，且常指詩言，
如《禮記・鄉飲酒義》記主人迎賓獻酒，每一獻必有工與笙合作表
演以助「和樂」氣氛：「工入，升歌三終，主人獻之；笙入三終，

---

❹　案今本《說文解字》音部竟下云「樂曲盡爲竟」，唯《古本考》濤案云：
　　「《九經字樣》：『竟，樂曲終也。』是古本作終不作盡。《六書故》亦
　　引作終。」（楊家駱《說文解字詁林正補合編》第三冊，頁 755）由下引
　　例子亦可知，古書習稱樂曲結束爲曲終，而不曰曲盡。漢樂府古辭〈雞鳴
　　歌〉云：「曲終漏盡嚴具陳，月沒星稀天下旦。」（逯欽立《先秦漢魏晉
　　南北朝詩》卷十）後漢蔡邕《琴操・芑梁妻歌》記齊邑芑梁殖戰死，其妻
　　援琴而鼓之，「曲終遂自投淄水而死」（逯欽立《先秦漢魏晉南北朝詩》
　　卷十一）。至唐代詩人錢起，其〈湘靈鼓琴〉中的名句亦云：「曲終人不
　　見，江上數峰青。」終竟亦常連言，如王弼注《易・訟》之象傳云：「而
　　訟至終竟，此亦凶矣。」（樓宇烈《王弼集校釋》頁 249，臺北華正版）
❹　楊家駱《說文解字詁林正補合編》第三冊，頁 755。

主人獻之；間歌三終，合樂三終，工告樂備，遂出。一人揚觶，乃立司正焉，知其能和樂而不流也。」㊼此處提到樂工升堂唱歌與笙人在堂下吹奏幾種表演方式，每次都以三首詩終了，故說「三終」㊽。《儀禮·大射》也提到主人酬賓（大夫）時，有工㊾與瑟「乃歌〈鹿鳴〉三終」，另有吹笙簫者「乃管〈新宮〉三終」㊿。這些資料不僅具體反映古代詩樂合一的情形，並且反映古代的習慣：稱詩、樂的結束為「（曲）終」(51)。故《漢書·司馬相如傳贊》載揚雄之言：「靡麗之賦，勸百而風一，猶騁鄭、衛之聲，曲終而奏雅。」此亦稱詩之終為「曲終」。綜合這些資料似可下一判斷：古代所謂樂曲，通常與詩結合，故許慎所謂「樂曲終」，可能是指詩之樂章，當某一樂章結束，既可稱之為「某曲竟」，亦可稱之為「某詩竟」。

東漢末蔡邕曾在《九勢》中以「境」形容書法：「此名九勢，得之雖無師授，亦能妙合古人，須翰墨功多，即造妙境耳。」(52)此

㊼ 此段話又見《荀子·樂記》。

㊽ 工歌及笙吹之具體詩篇，詳見《禮記正義》孔疏。

㊾ 鄭玄注云：「工謂瞽矇善歌諷誦詩者也。」

㊿ 管指笙簫一類之管樂器，參見《儀禮》賈公彥疏。

(51) 案：《晏子春秋》載：「景公為長庲，將欲美之，有風雨作。公與晏子入坐飲酒，致堂上之樂。酒酣，晏子作歌曰云云。歌終，顧而流涕，張躬而舞。公遂廢酒罷役，不果成長庲。」（逯欽立輯校《先秦漢魏晉南北朝詩》卷一歌上〈穗歌〉題解）此所謂「歌終」指由人唱詩，則「曲終」似指由樂器奏詩。

(52) 上海書畫出版社、華東師範大學古籍整理研究室選編、校點《歷代書法論文選》（1979 年初版，2000 年 4 刷）頁 7。案：蔡邕《九勢》首見於宋代陳思《書苑菁華》，後人頗有懷疑其是否出自蔡邕之手（參見王鎮遠

處之「妙境」指由九種用筆技巧所營造出來的藝術世界，這是將指稱現實國土邊界的概念移用指書法藝術，表示書法藝術能夠提供人一種美妙的感受、經驗，使人似乎到達另外一處土地，見到另一種景象。這幾句話指出書法藝術能夠在現實世界之外創造出一個更美妙的國土疆域，可能是藝術評論中最早使用「境」字的例子。當我們回想到許愼也已經用「樂曲終（盡）」解釋「竟」字時，不免會有一種驚訝的感覺，似乎東漢人已注意到「境」字與藝術美的關係：在東漢人的眼中，境字的藝術涵義與其實用性涵義（指稱現實的土地邊界）是並行不悖的。如果許愼所謂「樂曲終」是指詩歌，則唱完一首詩即等於提供一個詩境，那麼，詩境概念的產生更可大大提前至東漢的時代。

于省吾主編《甲骨文字詁林》收有竟字，其字體結構似與許愼所謂「從音從人」相合。中國社科院歷史所《甲骨文合集》中有卜辭提到竟字：「辰卜，……呼竟。」專家釋竟爲人名(53)。值得注意的是，金文乃以競字代竟字，如中國社科院考古所《殷周金文集成》收《荊曆編鐘》（釋文 1.38）云：「唯荊曆屈夕，晉人救戎於楚競（竟）」（見張亞初編著《殷周金文集成引得》）。又春秋晚期之秦王鐘云：「秦王卑命，競□王之定救秦戎。」（中國社科院考古所《殷周金文集成》第一冊，頁 26）此文於周何總編季旭昇汪中文合編之《青銅器銘文檢索》則直接寫爲：「竟□王之定救秦戎。」（第六

《中國書法理論史》頁 19），爲恐遺漏，本文暫作爲蔡邕之文，以俟方家商榷。

(53) 參崔恒界編著《簡明甲骨文詞典》（合肥：安徽教育出版社，2001）竟字下，頁 535。

冊，頁 2216/2220）。可見競竟二字是可相通的。案：《說文》「誩」部「誩」下云：「競言也。從二言。讀若競。」又「競」下云：「彊語也，從誩人。」段注：「彊語謂相爭。」可見競字原指雙人用言語相爭。而甲文之「音」與「言」其實是同一個字(54)，故竟字結構既可視爲「從音從人」，亦可視爲「從言從人」，不僅與競字結構頗爲接近，且語音完全相同。由「晉人救戎於楚競」不僅可以看出「楚競」即「楚竟」，並且可以肯定：「竟」字已被當作「疆界」之義使用（故釋文在競字後用括號寫「境」字）。然而，無論是「從音從人」或「從言從人」，皆難以會意爲「樂曲盡（終）」（除非將字形改爲「從音從止」）。近人在談「境」字的本義時常追蹤到「竟」字，並根據許愼的說法，以「樂曲盡」爲「竟」字本義，於是認定：從土之「境」字，乃是將原爲時間性的概念移用指空間性的疆界。但就實際的應用而言，古代典籍用「竟」字主要是取其「終、盡」之義，而很少看到專指「樂曲終」的例子(55)。尤其值得

(54) 參趙誠編著《甲骨文簡明詞典——卜辭分類讀本》（北京：中華書局，1988）頁 160。

(55) 在古代典籍中，指樂曲之結束，最常見的是終字，有時亦用成或闋，如《尚書·益稷》「簫韶九成」，鄭玄注云：「成猶終也，每曲一終必變更奏，故經言九成。」《禮記·文王世子》「有司告以樂闋」，鄭玄注云：「闋，終也。」以竟字指樂曲之終，似不多見，桂馥《說文義證》曾舉一例：「《周禮》：樂師凡樂成則告備。注：成謂所奏一竟。」（《說文解字詁林正補合編》第三冊，頁 755）這個例子所引《周禮》經文，雖然提到樂曲終了，可是並不是用竟字，而是用成字。用竟解釋成字，其實是屬於鄭玄的注，而鄭注可能只是取其終、盡之意，故賈公彥的《疏》就說：「竟則終也，所作八音俱作一曲，終則爲一成。」（梁）顧野王《玉篇》（音部第一百）即只云：「竟，終也。」

注意的是，竟字很早即被當做疆界之義使用，因此，在無法確定「竟」字的本義下，不如根據徐鉉校《說文》「新附」的定義，逕謂「境，疆也」——以「疆界」（邊界）做爲境的本義，可能更切合實際（即使根據許愼《說文》，竟、疆、界三字亦是互通的）。由古至今，從「土」之「境」字主要仍指現實的土地邊界，後來雖有許多用法與土地無關，仍是由土地邊界的意義延申出來，卻看不到與「樂曲」有何關聯。

綜合上面的考察，我們認爲，境字本義是指現實土地的邊界，其作用在區隔、限定土地的範圍。不過，土地之疆界範圍，說到底仍是人所設定的，何處爲疆界，常隨人事的變化，甚至隨人的主觀意識作用而轉移，因此，境（竟）字很早就被引申指稱心理認知的邊界，到後來，更被廣泛應用，幾乎可以指稱任何事物的疆界範圍，段注云「凡事之所止，土地之所止，皆曰竟」，可見凡事物之終止之處（即其界限範圍）皆可稱之爲竟（境），並不限於現實土地。

第二節　六　朝[56]

嵇康〈聲無哀樂論〉云：「夫曲用每殊，……應美之口，絕於甘境。」此處之「甘境」應是與「苦境」相對，用境字指稱味覺，並比喻聽曲的感受，似繼承漢人的用法。六朝因老莊玄學盛行，境

---

[56] 本文採歷時性的論述架構，只是爲了方便探討問題，所標時期亦採較彈性用法，六朝在此指魏晉南北朝——也包括三國。

字的使用更加多元化，而佛教尤喜歡使用「境」、「境界」這些概念，其影響更為廣泛深遠。此時境字的用法，除沿襲傳統指稱現實土地的邊界之外，還有許多變化。茲先舉二例：

> 劉義慶《世說·排調》：「顧長康噉甘蔗，先食尾，人問所以，云漸入佳境。」
> 陶弘景〈茅山長沙館碑〉：「夫萬象森羅，不離兩儀所育；百法紛湊，無越三教之境。」❺❼

《世說》之「佳境」，是就主觀的感覺言，指一種美好的狀況，境字是用來區分前後感覺狀況之差別。陶弘景所謂「無越三教之境」，是就不同的宗教思想言，意指三教各有其思想範疇，彷如各有其邊界。由這兩例可見，「境」字的用法已完全脫離「土地」的拘限，可以指稱任何事物或現象，甚且可以指稱主觀感覺與思想的區別，為強調這些事物與現象各有其範圍，故皆稱之為「境」。六朝人討論玄學或佛學，喜歡使用「境」字，可能就是因為境字具有區隔化的作用，能使抽象的對象較容易把握。

要對「境」字的各種用法一一舉例加以說明，不免過於繁瑣，而且有很多用法與本書之主題無關，故下面分從幾個方向，只選擇與意境論的發展較有關係者，嘗試說明其意義。

甲、景物特徵之境

---

❺❼　嚴可均校輯《全上古三代秦漢三國六朝文》（北京：中華書局，1995 年 11 月 6 刷）卷四十七《全梁文》，第四冊，頁 3222 下。

　　現實的景物通常是離不開土地的，而「境」字原指土地的邊界，可以說，人所見的景物其實皆屬於某個「境」（土地範圍）；由土地之境延申爲指景物，可說是很自然的發展。但在六朝之前，境與山水景物的關係，似未被特別提出來；一直到六朝，情形才有了變化：文人作品中不僅常提到「境」字，且會與景物描寫連繫在一起。盧盛江已注意到這個現象，他有一段話值得參考：

> 境的問題的提出似是東晉以來一個值得注意的現象。不少文人都提到了「境」這個概念。……。湛方生〈游園詠〉：「諒此境之可懷，究川阜之奇勢」。他的〈修學校教〉也說：「貴群之境，山秀水清。」李顒〈涉湖詩〉：「旋經義興境，弭棹石蘭渚。」陶淵明〈飲酒〉其五：「結廬在人境」，〈乙巳歲三月爲建威參軍使都經錢溪〉：「我不踐斯境，歲月好已積。」這些雖然還只是生活中之「境」，有些甚至還只是地理疆界之意，並不是文學上的「境」。但是，這當中有的還朦朧地感受到，當人處于一定境界的時候，人的心緒就與這一客觀生活境界有密切聯系，心緒與環境常常是一致的，甚至融爲一體，密不可分──而這，正是後來文學境界創造最基本的特點。❺❽

引文中的例子有些是讚美景物之美，甚值得注意。盧先生進一步認爲境的用法與山水詩的發達有密切關係，並且影響到唐代的意境理

---

❺❽　《魏晉玄學與文學思想》（天津：南開大學出版社，1994）頁 200。

論，筆者亦有同感，茲再補充一些例子以說明其意義。孫綽（興
公）〈遊天臺山賦〉之序文云「卒踐無人之境」❺⁹，剛好可與陶詩
「結廬在人境」相對，「有人」、「無人」均指土地上的景物特
徵，加上「境」字，指以此特徵爲其範圍❻⁰。晉人袁山松讚三峽
「山水之美」云：「常聞峽中水疾，書記及口傳，悉以臨懼相戒，
曾無稱有山水之美也。及余來踐此境，既至欣然，始信耳聞之不如
親見矣。其疊崿秀峰，奇構異形，固難以辭敘，林木蕭森，離離蔚
蔚，乃在霞氣之表，仰矚俯映，彌習彌佳，流連信宿，不覺忘返，
目所履歷，未嘗有也。既自欣得此奇觀，山水有靈，亦當驚知己於
千古矣。」❻¹此段話不僅用「山水之美」稱讚三峽「此境」，並且
有具體的景物描寫，注意到景物之美會帶給人美好的心靈享受。六
朝著名的山水詩人謝靈運對山水之美與土地之境的關係尤其注意，
如〈與廬陵王義眞箋〉云：「會（稽）境既豐山水，是以江左嘉
遁，並多居之。」其〈山居賦〉模仿漢大賦的寫法，詳細記述其家
鄉始寧山水景物之美❻²，並自豪地說「考封域之靈異，實茲境之最
然」，似有天下之靈秀盡在始寧範圍之意。更值得注意的，是其
〈羅浮山賦〉云：「潛夜引輝，幽境朗日。」❻³幽境既用以稱讚羅

---

❺⁹　《文選》卷十一。

❻⁰　亦可說，因爲具有如此的特徵，故自成一個範圍，可稱之爲境。

❻¹　《水經·江水》「又東過夷陵縣南」下注，參見陳橋驛《水經注校釋》
　　（杭州：杭州大學出版社，1999）頁596。

❻²　參見李運富編注《謝靈運集》（長沙：岳麓書社，1999）頁227。

❻³　見李運富編注《謝靈運集》頁284。

浮山的景物，亦暗示其爲道教著名的洞天❻；幽字實是根據心靈感受概括景物的特徵。同樣，《魏書·釋老志》引東魏孝靜帝元象元年（西元 538 年）詔書曰：「梵境幽玄，義歸清曠；伽藍淨土，理絕囂塵。」❻文中之梵境指佛寺（梵宮）之範圍，而幽玄則凸顯其山林中修行場所特有的安靜氣氛，亦是對景物特徵的一種概括。蕭統〈鍾山解講詩〉云：「伊予愛丘壑，登高至節景。迢遞睹千室，迤邐觀萬頃。即事已如斯，重遊茲勝境。」❻這是用勝境概括鍾山景物之優美——這種用法常見於唐以後之詩文。

　　由上舉例子可以看出，六朝時，境字已經與景物特徵甚至心靈感受結合起來，這對後來意境論的產生，顯然提供重要的條件。

乙、相對之境與終極之境

　　上引《莊子》所謂「榮辱之境」、「是非之竟」等明顯是強調其相對意義，可稱之爲「相對之境」，而所謂「無竟」，則代表修養的最高層級，具有「道」的終極意義，可稱之爲「終極之境」。在六朝的玄學與佛學著作中，這兩種用法經常出現。六朝著名的玄學家郭象，其《莊子注》（近人或稱之爲「向郭注」）也多次使用「境」字，但基本上不出上述兩種角度：一是用來強調認知上的差

---

❻　案：羅浮山爲道教三十六洞天中的第七洞天，這兩句寫羅浮山即使深夜亦有光輝，即使是幽靜的山區亦光亮明朗如白晝，的確不愧道教洞天之一（參見李運富編注《謝靈運集》頁 284-85）。

❻　《魏書》（臺北：鼎文書局版）第八冊，卷 114，頁 3047。

❻　見俞紹初《昭明太子集校注》，頁 33。

別對立，如「是非之竟」❻❼、「憂樂之境」❻❽，這是針對常人的認知偏執而言，顯然是承襲《莊子》的用法；另一是用來指道體，如玄冥之境❻❾、絕冥之境❼⓿、眞境❼❶等，與《莊子》「無竟」的含意接近，是屬於終極意義之境。郭象於〈莊子序〉與〈大宗師注〉，均有「獨化於玄冥之境」語，案《說文·冥部》云「冥，幽也」，《廣雅·釋訓》云「冥，暗也」，冥字本指幽暗不明之狀，玄亦有黑色及幽暗之義，故「玄冥」「絕冥」應指極端的幽暗狀況。《左傳》昭公二十九年，記蔡墨所說的五行之官，有云「水正曰玄冥」，這是以「玄冥」稱北方之官。在五行中，北方屬水，其色屬黑，故玄冥本有黑暗虛無之意❼❷，《老子》喜以「水」與「無」形容道體，正與「玄冥」的含意相合。東漢嚴遵注解《老子》，以虛無解釋道體，並常提到「玄冥」❼❸，而王弼《老子道德經注》第一

---

❻❼　古境字，見〈齊物論注〉。

❻❽　見郭象〈養生主注〉。

❻❾　見郭象〈莊子序〉。

❼⓿　見郭象〈逍遙遊注〉。

❼❶　見郭象〈養生主注〉。

❼❷　劉楨〈公宴詩〉云「遺思在玄夜」，以玄色代表黑暗。《莊子·逍遙遊》「北冥有魚」下，陸德明《釋文》引嵇康云「取其溟漠無涯也」，梁簡文帝云「窅冥無極」，東方朔《十洲記》云「水黑色謂之冥海」，可見冥有黑暗無涯之意。

❼❸　嚴遵《道德指歸論》（通稱《老子指歸》）多次提到玄冥，其卷六〈民不畏威篇〉云：「是以聖人智達無窮，能與天連，……反於虛無，歸於玄冥。」可見玄冥亦指虛無之道體。熊鐵基亦云：「他（案指嚴遵）的至無又稱虛冥，或者太虛、玄冥，……《老子指歸》中還有玄遠、玄域、玄默、玄妙、玄聖、玄玄、玄同等等名詞，都是與道有關的……。」——見《秦漢新道家》（上海：上海人民出版社，2001）頁396。

章云「玄者，冥也，默然無有也」⓸，也是從「無」的觀點解釋「玄」「冥」。《莊子・大宗師》：「於謳聞之玄冥，玄冥聞之參寥。」郭注云：「玄冥者，所以名無而非無也。」這意味著，就名稱而言，玄冥本來是「無」的意思。《莊子・秋水》云：「且彼方跂黃泉而登大皇，無南無北，奭然四解，淪于不測；無東無西，始於玄冥，反於大道。」由最後兩句，可見「玄冥」確實是指道體，文中反覆強調「無」，正合乎《老》《莊》以「無」為道體的觀點。郭象在〈人間世〉注云：「夫理有至極，外內相冥，未有極遊外之致，而不冥於內者也；未有能冥於內，而不遊於外者也。故聖人常遊外以冥內，無心以順有。」此處謂聖人「遊外以冥內」，應是指聖人修為已達「玄冥之境」，這是一種「無心」的、順其自然的精神狀態⓹，所謂「冥於內」正指去除認知上的種種差別對立，保持一種「虛無」的心理狀態，與所謂「是非之竟」「憂樂之境」剛好形成對比。郭象於《莊子・逍遙遊》注，有「遊心於絕冥之境」語，絕冥應同於玄冥，成玄英疏云：「言堯反照心源，洞見道境。」即視「絕冥之境」為道體，故稱之為道境。《文子・九守》云「萬物玄同，無非無是」⓺，則玄同亦即玄冥之境。無竟（無境）、玄冥、玄同，這些概念皆包含「無」的意義，既指道體，亦指體道之人斷絕差別性認知的精神狀態⓻。這種終極意義的用法，在六朝相

⓸　參見樓宇烈《王弼集校釋》（臺北：華正書局，1992）。

⓹　參見余敦康〈蘇軾的《東坡易傳》〉，北京大學中國傳統文化研究中心《國學研究》第三卷，頁 8-9。

⓺　王利器撰《文子疏義》（北京：中華書局，2000）頁 163。

⓻　馮友蘭即認為玄冥之境是一種精神境界，並從無分別的角度解釋「玄

當流行，如陶弘景《眞誥・敍錄》稱讚仙書（《莊子内篇》）「義窮玄任之境」**⓻**，所謂「玄任之境」應即郭象所謂「玄冥之境」，這是稱讚莊子之思想能窮盡道體，其思想性已達到最高的層級。六朝以後，常出現「絕境」一詞，有的仍指土地的疆界範圍，如陶淵明〈桃花源記〉云「率妻子邑人來此絕境」，絕境之「絕」於此有兩意：一指與外界斷絕交通，一指遠離世外紛擾，以絕境稱桃花源，是點明其存在於現實又超越現實的特徵。在有關佛道之文章中，則絕境常指思想或精神體會中的最高層級，如晉釋道恒〈釋駁論〉：「始覆一簣，不可責以爲山之功；方趣絕境，不中窮以括囊之實。」「或禪思入微，澄神絕境；或敷演微言，散幽釋滯。」**⓹**梁任昉〈王文憲集序〉：「斯固通人之所包，非虛明之絕境，不可窮者，其唯神用者乎。」**⓺**在當時人的觀念中，佛法與玄理是難以再超越的思想層級、範圍，故稱絕境。

做爲相對概念，有無均可稱之爲境，並且很方便用在駢體化的對句中，如曹興宗云「法師識踰有境，學詣無生」**⓼**，桓玄云「既

冥」，他說：「就逍遙說，一般分別彼此、計較優劣的人，他們的逍遙都是有待的、有條件的。只有『無心』的人，不分別彼此、計較優劣，他們的逍遙才能『無待』的。他們的精神境界，也就是『玄冥』。」（《三松堂全集》第九卷，頁 530，轉引自強昱《從魏晉玄學到初唐重玄學》，頁245。）

⓻ 引文見《正統道藏》（臺北：藝文印書館）冊三四，頁 27498。

⓹ 《弘明集》卷六。

⓺ 李善注《文選》卷 46。

⓼ 《弘明集》卷十，〈答〉梁武帝〈救答臣下神滅論〉。案：齊梁道士孟景翼（大孟法師）〈正一論〉亦云：「一之爲妙，空玄絕於有境，神化贍於無窮。」（轉引自強昱《從魏晉玄學到初唐重玄學》，頁 118）。

入於有情之境，則不可得無也」❽，慧遠云「或獨發於莫尋之境，
或相待於既有之物」❽。「有無」之辨是魏晉玄學的重要內容，但
佛教之般若與涅槃思想漸次流行，影響所及，無論是宗有或宗無，
皆受到駁斥，如僧肇〈涅槃無名論〉云：「有無之境，妄想之域，
豈足標榜玄道，而語聖心者哉！」❽「宗極」二字常出現在僧肇的
論文中，在僧肇心目中，只有「般若」與「涅槃」的思想才算是佛
法之「宗極」，故其〈涅槃無名論〉有「超境」一節❽，即是以涅
槃之道為超越「有無之境」。僧肇深受老莊玄學影響❽，故其論文
常融通佛老，〈涅槃無名論〉既稱涅槃為「希夷之境」，其〈般若
無知論〉又稱「般若」為「希夷之境」❽，「希夷」出《老子》第
十四章，稱涅槃、般若為希夷之境，皆是強調其超越有無的神秘性
質❽。昭明太子蕭統亦云：「法身虛寂，遠離有無之境，獨脫因果

---

❽　《弘明集》卷十二，〈難王中令〉。

❽　慧遠〈佛影銘〉，見唐釋道宣《廣弘明集》卷十五。

❽　嚴可均《全上古三代秦漢三國六朝文》，《全晉文》卷一百六十五（北
　　京：中華書局，1995 年 6 刷，第三冊，頁 2417-2422）僧肇〈涅槃無名
　　論〉。唯此文是否為僧肇所作，學者尚有爭議，參見黃夏年〈僧肇法師著
　　述研究綜述〉（收入《周紹良先生欣開九秩慶壽文集》，北京：中華書
　　局，1997）。

❽　《全晉文》卷一百六十五。

❽　參見洪修平〈老莊玄學與僧肇佛學〉，《道家文化研究》第五輯。

❽　《全晉文》卷一百六十四。

❽　《老子》第十四章：「視之不見，名曰夷；聽之不聞，名曰希；搏之不
　　得，名曰微。此三者不可致詰，故混而為一。」陳鼓應注云：「夷、希、
　　微：這三個名詞都是用來形容感官所不能把捉的『道』。」（《老子註釋
　　及評介》頁 114）

之外，不可以智知，不可以識識。」⑧案蕭統之父梁武帝蕭衍甚重
《般若經》與《涅槃經》⑨，蕭統應受其影響，故亦否定宗有或宗
無之各種思想。不過，在一般情形下，「無」已經是終極之境，如
宋朱昭之〈難顧歡道士夷夏論〉云：「夫道之極者，非華非素，不
即不殊，無近無遠，誰舍誰居，不偏不黨，勿毀勿譽，圓通寂寞，
假字曰無，妙境如此，何所異哉？」⑨這是以「無」爲終極之「妙
境」，因其能包融各種相對性的概念或價值，處於一種「圓通寂
寞」的狀態。

　宋朱廣之〈諮顧道士夷夏論〉稱「至道」爲「天足之境」⑨，
而梁慧皎《高僧傳·道溫傳》云「研衿至境，固以聲藻宸內，事虛
梵表」，所謂「至境」亦同至道，指終極之佛法。佛家喜歡用「眞
境」指佛法所開顯的眞實本質，與俗人之迷妄相對，如慧遠之〈阿
毗曇心序〉云「法相顯于眞境，則知迷情之可反」⑨，此以眞境與
迷情相對；僧肇〈維摩詰所說經注·問疾品〉亦云：「夫有由心
生，心因有起，是非之域，妄想所存，故有無殊論，紛然交競者
也。若能空虛其懷，冥心眞境，妙存環中，有無一觀者，雖復智周
萬物，未始爲有，幽鑑無照，未始爲無。」⑨同樣是以眞境與妄想

---

⑧　蕭統〈解法身義令旨〉，俞紹初《昭明太子集校注》（鄭州：中州古籍出
　　版社，2001）頁146。
⑨　參見任繼愈主編《中國佛教史》第三卷頁30。
⑨　《弘明集》卷七。
⑨　《弘明集》卷七。
⑨　梁僧祐《出三藏記集》卷十，《大正藏》冊55，頁72下。
⑨　《大正藏》冊38，頁372下。

相對；二者所謂「眞境」皆指佛法而言，這種用法亦可能是受到玄學影響。熟悉玄學與佛學的劉勰，亦擅於從終極的角度使用「境」字，如〈滅惑論〉云：「至道宗極，理歸乎一，妙法眞境，本固無二。」❾❺這是稱讚佛法才能顯明事物最眞實的本質，眞境與宗極呼應，顯然屬於終極之境。《文心雕龍·論說》云：「次及宋岱、郭象，銳思於幾神之區，夷甫、裴頠，交辨於有無之域，並獨步當時，流聲後代。然滯有者全繫於形用，貴無者專守於寂寥，徒銳偏解，莫詣正理。動極神源，其般若之絕境乎。」❾❻這是站在般若學的中道立場批判偏有與偏無兩種觀點，認爲「般若」才是究竟的智慧，「般若之絕境」其義亦同於「眞境」、「至境」。

　　無論是相對之境或終極之境，都是指認知中的某種觀念「範疇」，而非指現實中的土地，與上面所論景物特徵之境形成相對。後來的文藝評論，亦常用到相對之境，如實境與虛境，眞境與妄境（幻境），有我之境與無我之境，大境界與小境界等，其用法皆可追溯至六朝──甚至先秦。而聖境、神境、化境等❾❼，則指終極之境。

丙、感知主體之境與感知客體之境

　　由於佛典很早且經常使用「境界」一詞，很容易讓人誤以爲這

❾❺　梁僧祐《弘明集》卷八。

❾❻　王利器《文心雕龍校證》（臺北：明文書局，1982）頁127。

❾❼　例子見徐中玉主編，陳謙豫副主編《意境·典型·比興編》（北京：社會科學出版社，1994），頁12-13。

是佛教徒創造的詞彙❾。但是根據上一節的說明，我們知道，「境界」二字合為一詞，在西漢就已出現，很難說是受到佛教的影響。我們認為，東漢所譯佛經已經使用「境界」一語，可能正是根據當時漢人的習慣，最明顯的是「佛國境界」這種用法。如支婁迦讖譯《般舟三昧經·行品》（卷一）云：「佛告拔陀和，持是行法便得三昧，現在諸佛悉在前立。……拔陀和，菩薩當作是念。時諸佛國境界中，諸大山須彌山，其有幽冥之處，悉為開闢無所蔽礙。……佛言，菩薩於此間國土，念阿彌陀佛專念故得見之。即問，持何法得生此國？」❾由「佛國」與「境界」連言，並且稱之為「國土」，可見當時譯文使用「境界」仍按照中國傳統，指國土疆界，不過，引文中的佛國境界乃指行念佛三昧（即禪定）時想像中的佛教國土。對何謂佛國，三國時吳支謙所譯《佛說維摩詰經·佛國品》有所說明：「菩薩欲教化眾生，是故攝取佛國，欲使佛國人盡奉法律故取佛國；欲使佛國人民入佛上智故取佛國；欲使佛國人民見聖典之事而以發意，故取佛國；所以者何？欲導利一切人民令生佛國。」⓿據此，佛國實指佛菩薩「教化眾生」之處，因其人民遵奉佛法，故稱「佛國」。東晉佛馱跋陀羅譯《大方廣佛華嚴經》常提到「佛境界」、「諸佛國土境界」、「佛國」等，一開頭〈世間

---

❾ 如牟宗三即云：「中國先秦經典也沒有境界這個詞。境界這個名詞從佛教來。」見《四因說演講錄》，臺北：鵝湖出版社，1997 年 9 月，頁 77。轉引自葉海煙〈《太一生水》與莊子的宇宙觀〉，《中國哲學》第二十一輯《郭店簡與儒學研究》，頁 199。

❾ 《大正藏》冊十三，頁 899 上。

⓿ 《大正藏》冊十四，頁 520 上。

淨眼品〉云：

> 如是我聞，一時佛在摩揭提國寂滅道場，始成正覺。其地金
> 剛具足嚴淨，眾寶雜華，以爲莊飾。上妙寶輪，圓滿清淨，
> 無量妙色，種種莊嚴，猶如大海。寶幢幡蓋，光明照耀，妙
> 香華鬘，周匝圍遶。七寶羅網，彌覆其上。雨無盡寶，顯現
> 自在，諸雜寶樹，華葉光茂佛神力故。令此場地廣博嚴淨，
> 光明普照。一切奇特，妙寶積聚。無量莊嚴道場。……莊嚴
> 清淨。……其身普坐一切道場，悉知一切眾生所行。智慧日
> 照除眾冥，悉能顯現諸佛國土，普放三世智海光明照淨境
> 界。⑩

在佛教徒眼中，佛法即是珍寶，會將佛國裝飾成莊嚴清淨的聖地，
文中列舉「眾寶」——寶幢、寶網、寶樹等裝飾，皆比喻佛法⑩。
又文中提到「其地」、「場地」、「道場」等，反映出所謂「佛境
界」、「諸佛國土境界」、「佛國」，原是指佛陀講道、施行教化
的場所。佛典常提到「魔境界」⑩，是與佛境界相對的一種境界，

---

⑩　東晉佛馱跋陀羅譯《大方廣佛華嚴經》，《大正藏》冊九，頁 395 上、
　　中。

⑩　宋慧嚴等譯《大般涅槃經》卷二〈純陀品〉云：「汝等比丘，云何莊嚴正
　　法寶城，具足種種功德珍寶，戒定慧，以爲牆塹。汝今遇是佛法寶城，不
　　應取此虛僞之物。」（《大正藏》冊 12，頁 616a）由佛法寶城之語可
　　知，佛典中常以眾寶比喻佛法。

⑩　如支婁迦讖所譯《道行般若經·不可盡品》，《大正藏》冊八，頁 469
　　下。

據《增壹阿含經》云，魔境界是指色、聲、香、味、細滑（觸）等力所形成的污濁世界（即人所生活的現實世界）⑩，它們會對人形成纏縛，使之「不脫生、老、病、死；不脫愁、憂、苦、惱」⑩。色聲香味細滑是眼耳鼻舌身等五官的感受對象，稱之爲「魔」，意指這些對象具有迷惑、纏縛人的特性，它們會使人失去清淨本性，帶來無窮的煩惱⑩。

　　由於佛是佛教徒所崇拜的對象，於是，佛境界既可指稱佛陀講道的場所，又代表修行的最高層級，如《增壹阿含經·慚愧品》云：「四維及上下，於諸方域境，天與世間人，佛爲最尊上。」⑩佛境界是學佛者所追求的終極理想──即終極之境，代表最完善的心靈修養及最高智慧的思想層級。於是，佛典即以佛境界爲標準，將修行者區分爲許多不同的境界，有時簡直多得令人眼花撩亂，如東晉佛陀跋陀羅譯《達摩多羅禪經·修行觀十二因緣》，提到「修行境界」，即云：「復次，修行初入正受名爲連縛境界，增長名爲

---

⑩　《大正藏》冊二，頁 699 中。

⑩　《大正藏》冊二，頁 697 中。

⑩　有些大乘經典，則認爲佛境界與魔境界皆存在人的心靈中，如《維摩詰經》謂「隨其心淨，則佛土淨」（〈佛國品〉），又謂「直心是道場」（〈菩薩品〉），此即認爲佛國存在人人具有的清淨佛性中，只要心淨，即爲佛國道場。依照這種觀念加以延伸，魔境界的產生只是心裏受到迷惑的緣故，若能有正確的信仰，魔境界自然消失無蹤，故禪宗六祖慧能云：「煩惱即菩提，前念迷即凡夫，後念悟即佛；前念著境即煩惱，後念離境即菩提。」（《壇經·般若品》，丁福保《六祖壇經箋註》頁 27）

⑩　《大正藏》冊二，頁 589 中。

方便境界，安住名爲分段境界，漸滅名爲刹那境界。」⑱該經所提的境界名稱很多，其餘尚有明淨境界、慈境界、極知境界、曼茶邏境界、淨妙境界、明淨境界、正受境界、爾炎境界、聲聞境界、辟支佛境界、菩薩境界、佛境界、如來境界等⑲。佛教經典甚多，每部經典所說的修行內容並不完全相同，因此，會出現不同的境界名稱，如東晉僧伽提婆譯《阿毗曇心論》即提到法智境界、無色境界、無漏智境界、苦諦境界、習諦境界、滅諦境界、道智境界、他心智境界、十法境界等⑩。這許許多多的境界，無非要區分修行的不同層級：不同的境界意味著修行者的心靈修養與思想智慧仍有差別，彷彿分別住在不同的國土一般⑪。

如上所說，用境字指稱心靈修養及思想層級（即精神現象），亦見於《莊子》、嚴遵《指歸》及向郭《莊子注》中，不過，它們皆單用一個境字，而在佛典中，則隨處可見境界此一複合詞，故被誤會爲佛教所創造的詞彙。應該補充一點的是，上述種種境界名稱固然是指修行所到層級（即果位），它們既代表不同的精神現象，同

---

⑱　《大正藏》冊十五，頁 324 下。

⑲　《大正藏》冊十五，頁 320 下-324 中。

⑩　《大正藏》冊二八，頁 816 上，820 下，821 中。佛教亦常提到「無量眾生境界」，這是專指未修習佛法的凡夫眾生。

⑪　如《大般涅槃經・長壽品》云：「善男子，如來境界非聲聞緣覺所知。善男子，不應説言，如來身是滅法也。善男子，如來滅法是佛境界，非聲聞緣覺所及。」（《大正藏》冊十二，頁 382 中）康僧鎧譯《佛説無量壽經》云：「（法藏）比丘白佛：斯義宏深，非我境界。」（《大正藏》冊十二，頁 267 中）可見不同的境界之間其精神體驗亦不相同，似乎各有邊界國土，因此可以進一步區分其層級高下。

時也代表不同的精神類型，因為只有在精神現象形成某種較穩定的類型時，才可能區分其不同的層級。故不同的精神境界既指不同的精神層級，亦指不同的精神類型，境界的轉變既意味著層級的提昇，亦意味著精神類型的轉變⑫，而上述許許多多的境界，即反映心靈修養或思想轉變的複雜過程。用境字指稱精神類型及其層級，莊子已首開其端，不過，莊子只區分差別性認知與無差別性認知兩種境，較為簡單，而佛家所提到的「境界」則遍及各種精神現象，內容極為複雜⑬。楊安崙稱莊子思想是一種「特殊形態的精神現象學」⑭，據此，佛家論及各種精神層級與類型，似可稱之為「普遍的精神現象學」。佛典中許許多多的境界，正反映出佛家注意到人的心靈有無限發展、轉化的可能性。

上面所論各種修行境界，是針對主體的精神現象而言，可稱為感知主體之境。但佛教所說境界，亦可指稱感知對象——通常是指物質現象，可稱為感知客體之境。佛教對感知客體之境有極詳細之分析，其目的正是為了說明感知主體之境——即感知主體種種精神現象的變異。佛家很早就認識到，人生種種問題，實來自於主體與客體的感應關係，為了說明此種關係，並發展出一套細密的分析系

---

⑫ 明顯者如從初禪至四禪。梁慧皎《高僧傳》卷十二〈普恒傳〉載釋普恒的話：「傳神四禪境，俗物故參差。」四禪指不同的修禪層級，其精神現象亦有區別，詳見《安般守意經》或任繼愈主編《中國佛教史》第一卷，頁282-83。

⑬ 佛教義學大師僧肇因為深受老莊玄學影響，故將思想類型簡單區分為有無之境與希夷之境（指般若與涅槃之思想）。

⑭ 楊安崙《中國古代精神現象學——莊子思想與中國藝術》頁2。

統：包括六根、六境、六識的十八界系統。十八界是用來說明感覺器官（根）、感覺對象（境）與心理認知功能（識）三者之間的對應關係，並進而說明人生的種種精神現象（尤其是煩惱）的來源❶。這套系統，後來經唯識宗的推衍，發展出許多令人望之生畏的繁瑣枝節，而究其基本觀念，不過是講感知主體（根、識）與感知客體（境）的感應關係❶，此與中國傳統創作論以心物交感爲出發點頗有交集。所謂意境論，究其實，亦不離心物交感，故研究意境論的學者很早就注意到佛家六境的用法，認爲與意境論的產生有密切關係。六境與六根、六識的對應關係是一套完整系統，不宜分開解釋，並且，根、境、識等名稱並不是固定不變的——有時它們會改用別的稱呼，爲了方便說明意境論產生的背景，下面將對這套系統及重要概念略作說明。

　　首先應該注意的是，根、境、識的對應關係，在佛典中雖然很早就已出現，但這三個名稱卻是很晚才確定下來。識指眼耳鼻舌身意等六識，是很早就確定的，但「根、境」這兩個名稱，則是比較後起，且不是很固定。在早期漢譯佛經中已經將感覺器官與感覺對象對應起來，但不用「根、境」的名稱，如東漢安世高譯《陰持入經》，非常有名，所謂「陰持入」是指五陰、十八本持、十二入等

❶　賴永海主編《中國佛教百科全書·教義卷·人物卷》（上海：上海古籍出版社，2000）云：「佛教各派都十分重視分析煩惱的種類和作用，其中特別是俱舍學派和法相唯識學派，對煩惱的分析更是高度系統化。」（頁118）案：俱舍學派與法相唯識學派，即以分析十八界中根、境、識三者的關係爲其重點。

❶　後來簡化爲心與境的關係——見宗密《禪源諸詮集都序》。

三部，其陰部（五蘊）即包括六識，而十八本持即後來所謂十八界。關於十二入，經文云：「自身六外有六，自身六爲何等？一爲眼耳鼻舌身心，是爲自身六入；外有六爲何等？色聲香味更法，是爲十二入。」⑰此處以「眼耳鼻舌身心」爲「內六入」，以「色聲香味更法」爲「外六入」，合爲「十二入」，常爲後來的佛典所沿用。六入原本指「眼耳鼻舌身意」等六種感覺器官，因其作用在攝取「色聲香味觸法」等感覺對象，爲強調兩者的對應關係，故以前者爲內六入，後者爲外六入⑱，如《長阿含經》云：「如來說六正法，謂內六入：眼入、耳入、鼻入、舌入、身入、意入。復有六法，謂外六入：色入、聲入、香入、味入、觸入、法入。」⑲佛典中亦常改「入」爲「處」，如《中阿含經·業相應品·度經第三》云：「六處法，謂眼處，耳、鼻、舌、身、意處，是謂六處法。」⑳六處與十二處這種稱呼，在後來的佛典中亦常出現㉑。安世高所譯《佛說大安般守意經》又以內因外緣來說明內六入與外六入的結合：「數息爲欲斷內外因緣。何等爲內外？謂眼耳鼻口身意爲內；

---

⑰ 《大正藏》冊十五，頁173下。

⑱ 感覺器官與感覺對象有互相涉入的關係，故稱爲入，參見註㉑。

⑲ 《大正藏》冊一，頁51下。

⑳ 《大正藏》冊一，頁435下。

㉑ 丁福保《佛學大辭典》六入條：「舊曰六入，新曰六處。」（上冊，頁633上）即以六入爲舊譯名，六處爲新譯名。六入條又云：「六境爲外之六入，六根爲內之六入，十二因緣中之六入爲內之六入，即六根也。入爲涉入之義，六根六境互涉入而生六識，故名處；處爲所依之義，六根六境爲生六識之所依，故名處。」

色聲香味細滑念爲外也。」⑫此處是用因緣的觀念解釋感覺器官與感覺對象的對應關係，以「眼耳鼻口身意」爲內因，而以「色聲香味細滑念」爲外緣，不僅無六根六境之名，且用「口」不用「舌」，用「細滑、念」不用「觸、法」，與後來常見的六根六境的名稱微有不同。《佛說大安般守意經》又用「六情」來解釋這種因緣相合情形：「安般守意，是爲多念藥也。內外自觀身體，何等爲身，何等爲體？骨肉爲身，六情合爲體也。何等爲六情？謂眼合色、耳受聲、鼻向香、口欲味、細滑爲身衰，意爲種栽爲癡。」⑬這裏雖說六情，實際是指六種感覺器官與六種感覺對象的結合⑭，因此，六情亦分內外。經文又說：「何等爲六情？謂眼合色，耳受聲，鼻向香，口欲味，細滑爲身衰，意爲種栽爲癡。……在內爲內法，在外因緣爲外法。亦謂目爲內，色爲外；耳爲內，聲爲外；鼻爲內，香爲外；口爲內，味爲外；心爲內，念爲外；見好細滑意欲得是爲痒，見醜惡意不用是爲痛，俱墮罪也。」⑮三國時康僧會爲此經寫的序云：「夫安般者，……其事有六以治六情。情有內外：眼耳鼻舌身心謂之內矣；色聲香味細滑邪念謂之外也。」⑯康僧會

---

⑫　《大正藏》冊十五，頁 165 中。

⑬　《大正藏》冊十五，頁 167 下。案：此兩句文字甚不清楚，按經文之意，應是「身貪細滑，意志（向）念」。

⑭　案：中國古代亦有六情之名，唯中國思想偏重感覺本身，故六情指喜怒哀樂愛惡等感覺（見《白虎通》卷八情性，論五性六情條），而佛教則重視感覺的來源，故指感覺器官與感覺對象。

⑮　《大正藏》冊十五，頁 167 下。

⑯　《大正藏》冊十五，頁 163 上。

是傳安世高系禪法的最重要學者⑫，這裏將六情區分為內、外，是
有根據的。不難看出，《佛說大安般守意經》所說的六情即是《陰
持入經》所說的六入，因此亦分內外，而正如六入一樣，若只提到
六情，通常亦僅指眼耳鼻舌身意。東漢迦葉摩騰與竺法蘭譯《四十
二章經》亦提到六情⑱，而姚秦鳩摩羅什譯《中論·觀六情品》云
「眼耳及鼻舌，身意等六情」⑲，可見單言六情僅指眼耳鼻舌身意
等感覺器官⑳。《放光般若經》常提到「五陰六情」，其〈無作
品〉云：「復次須菩提，菩薩於五陰無所著，為行般若波羅蜜，眼
耳鼻舌身意，於六情無所著。」㉛這是以「眼耳鼻舌身意」為六情
㉜，而不云六根。

　　至東晉時期，以「六塵」稱色聲香味觸法，開始流行，佛典中
時常出現內六入與外六塵相對，或六情與六塵相對的情形。如北涼
曇無讖譯《大般涅槃經·憍陳如品》云：「善男子，內有六入外有
六塵，內外和合生六種識，是六種識因緣得名。」㉝姚秦鳩摩羅什

---

⑫　參見洪修平《中國禪學思想史綱》（南京：南京大學出版社，1994），頁
　　18。

⑱　《大正藏》冊十七，頁723下。

⑲　《大正藏》冊三十，頁6上。

⑳　案：《呂氏春秋·仲春季·情欲》云：「天生人而使有貪有欲，有情有
　　節。聖人修節以止欲，故不過行其情也。故耳之欲五聲，目之欲五色，口
　　之欲五味，情也。」此以情指耳目口等之欲，可見佛典以六情指各種感覺
　　器官是有根據的。

㉛　《大正藏》冊八，頁65下。

㉜　若只針對眼耳鼻舌身等五種器官，則稱之為五情，如《出曜經》即用五情
　　指五根（《大正藏》冊四，頁706上）。

㉝　《大正藏》冊十二，頁595下，843下。

譯《大智度論》云：「六入亦有二種作：一者能緣六塵，二者與觸作因。」❿這是以六入與六塵相對。六入可稱爲六情，故常見到六情與六塵相對之例，如《大智度論‧初序品》云：「復次法忍者，於內六情不著，於外六塵不受，能於此二不作分別。」❿同爲鳩摩羅什譯《中論‧觀六情品》云：「眼耳及鼻舌，身意等六情，此眼等六情，行色等六塵……此中眼爲內情，色爲外塵，眼能見色，乃至意爲內情，法爲外塵。」❿六塵來自於外，故稱外塵。佛教認爲人心原本是清淨的，因爲受到外塵污染，才會產生無明，引發各種煩惱❿，故視六塵爲劫奪善根之「六賊」，如《大智度論‧初序品》又云：「空聚是六情，賊是六塵。」❿北涼曇無讖譯《大般涅槃經》云：「（四毒蛇五旃陀羅六大賊）……六大賊者即外六塵，……能劫一切善法故。如六大賊能劫人民財寶，是六塵亦復如是。」❿爲了防禦六塵入侵，就必須先控制六情，如竺佛念譯《出曜經‧要品》云：「外御六塵，內攝六情，內外清淨不漏欲意，猶若泰山安峙堅固，不爲飄風之所吹動。」❿「外御六塵，內攝六情」可以說是修行佛法之基本工夫。

就東漢至兩晉所譯早期佛教經典看來，後來所謂十八界的系

---

❿ 《大正藏》冊二五，頁 169 中。

❿ 《大正藏》冊二五，頁 168 中，370 中。

❿ 《大正藏》冊三十，頁 6 上。

❿ 如《成實論》云：「有人說：心性本淨，以客塵故不淨。」（《大正藏》冊三二，頁 258 中。）

❿ 《大正藏》冊二五，頁 145 中。

❿ 《大正藏》冊一二冊，頁 501 上，744 下。

❿ 《大正藏》冊四，頁 749 下。

統，最基本的是六入：眼耳鼻舌身意。六入原是佛教基本教義十二
因緣中的一支：入支，如東漢竺大力共康孟詳譯《修行本起經·出
家品》云：「少能自覺本從十二因緣起。何等為十二本？從癡行便
有識，緣識行便有名字，從名字行便有六入，緣六入行便有更樂
（觸）……」⑭鳩摩羅什譯《坐禪三昧經》云：「一心思惟，生老
病死從因緣生，當復思惟何因緣生。一心思惟，生因緣有，取因緣
愛，愛因緣受，受因緣觸，觸因緣六入，六入因緣名色，名色因緣
識，識因緣行，行因緣無明。」六入之所以受到佛家重視，就因為
它們是十二因緣之一，會使人產生愛欲以至各種煩惱，甚至落入生
死輪迴。後來由六入區分出內六入（眼耳鼻舌身意）與外六入（色聲
香味觸法），另稱為十二入。六識亦屬十二因緣之一支，而其取名
則是根據（內）六入，六入後來改名為六根，即因六入能生六識
⑭，為六識之主⑭。可見在十八界中，實以（內）六入為主。佛教
基本教義，除十二因緣外，另有色受想行識等五蘊，其色蘊即包括
（內外）六入，而識蘊包括六識，故十八界的系統亦可說是結合五
蘊十二因緣的基本教義，說明人的身心如何與外在事物交感，從而
產生各種精神變異現象。

---

⑭　《大正藏》冊三，頁 470 中。

⑭　《成實論·四諦品》即云：「能生六識故名六根。」韓延傑云：「根，梵
　　文 Indriya 的意譯，意謂能生，如眼根能生眼識，耳根能生耳識等。」
　　——見《三論玄義校釋》，頁 96。

⑭　唐玄奘譯《大乘五蘊論》：「根者最勝自在義，主義，增上義。所言主
　　義，與識為主，謂即眼根，與眼識為主，生眼識故，如是乃至意根，與身
　　識為主，生身識故。」（《大正藏》冊三一，頁 850 下。）

　　稱內六入（眼耳鼻舌身意）爲「根」，在早期漢譯佛典中已經出現，唯重點在說明六入的作用。東漢安世高所譯《佛說大安般守意經》曾提出五根，並加以解釋：「眼受色，耳聞聲，鼻向香，口欲味，身貪細滑，是爲五根。何以故名爲根？已受當復生名爲根，不受色聲香味細滑是爲力。」[144] 這是從受了色以後還可以復生色的角度稱之爲根，五根也就是五入，這是用根來解釋五入的功能。西晉竺法護譯《修行道地經》云：「當多疾病，六情不完。……於是頌曰：多習愚癡者，諸根不完具。」[145] 東晉佛陀跋陀羅譯《達摩多羅禪經·修行觀界》云：「眼耳鼻舌身，毛孔咽喉空。……於彼六情根，所生諸識種。」[146] 這些例子中的根字，是附屬性的概念，偶而用來說明六入、六情能生諸識的作用，似尚未具有獨立的意味。眞正有意以根這概念取代六入，似是從鳩摩羅什譯《成實論》開始。《成實論·四諦品》云：「一切眾生初受身時以識爲本。是識六種，從眼等生故說六根。所謂眼根乃至意根，能生六識故名六根。……此六根或名六入，……」[147] 這仍是以能生六識解釋六根之取名，但由「此六根或名六入」一句，已表現出以六根取代（內）六入的意味，故論中多次提到「根、識」與「色聲香味觸法」等之關係：「眼根者，但緣色，眼識所依」[148]、「是故因眼緣色，有眼

---

[144]　《大正藏》冊十五，頁 173 上。
[145]　《大正藏》冊十五，頁 195 上。
[146]　《大正藏》第十五冊，頁 318 中。
[147]　《大正藏》冊三二，頁 251 中。
[148]　《大正藏》冊三二，頁 261 上。

識生」⓭。但《成實論》並無「根、境、識」三者對應之說法，亦無「六境」之名，只強調「根、塵、識」三者的結合：「以根取塵，以識分別」⓮，「根塵合故識生，……又五根皆是有對，以塵中障礙故名有對。鼻香中，舌味中，身觸中，眼色中，耳聲中，若不到則無障礙……」⓯——據此可知，「塵」之取名，乃基於六塵會對六根（六入）產生障礙從而生出感覺的緣故。前面已經提到，早期佛經雖有十八界的概念，唯較重視（內）六入，六識似處於六入之附屬地位，《成實論》則一反前此經說，特別強調根與識的密切關係並突出識的了別功能，如云：「經中佛說：『眼是門，爲見色故。』是故眼非能見，以眼爲門，識於中見，故說眼見。……又佛說眼所識是色，識能識色，眼實不識。」⓰依照舊說，色是由眼所見，但《成實論》則認爲，眼本身並無了別（分辨）功能，故不能見色；了別是識的功能，眼只是打開大門，讓識去分辨是什麼色。顯然，《成實論》將根、塵、識三者的性質及其關係，分析得更爲精細清楚，經過《成實論》的解釋，根與識的關係更加密切，而識的重要性更爲顯著，爲後來的唯識學奠定了良好基礎。稍後，馬鳴菩薩撰、北涼曇無讖譯《佛所行讚·瓶沙王諸弟子品》云：「知生則解脫，遠離諸塵垢。……六根六境界，因緣六識生。」說明六根之內因與六境之外緣結合產生六識，「六根、六境、六識」三者的對應關係已經建立。

⓭　《大正藏》冊三二，頁 263 上。
⓮　《大正藏》冊三二，頁 268 上。
⓯　《大正藏》冊三二，頁 268 上。
⓰　《大正藏》冊三二，頁 267 中。

　　近人在解釋境界（六境）時常引《俱舍論》及其注疏。案唐玄奘譯《阿毘達磨俱舍論‧分別界品》云：「境界所緣復有何別？若於彼法此有功能，即說彼爲此法境界。」[153]對此，其門人多有注釋，如普光《俱舍論記》（卷二）云：「若於彼色等境，此眼耳等有見聞等取境功能，即說彼色等爲此眼等境，功能所託名爲境界，如人於彼有勝功能，便說彼爲我之境界。」[154]法寶《俱舍論疏》（卷二）云：「十二界者，謂六根、六識。法界一分諸有境法者，是心所法。於色等境者，謂六根、六識，於色等境之中有功能，故名爲境界。……若於彼法此有功能者，《正理論》云：『如人於彼有勝功能，便說彼爲我之境界』。」[155]而以圓暉之解釋最爲清楚，圓暉《俱舍論頌疏論本》云：「若於彼法，此有功能，即說彼爲此法境界。心心所法，執彼而起，彼於心等，名爲所緣。解云（答也）：彼法者，色等六境也；此有功能者，此六根六識，於彼色等，有見聞等功能也。准此論文，功能所托，名爲境界，如眼能見色，識能了色，喚色爲境。以眼識於色有功能故也。」[156]文中的功能實指根與識的感覺、認知能力[157]，根據這些解釋，所謂境界是針對六根、六識的感知功能言：當某些對象能使六根、六識等產生色或聲香味觸法等知覺功能時，這些對象即名爲「境界」，而這種知覺功能亦名爲「取境功能」。簡言之，境界是指根、識所能感知的

----

[153]　《大正藏》冊二九，頁 7 上。

[154]　《大正藏》冊四一，頁 34 下。

[155]　《大正藏》冊四一，頁 495 下。

[156]　《大正藏》冊四一，頁 827 上。

[157]　天臺大師智顗在《法華玄義》（卷二上）中解釋十如是時，有云「功能爲力」（《大正藏》冊 46）。

對象，由於根、識各有六種感、知功能，故相對的亦有六境。根據這種功能論，境界是主客體結合——即主客體發生感應關係所產生的現象，因而並不是所有客觀存在皆可稱之爲境：有些客觀存在，若不能使主體根識產生感覺或認知功能，即不能稱之爲境界⓲。而相對的，主體若無各種境界爲其依託，亦不能啓動各種功能，故說「功能所託，名爲境界」。不過，這種說明只是一種事實的陳述，並不是對概念作名相因果的分析性解釋。它的目的只是要告訴我們一件事實，即：佛經稱六根、六識等認知對象爲「境界」，至於爲何稱之爲「境界」，則並未作進一步的解說。爲了要了解何謂「功能所托，名爲境界」，我們必須再參考其它的經典。案：僧伽提婆譯《中阿含經·晡利多品》云：「有五根異行，異境界，各各自受境界，眼根、耳、鼻、舌、身根，此五根異行，異境界，各各受自境界。」⓳姚秦竺佛念譯《出曜經·雜品》亦云：「猶如五根各各有境界，不相錯涉，亦不相侵。」⓴顯然，是因爲五根各有其感覺對象，互不相涉，亦不相侵，彷如各有其邊界、範圍，故稱之爲境界。當然，若是就六根而言，就是六種接受「境界」，如求那跋陀羅譯《雜阿含經》云：「如是六根種種境界，各各自求所樂境界，而不樂餘境界：眼根常求可愛之色，不可意色則生其厭；耳根常求可意之聲……此六種根種種行處，種種境界，各各不求異根境

⓲　如在夜間，人眼看不到許多事物，這些事物即不能稱爲境界；但是有些動物卻可在夜間視物，則這些事物對動物而言，可稱之爲境界。同理，有些事物，凡夫之眼看不到，但菩薩之眼則可看見，那是屬於菩薩境界。

⓳　《大正藏》冊一，頁791中。

⓴　《大正藏》冊四，頁706上。

界。」⑯唐玄奘譯《瑜珈師地論》亦云：「作是思惟：若無內我託六根門行六境界，如是六根各別所行，各別境界，然此六根唯能領受自所行境。」⑯由這些引文可以看出，使用「境界」這一名稱，是針對各根所受的限制而言：爲了強調五根（或六根）各有接受的對象，不能逾越範圍，彷如有邊界加以限制，才利用「境界」這個概念。《出曜經·雜品》所謂「猶如五根各各有境界，不相錯涉，亦不相侵」，將「境界」的用法，講得最明白：由於各根所能接受的對象不同，其限制的範圍不一樣——如眼根只能以色爲對象，不能以聲爲對象，故說「五根異行，異境界」，或稱「異根境界」⑯。由此可知，所謂「功能所托，名爲境界」，是指：因爲六根、六識之感知功能不同，其所寄托的感知對象各有限制、範圍，彷如各有邊界，故名其對象爲境界。在早期的經典中常將六根（內六入）比喻爲六座城門，面對六境，如佛陀跋陀羅譯《達摩多羅禪經·修行觀陰》云：「六入各於境界，縛無智眾生貪欲心，故常起淨想，修行當知，於諸根境界防制非法，攝心所緣，繫令不動，正觀六入，……復次，觀外入惡賊劫善珍寶，若修行捨正念，開諸入門馳縱六境，六境惡賊奪淨戒失諸功德。」⑯這裏是將六根（內六

---

⑯　《大正藏》冊二，頁 313 上－下。

⑯　《大正藏》冊三十，頁 863 中。

⑯　後來的《法苑珠林·攝念篇·述意部》（唐釋道世撰）即云：「如是六根種種境界，各各自求所樂境界，不樂餘境界，眼常求可愛之色，不可意色則生其厭，耳鼻舌身意，亦復如是。此六種根種行處，各各不求異根境界。」

⑯　《大正藏》第十五冊，頁 321c。

入）比喻爲六座城門，對著六境，若防備不嚴，不小心門戶，可能招來六賊（外六入）分從六境入侵❻。經文所說的六境，重點在強調它們是六根的活動範圍，因而成爲六塵（六賊）入侵的通道（後來禪宗六祖惠能特別喜歡城門的比喻，在談十界、十二入時，皆以六門稱呼六根❻）。所謂諸根境界，顯指諸根的感知能力各不相同，其所感知對象有所限制，各有其範圍，爲了說明諸根感知對象的的限制範圍，故稱其爲五境或六境，如《阿毘達摩俱舍論・分別界品》云：「言五根者，所謂眼耳鼻舌身；言五境者，即是眼等五根境界，所謂色聲香味所觸。」❻上引《雜阿含經》又云「善攝此六根，六境觸不動」❻、「於色聲香味觸法六境界」❻。唐地婆訶羅譯《大乘廣五蘊論》說得更清楚：「云何眼根？謂以色爲境，……；云何耳根？謂以聲爲境，……；云何鼻根？謂以香爲境，……；云何舌根？謂以觸爲境，……；云何身根？謂以觸爲境。……云何色？謂眼之境，……云何聲，謂耳之境，……云何味？謂舌之境，……云何觸一分？謂身之境。」❻可見根、境是相對概念，不能分開說明。另外，色聲香味觸法六者通稱六塵，但亦稱「六塵境」、「六塵之

---

❻ 佛典亦常將內六入比爲容易入侵之空村，而將外六入比爲入侵之六賊（參見《法苑珠林・攝念篇・述意部》）。

❻ 見李申合校、方廣錩簡注《敦煌壇經合校簡注》（太原：山西古籍出版社，1999），頁58。

❻ 《大正藏》冊二九，頁2中。

❻ 《大正藏》冊二，頁76下。

❻ 《大正藏》冊二，頁88下。

❻ 《大正藏》冊三一，頁851上。

境」⑪，即意味六塵各有其境，與「諸根境界」用法相同，故筆者懷疑，所謂「六境」可能即是「六塵之境」的簡稱。依照一般的說法，六境指「色聲香味觸法」等六種感覺對象，與六塵所指內容相同，故這兩個概念範疇可以相通，但實際上，佛典較常用六塵，因為如此較易說明心識所受的迷惑、污染⑫。六境因被視同六塵，故往往合稱塵境，因其屬於外在的感知對象，故稱為外境，而為強調其對心識的污染作用，則稱為外塵。到後來，整個十八界系統又簡化為心與境的對應關係：心指感知主體，境指感知對象⑬；心指識的種種功能，境則為心所攀緣的對象⑭；總括其各種相對關係，又簡稱為能所⑮。

　　由十二因緣中的六入延伸出六根六境等名稱，其經過可以簡單表示如下：

---

⑪　見《金剛經纂要刊定記》（《大正藏》冊三三，頁 197 中）。

⑫　蕭統〈東齋聽講詩〉云：「庶茲祛八倒，冀此遣六塵。」俞紹初校注即引《法界次第》云：「塵即垢染之義，謂此六塵能染污真性故也。」（《昭明太子集校注》，頁 8）

⑬　如上所說，感知主體之精神現象亦可稱之為境，為區別主客體兩種境，佛家稱主體精神現象為內境，相對的，客觀的感知對象，則稱為外境。

⑭　如《金剛經纂要刊定記》云：「心即能緣，境即所緣。」（《大正藏》冊三三，頁 200 下）這種對應關係是為了強調心有向外追逐的傾向。

⑮　能所有幾種用法，或指能緣與所緣，或指能知與所知，或指能照與所照，或指能觀與所觀，基本上，均不出心與境的對應關係。

十二因緣
↓
六入 ⑩ （眼耳鼻舌身意）

内六入（眼耳鼻舌身意）　　　外六入（色聲香味觸法）
六情（六衰）⑰　　　　　　　六塵（六賊）
六根　　　　　　　　　　　　六境

　　佛典中或使用「境界」，或使用「境」字，意義完全相同，而且是沿襲中國傳統用法：指土地的邊界。即使是指精神現象，亦視之爲某塊土地之邊界，如各種修行境界，皆指精神性的國土。而十八界中之六境，亦常稱之爲「境界」，是指六根各有感覺範圍，如各有邊界，故常被想像爲「邊城」「邊境」，必須嚴防，才能阻止六塵「外寇」入侵⑩。

　　上面介紹兩種佛教特有的境界用法：一種是指感知主體的境

---

⑩　六入亦稱六處，内六入外六入合稱十二入，亦稱十二處。

⑰　《佛説賢者五福德經》（《大正藏》册十七，頁 714 中）：「何謂六入：色入眼爲衰，聲入耳爲衰，香入鼻爲衰，味入口爲衰，細滑入身爲衰，多念令心衰，是爲六入，亦爲六衰。」可見六入又稱六衰，《放光般若經》常提到十二衰：「不住於眼耳鼻舌身意，不住於色聲香味細滑（觸）法，不住十二衰者，爲習十二衰。」顯然，十二衰就是十二入，故亦比照十二入分爲内六衰外六衰。正如六入又稱六情，六衰亦比照稱爲六情，如東晉郗超之〈奉法要〉即云：「六情一名六衰，亦曰六欲，謂目受色，耳受聲，鼻受香，舌受味，身受細滑，心受識；識者，即上所謂識陰者也。」（見《弘明集》卷十三）由於衰分内外，外六衰等於六塵，亦有以六塵爲六衰，因其能衰耗人之眞性，故曰六衰（參見丁福保《佛學大辭典》上册，頁 650 上）。

⑩　見《出曜經·念品》，《大正藏》册四，頁 652 中。

界，一種是指感知客體的境界。前者以佛境界爲終極理想，將人的
精神現象區分爲許許多多的層級類型，可稱之爲宏觀系統；後者根
據人的感知能力將感知對象（主要是物質現象）區分爲六個範疇，可
稱之爲微觀系統。兩種系統結合構成佛教特有的精神現象學。而兩
種用法均影響到後來的文藝評論，前一種用法針對創作主體，常用
來指稱作家的藝術造詣或作品風格類型，如宋李塗《文章精義》
云：「作世外文字，須換過境界。《莊子・寓言》之類，是空境界
文字。靈均《九歌》之類，是鬼境界文字。子瞻〈大悲閣記〉之
類，是佛境界文字。《上清宮辭》之類，是仙境界文字。惟退之不
然，一切以正大行之，未嘗造妖捏怪，此其所以不可及。」⑰文中
的各種「境界」，皆指很高的創作層級──即藝術造詣，同時又兼
指某種風格類型，明顯是參考佛教的用法。又如清徐增《而庵詩
話》云：「詩之等級不同，人到那一等地位，方看得那一等地位人
詩出。學問見識如碁力酒量，不可勉強也。今人好論唐詩，論得著
者幾個？譬如人立於山之中間，山頂上是一種境界，山腳下又是一
種境界，此三種境界各各不同，中間境界人論上境界人之詩，或有
影子；至若最下境界人而論最上境界人之詩，直未夢見也。」⑱此
區分鑑賞能力爲三個層級（境界），類似佛教所謂三乘⑲。另一種
境界用法則針對創作客體，常指人所感受的景物對象，此與意境論

---

⑰　《文則・文章精義》合編本（臺北：莊嚴出版社，1979 年），頁 66-67。
⑱　見丁福保編《清詩話》（臺北：明倫出版社，1971），徐增《而庵詩話》
　　第二二則與二三則，頁 430。
⑲　三乘通常是指聲聞、緣覺及菩薩等三種修行境界，但亦有別種說法，詳見
　　丁福保《佛學大辭典》三乘條（上冊，頁 321）。

的形成有莫大關係，因其牽涉到相當複雜的因素，將留待下一章作
詳細說明。

　　要毫無遺漏地歸納佛典中「境」與「境界」的用法，幾乎是不
可能的。在佛教用法中，無論是物質現象或精神現象，皆可稱之爲
「境界」，並且，無論是眞實的或虛妄的現象，亦可稱之爲「境
界」（如實境、眞境；虛境、妄境、夢境等），可以說，人的種種經驗
（包括主體現象與客體現象）皆可稱之爲境界。經由佛教的擴大使用，
境與境界已成爲無所不包的、極具彈性的概念，這也正是它們經常
出現在佛典中的原因。

　　在本章結束時，必須提醒讀者注意境的命名方式。由上述種種
境的名稱可以看出，在爲境取名時，通常只針對事物的主要特徵
──亦即以此特徵總括事物整體範圍，這表示，事物是以此一特徵
與其它事物區別出來，成爲一特殊範圍（境）。換言之，事物之所
以成爲一個境，是因其具有某個特徵的緣故──亦可說，是因爲某
特徵受到注意的緣故。由六朝的用法可知，不同的景物因具有不同
的特徵，故成爲不同的境（範圍），而有時爲了指出其特徵，即以
人對此景物的感受命名（如「幽境」），蓋此感受即由其特徵所引
起。由此，我們必須進一步指出：在談意境問題時，不應遺漏客體
事物特徵與主體情意的感應關係。當感知主體面對不同的感知對象
（境）時，因其具有不同的特徵，則所引發的感情及所認知的意義
亦應有所不同；反過來說，當感知主體原具有某種強烈情意時，亦
容易注意到或感受到具有某種特徵的事物。這就是說：當我們從客
體（境）的角度觀察，可以發現，因其具有某種特徵，故易引起某
種情意；而當我們從主體（心）的角度觀察，則可發現，因主體先

有某種情意，故易受到具有某種特徵的事物刺激，引起其原本具有的情意⑱。可以說：古人正是由這種主客體的感應關係，提出意境理論。

---

⑱　用佛家的觀念：一種是心隨境轉，即「法生則種種心生」；一種則是境隨心轉，即「心生則種種法生」。

第二章　境與創作觀念的結合：
六朝至初唐的三教融合

　　唐代之前，六朝的文學理論雖然相當發達，但並未用到「境」這個概念，要了解唐代意境論所受的影響——即影響其形成的種種因素，其實相當困難。很多學者注意到，就使用「境」這個概念而言，意境論必然與佛教有關，可是，佛教思想如何與詩論結合而形成唐代意境論，一直未得到具體的說明——換言之，只有正確方向，而尚未找到具體的行走途徑。同樣，也有許多學者注意到唐代意境論與六朝意象論的關係，可是亦未能說明其轉變的具體途徑；尤其未能說明意象論與意境論的區別何在。筆者認為，意境所以成為一個美學概念，必然是因為「境」這一概念與文藝評論中各種觀念結合所造成，而為了要了解其結合的過程，從觀察初期意境論中「境」字的使用情形，可能是最佳的切入點。就目前所知，最早提出意境論的，是盛唐著名詩人王昌齡，王氏論到「境」的詩說，見於《文鏡秘府論‧南卷‧論文意》，其中有一則云：

　　　　夫置意作詩，即須凝心，目擊其物，便以心擊之，深穿其境。如登高山絕頂，下臨萬象，如在掌中。以此見象，心中了見，當此即用。如無有不似，仍以律調之定，然後書之於

紙，會其題目。山林、日月、風景爲眞，以歌詠之。猶如水
中見月，文章是景，物色是本，照之須了見其象也。❶

據學者考察，這段引文是出自王昌齡的《詩格》❷。由引文可以看
出，重點是如何取象的問題，文中將取象過程區分爲三個階段：目
擊其物，深穿其境，以此見象。另外，舊題南宋陳應行編《吟窗雜
錄》卷四收有王昌齡《詩格》，其中「詩有三思」之「取思」云：
「取思三。搜求於象，心入於境，神會於物，因心而得。」❸這段
話中同樣將取象過程區分爲三階段，只是將次序反過來說。可以
說，「物、境、象」三個概念的結合提供一個了解意境論形成的窗
口，而境與物的結合，及境與象的結合，是必須先考慮的兩個問
題。

第一節　境與物的結合：
從慧遠的「冥神絕境」
到孔穎達的「外境」論

談到境與物的結合，本來我們可以直接舉出唐初著名經學家孔

---

❶　張伯偉編撰《全唐五代詩格校考》（西安：陝西人民教育出版社，1996）
　　頁 139-40。

❷　關於王昌齡的著作，詳見李珍華、傅璇琮合撰〈談王昌齡的《詩格》〉
　　——原載《文學遺產》1988 年第 6 期，後收入傅璇琮《唐詩論學叢稿》
　　（哈爾濱：黑龍江人民出版社，1990）。

❸　亦見張伯偉編撰《全唐五代詩格校考》頁 149-50。

穎達的話：「物，外境也。言樂所起，在於人心感外境也。」
（《禮記正義·樂記·樂本章疏》）這幾句話不僅將境與物結合在一
起，而且將境的概念與感物創作觀念結合起來，幾乎可說即將跨進
意境論的門檻。不過，如此一來，我們也將喪失了解儒釋道三家融
合的機會，使得我們在說明意境論的形成時，留下一大片空白。爲
了避免這個遺憾，我們將以《禮記正義·樂記·樂本章疏》爲指
標，先由古人對音樂的態度入手，逐步說明境與物兩個概念如何結
合在一起。

　　眾所皆知，中國古代曾經盛行感應的觀念，而在各種感應現象
中，音樂的作用很受到古人注意。據說樂器專家可以根據樂器的共
鳴感應現象去挖掘地下久已失傳的樂器❹。樂器演奏對人情緒的影
響尤受到古人關注，如「榮啓期一彈而孔子三日樂，感於和。鄒忌
一徽而威王終夕悲，感於憂。動諸琴瑟，形諸音聲，而能使人爲之
哀樂，……」❺，這說明音樂有巨大的感人力量，高明的演奏家
（或歌唱家）甚至能隨心所欲控制人的情緒變化❻。傳說中，音樂不

---

❹　見《太平廣記》卷二百三樂一「李嗣眞」條。同卷「衛道弼曹紹夔」條，
　　記紹夔根據樂器共鳴感應現象解除佛寺磬子夜輒自鳴的困擾。案：所謂
　　「銅山西崩，洛鐘東應」，大概就是根據樂器共鳴現象所作的推測。
❺　見《淮南子·主術訓》，下引《淮南子》原文，皆據張雙棣《淮南子校
　　釋》（北京：北京大學出版社，1997）。
❻　《太平廣記》卷二百四歌部「秦青韓娥」條（出《博物志》），記韓娥之
　　歌達到「餘音繞梁，三日不絕，左右以其人弗去」，其曼聲哀歌能使一里
　　老幼「悲愁涕泣，相對三日不食」，而當她轉變爲曼聲長歌時，又使一里
　　老幼「歡喜抃舞，弗能自禁」，可見韓娥的歌藝已經達到隨心所欲控制聽
　　者感情的境界。

僅能感人，還能感動天地之神物，如「昔者，師曠奏白雪之音而神物爲之下降，風雨暴至，……」❼。根據這種感應觀，古人甚至認爲音樂會招來上天之禍、福報應，如《史記·樂書》云：「凡音由於人心，天之與人有以相通，如景之象形，響之應聲。故爲善者天報以福，爲惡者天與之以殃，其自然者也。故舜彈五弦之琴，歌《南風》之詩，而天下治；紂爲朝歌北鄙之音，身死國亡。」《漢書·禮樂志》亦云：「樂者，聖人之所以感天地，通神明，安萬民，成性類者也。」

　　音樂這種強大的感人力量，反而使古人產生既愛又懼之矛盾心理。荀子〈樂論〉由音樂與人心的感應關係推論到音樂與政教的關係，將音樂區分爲正聲與奸聲，並與政治之治、亂對應起來，即爲典型例子❽。奸聲的代表爲鄭衛之音，在中國歷史上，鄭衛之音那種具有巫術般不可抗拒的吸引力，一直困擾著統治者與衛道之文藝理論家❾。因此，音樂對人的吸引力，常被拿來與人的口鼻等器官的嗜欲相提並論，成爲被批評的對象。《左傳》昭公二十五年記

---

❼　見《淮南子·覽冥訓》。

❽　案：春秋時晉國師曠曾說「好樂無荒」（《逸周書·太子晉解》），並提出類似音樂反映政治盛衰的觀念（見《國語·晉語八》）（參見修海平、羅小平著《音樂美學通論》，頁 46-47）。荀子繼承此思想，故《荀子·樂論》云：「凡奸聲感人而逆氣應之，逆氣成象而亂生焉。正聲感人而順氣應之，順氣成象而治生焉。」

❾　《荀子·樂論》云：「夫民有好惡之情而無喜怒之應，則亂。先王惡其亂也，故修其行，正其樂，而天下順焉。……姚冶之容，鄭、衛之音，使人之心淫；……。故君子耳不聽淫聲，目不視女免，口不出惡言。正三者，君子慎之。」可見鄭、衛之音是淫聲（奸聲）的代表。

載，晉國趙簡子（趙鞅）與諸侯大夫會於黃父，趙簡子向鄭國子大
叔請問禮的精神，子大叔引鄭國先大夫子產的話：

> 夫禮，天之經也，地之義也，民之行也。天志之經，而民實
> 則之，則天之明，因地之性，生其六氣，用其五行，氣爲五
> 味，發爲五色，章爲五聲，淫則昏亂，民失其性，是故爲禮
> 以奉之。

對這一段話，孔穎達疏曰：

> 口欲嘗味，目欲視色，耳欲聽聲，人之自然之性。欲之不
> 已，則失其性，聖人慮其失性，是故爲禮以奉養其性，使不
> 失也。

可見禮制的主要精神，是要節制來自感官的各種欲望，不使過度，
而這些欲望就包括「耳欲聽聲」。關於耳、目、口等器官對聲、
色、味等之追求，儒道兩家均頗重視，儒家承認這是人的本能，因
此並未完全排斥，如《孟子・告子上》云：「口之於味也，有同嗜
焉；耳之於聲也，有同聽焉；目之於色也，有同美焉。」《荀子・
王霸》云：「夫人之情，目欲綦色，耳欲綦聲，口欲綦味，鼻欲綦
臭，心欲綦佚。此五綦者，人情之所必不免也。」而道家則專論其
害處，排斥甚力，如《老子》十二章云：「五色令人目盲；五音令
人耳聾；五味令人口爽；馳騁畋獵，令人心發狂；難得之貨，令人
行妨。是以聖人爲腹不爲目，故去彼取此。」《莊子・天地篇》亦

云：「且夫失性有五：一曰五色亂目，使目不明；二曰五聲亂耳，
使耳不聰；三曰五臭熏鼻，困惾中顙；四曰五味濁口，使口厲爽；
五曰趣舍滑心，使性飛揚。」❿被認為是雜家的《呂氏春秋》一書
很重視音樂的移風易俗的作用，故有多篇文章論及音樂⓫，在做為
天子每月行動準則的十二紀中亦多次講到天子對音樂的重視⓬。其
卷五仲夏季共收〈仲夏〉〈大樂〉〈侈樂〉〈適音〉〈古樂〉等五
篇，皆與音樂有關，特別值得注意的，是〈侈樂〉篇提出「感而後
知」的角度論欲望的產生：

> 生也者，其身固靜，感而後知，或⓭使之也。遂而不返，制
> 乎嗜欲；制乎嗜欲無窮⓮，則必失其天矣。且夫嗜欲無窮，
> 則必有貪鄙悖亂之心、淫佚姦詐之事矣。故強者劫弱，眾者
> 暴寡，勇者凌怯，壯者傲幼，從此生矣。⓯

---

❿　以上關於先秦儒道兩家對感官欲望的觀點，參見陳應鶯《詩味論》（成
　　都：巴蜀書社，1996）第三章。
⓫　蔡仲德就說：「其（《呂氏春秋》）論樂文字之多，超過先秦其他諸子
　　書。」──《中國音樂美學史》（北京：人民音樂出版社，1995）頁
　　219。
⓬　參見張雙棣、張萬彬、殷國光、陳濤譯注《呂氏春秋譯注》（長春：吉林
　　文史出版社，1993）「前言」頁19。
⓭　「或，有物也」，參見張雙棣、張萬彬、殷國光、陳濤譯注《呂氏春秋譯
　　注》，頁132。
⓮　「無窮」二字疑因下文而衍（依王念孫說），參見張雙棣、張萬彬、殷國
　　光、陳濤譯注《呂氏春秋譯注》，頁132。
⓯　張雙棣、張萬彬、殷國光、陳濤譯注《呂氏春秋譯注》，頁131。

這是說人性本來是清靜的，因受外物感動而後有知覺欲望，如果使之放縱，不加以節制，將發展為各種破壞社會秩序的行為，產生可怕的後果。正是基於這種對感動後產生欲望的恐懼，在季前之〈仲夏〉中提出一種主靜以防止欲望的觀點：「君子齋戒，處必揜，身欲靜無躁，止聲色，無或進，薄滋味，無致和，退嗜欲，定心氣，百官靜，事無刑，以定晏陰之所成。」❻這是要求國君整潔身心，深居簡出，使身體安靜，避免各種嗜欲。〈大樂〉篇也說：「成樂有具，必節嗜欲。嗜欲不辟，樂乃可務。」❼這是將制作音樂與節制嗜欲連繫起來，可能是繼承《荀子·樂論》所謂：「君子樂得其道，小人樂得其欲。以道制欲，則樂而不亂；以欲忘道，則惑而不樂。」

同樣，漢初重要典籍《淮南子》亦從動蕩血氣的角度，說明各種感官欲望之害，如〈精神訓〉云：

> 是故血氣者，人之華也；而五藏者，人之精也。夫血氣能專於五藏而不外越，則胸腹充而嗜欲省矣。胸腹充而嗜欲省，則耳目清、聽視達矣。耳目清，聽視達，謂之明。……夫孔竅者，精神之戶牖也；而氣志者，五藏之使候也。耳目淫於聲色之樂，則五藏搖動而不定矣。五藏搖動而不定，則血氣滔蕩而不休矣。血氣滔蕩而不休，精神馳騁於外而不守矣。精神馳騁於外而不守，則禍福之至，雖如丘山，無由識之

---

❻　張雙棣、張萬彬、殷國光、陳濤譯注《呂氏春秋譯注》，頁120。
❼　張雙棣、張萬彬、殷國光、陳濤譯注《呂氏春秋譯注》，頁125。

矣。……是故五色亂目，使目不明；五聲譁耳，使耳不聰；
五味亂口，使口爽傷；趣舍滑心，使行飛揚。此四者，天下
之所養性也，然皆人累也。⓲

這段話的末尾部分顯然是取自前引《莊子‧天地篇》，可見是發揮
道家的觀點。全段主旨在強調耳目口心等嗜欲之害，文中所提出的
理由是：各種嗜欲會動蕩人的精神血氣，導致無法正確判斷事物的
真相，對禍福無法預知。〈本經訓〉亦云：「夫聲色五味，遠國珍
怪，瑰異奇物，足以變易心志，搖蕩精神，感動血氣者，不可勝計
也。」⓳亦強調外在事物的刺激會動蕩人的血氣精神。針對「動
蕩」之害，〈原道訓〉又加以說明：「人生而靜，天之性也；感而
後動，性之害也。物至而神應，知之動也。知與物接，而好憎生
焉。好憎成形，而知誘於外，不能反己，而天理滅矣。」⓴文中強
調人性本靜，但與物接之後，就會產生各種愛憎之情，進而去追逐
外物，最終喪失掉天生善良的理性；「感（物）而後動，是性之害
也」，是這一段話中的關鍵。前人提到各種欲望對象，喜歡就各別
器官立論，此處則總括為「物」，並以性之動靜說明物欲的影響，
成為討論人性與物欲關係的標準論述。值得注意的是，這段文字與
上引《呂氏春秋‧侈樂》甚為接近，似有可能受到〈侈樂〉影響

⓲　張雙棣撰《淮南子校釋》（北京：北京大學出版社，1997）上冊，頁
　　731-32。

⓳　張雙棣撰《淮南子校釋》上冊，頁 860-61。

⓴　張雙棣撰《淮南子校釋》上冊，頁 34。

❷。人性如何由靜到動，〈俶眞訓〉有兩段話提供更詳細的說明：

> 水之性眞清，而土汩之；人性安靜，而嗜欲亂之。夫人之所
> 受於天者，耳目之於聲色也，口鼻之於芳臭也，肌膚之於寒
> 燠也，其情一也。或通於神明，或不免於癡狂者，何也？其
> 所爲制者異也。是故神者，智之淵也，淵清則智明矣。智
> 者，心之府也，智公則心平矣。人莫鑑於流沫而鑑於止水
> 者，以其靜也。……夫鑑明者，塵垢弗能薶；神清者，嗜欲
> 弗能亂。❷

> 且人之情，耳目應感動，心志知憂樂，手足之疾、辟寒
> 暑，所以與物接也。蜂蠆螫指而神不能憺，蚊虻噆膚而性不
> 能平，夫憂患之來攖人心也，非直蜂蠆之螫毒而蚊虻之慘怛
> 也，而欲靜漠虛無，奈之何哉。……今萬物之來，擢拔吾
> 性，攓取吾情，有若泉源，雖欲勿累，其可得邪。……今盆
> 水在庭，清之終日，未能見眉睫；濁之不過一撓，而不能察
> 方員。人神易濁而難清，猶盆水之類也，而況一世而撓滑

---

❷ 案上引《淮南子》這段話亦見於《文子‧道原》及《禮記‧樂記‧樂
　本》，丁原植先生曾詳細比較《文子》《淮南子》《禮記》三書此段文字
　之異同（詳見《淮南子與文子考辨》頁 10）。案《文子》一書內容多見
　於《淮南子》，自定州《文子》殘簡出土（1973）後，頗有學者主張《淮
　南子》抄襲《文子》者，唯竹簡《文子》文字太少，尚難據此論斷。本文
　所引《淮南子》之文字，亦多與今本《文子》重複，因《文子》成書時代
　未定，姑取《淮南子》代表漢初學者之言，以與《呂氏春秋》銜接。
❷ 張雙棣撰《淮南子校釋》上冊，頁215。

之，曷得須臾平乎？㉓

這是強調平靜之心容易受到外物擾亂，影響人的正確判斷。以水之清濁比喻人性在受到物欲干擾前後的狀態，甚值得注意，《呂氏春秋·本生篇》、《孔叢子·抗志篇》亦有類似說法㉔。

除了從接受者的心理效應說明音樂的巨大力量之外，古人也注意到音樂的產生其實來自於作者心中之感動力量，如《呂氏春秋·音初篇》云：「凡音者，產乎人心者也。感於心則蕩乎音，音成於外而化乎內。是故聞其聲而知其風，察其風而知其志，觀其志而知其德。盛衰、賢不肖、君子小人皆形於樂，不可隱匿。故曰：樂之爲觀也，深矣。」㉕內心的強大感動力使人不得不藉聲音發洩出來，讓感情外化爲音樂㉖，根據〈音初篇〉的說法，音樂是最能反映人的感情的藝術，於是引申出由樂「觀志」㉗、「知德」的看法——「觀其志而知其德」，這正是後來所謂知音觀念的根據。觀志說很容易與詩言志的古說結合起來，如《漢書·藝文志》云：「《書》曰：『詩言志，歌詠言。』故哀樂之心感，而歌詠之聲

㉓　張雙棣撰《淮南子校釋》上冊，頁226。

㉔　參見丁原植《淮南子與文子考辨》頁68-69。

㉕　張雙棣、張萬彬、殷國光、陳濤注譯《呂氏春秋譯注》（長春：吉林文史出版社，1993），頁162。下引《呂氏春秋》之文字及其解釋，亦參見此書。

㉖　這種情形在巫術的操作中表現得最爲淋漓盡致，巫術之咒語即出於緊張情緒之發洩，參見馬凌諾斯基著（朱岑樓譯）《巫術、科學與宗教》（臺北：協志，1978）第壹篇第五節：巫術藝術與信仰力量。

㉗　《左傳》襄公二十七年記載趙文子（趙孟）與七大夫賦詩「觀志」之事。

發。誦其言謂之詩，詠其聲謂之歌。故古有采詩之官，王者所以觀風俗，知得失，自考正也。」這是從音樂的觀點說明詩的創作，而且與反映王政得失的觀念結合起來。

　　以上所論，牽涉到音樂的起源與感官欲望的產生，兩方面皆與人體的感應機能有關，故在《禮記・樂記・樂本章》中被結合起來，並且皆歸納爲「感物而動」。〈樂記〉一開頭說：「凡音之起，由人心生也。人心之動，物使之然也。感於物而動，故形於聲。」㉘這段話說明音樂是內心與外物交感而發於聲的結果，開頭兩句與上引《呂氏春秋・音初篇》幾乎完全相同，只是〈音初篇〉云「感於心則蕩乎音」，此處改爲「感物而動」。這段話之後，即從音樂反映內心不同的感情一直推論到音樂與「治道」的關係。但接著突然轉向，由先王制禮樂與口腹耳目之欲的關係，引出一段關於天理、人欲的話：

> 人生而靜，天之性也。感於物而動，性之欲也。物至知知，然後好惡形焉。好惡無節於內，知誘於外，不能反躬，天理滅矣。夫物之感人無窮，而人之好惡無節，則是物至而人化物也。人化物也者，滅天理而窮人欲者也。

這段話幾乎是重複上引《淮南子・原道訓》的文字，與上引《呂氏

㉘　引用《禮記・樂記》原文，皆用阮元《十三經注疏》本，標點爲筆者所加。

春秋·侈樂》文字亦多雷同❷，重點在說明：因爲受到外物的誘
惑，使人性由靜轉動，以致產生無窮禍害，可說是儒道各家對感官
欲望思想的總結❸。案嚴遵注《老子》「輕則失臣，躁則失君」
云：「言君好輕躁如樹木之根本而搖動，根搖動則枝木枯而槁矣。
人主不靜則百姓搖蕩，宗廟危傾，則失其國君之位也。」❸這是將
國家比爲樹木：人主爲一國之中心，猶如樹之根本，百姓爲人主所
養對象，猶如樹之枝葉，樹木之根若搖動不安，其枝葉將枯槁，則
爲求樹木繁榮，必須保持根本的安靜；同樣，人主亦必須保持本性
之安靜，若輕躁不靜，會影響百姓使之動蕩，於是國之宗廟亦有危
傾覆滅之虞。上引《呂氏春秋》仲夏季各文，亦主張國君應齋戒主
靜，節制嗜欲，由此可見，〈樂記〉在論音樂與治道的關係之後，
轉入人性之動靜問題，主要亦是針對國君而言──因爲國君本性之
動靜會影響到國家社稷之安危。這段引文中的關鍵亦是「感物而
動」，但卻是針對「性之欲」而言，與上引〈樂記〉開頭一段針對
「心生」而言有些變化。比較這兩處的用法，可以看出，當感物而
動是針對作者，用來解釋音樂的產生時，是強調外物對「心」的感
動力──使心中之情轉變爲音聲；而當感物而動是針對聽者，用來

---

❷ 蔡仲德已指出這點，見其《〈樂記〉〈聲無哀樂論〉注譯與研究》頁 74-
75。

❸ 蔡鍾翔指出，〈樂記〉寫定的年代當在西漢，其中許多論點襲自《荀子·
樂論》、《呂氏春秋》和《淮南子》（〈情感的發現──試論先秦兩漢的
情性論與古代文論的發端〉，《古代文學理論研究》第十九輯，頁
464），與筆者的看法可相印證。

❸ 蒙文通輯嚴君平《道德指歸論》佚文，收入《道書輯校十種》，引文見該
書第 141 頁。

解釋聖人制禮的必要性時，則強調外物對「天之性」的感動力——使性轉變爲欲。心與性的不同，在於性是各種感覺器官天生的感應能力，而心則是對各種感覺的認知、判斷能力[32]，依照佛家的概念，可稱前者爲根，後者爲識。音樂的創作是來自心靈的感動，而欲望的產生，則往往透過感官的刺激，〈樂記〉對二者的區分是很清楚的。

　　上述關於感官嗜欲的看法，有不少觀點是與佛教說法相近的，如耳目鼻口等感官對聲色香味等之欲望，以水之清濁比喻人性在受到物欲干擾前後的狀態，頗近於佛家的心性論[33]；而以禮制欲的觀點，與佛家之持戒尤可相通。值得注意的是，在〈樂記〉中，音樂的起源與嗜欲的產生，皆來自「感物而動」，可以說，「感物而

---

[32]　《荀子·正名》的話頗可參考：「生之所以然者謂之性。性之合所生，精合感應，不事而自然謂之性。性之好、惡、喜、怒、哀、樂謂之情，情然而心爲之擇謂之慮，心慮而能爲之動謂之僞。」可以看出，性是天生的感覺能力，而對不同的感覺所產生的情、慮（即各種心理傾向與判斷），則爲心的功能。故《荀子·正名》又云：「然則何緣而以同異？曰：緣天官。凡同類同情者，其天官之意物也同；故比方之疑似而通，是所以共其約名以相期也。形體、色、理，以目異；聲音清濁、調節奇聲，以耳異；甘、苦、淡、酸、奇味，以口異；香、臭、芬、鬱、腥、臊、漏、奇臭，以鼻異；疾養、滄、熱、滑、鈒、輕、重，以形體異；說、故、喜、怒、哀、樂、愛、欲，以心異。心有徵知，徵知，則緣耳而知聲可也，緣目而知形可也；然而徵知必將待天官之當薄其類然後可也。」

[33]　如東漢迦葉摩騰與竺法蘭譯《四十二章經》云：「佛言：人懷愛欲不見道。譬如濁水，以五彩投其中，致力攪之，眾人共臨水上，無能睹其影者。愛欲交錯心中，爲濁故不見道。水澄穢除，清淨無垢，即自見形。」（《大正藏》第十七冊，頁 723 上）

動」的一端是通往文藝創作，另一端則通往嗜欲的產生，而根據佛教的看法，嗜欲的產生正是來自對外境的感應，於是，感物而動的觀念成為中介橋樑，使佛教的境概念得以過渡而與文藝的感物創作觀念結合。下面我們將舉實際的例子說明佛教「境」概念如何與傳統感應觀中「物」概念結合的情形。

東漢支婁迦讖譯《佛說般舟三昧經》云：「何者，心無常規，其變多方；數無定像，待感而應。」❸❹人的身心與外物之間的感應關係，其實是佛教教義中非常重視的一點（參見上一章關於「十八界」的說明）。東晉義解高僧慧遠「少為諸生，博綜六經，尤善《莊》《老》」❸❺，可說是典型的三教精通的人物。慧遠有〈沙門不敬王者論〉（共五論），其第五論「形盡神不滅」提到神、情、物三者的關係，值得注意：

> 夫神者何邪？精極而為靈者也。……神也者，圓應無生，妙盡無名，感物而動，假數而行。感物而非物，故物化而不滅；假數而非數，故數盡而不窮。有情則可以物感，有識則可以數求，數有精粗，故其性各異；智有明闇，故其照不同。推此而論，則知化以情感，神以化傳，情為化之母，神為情之根。情有會物之道，神有冥移之功。但悟徹者反本，惑理者逐物耳。❸❻

---

❸❹　《大正藏》冊一三，頁 301 上。

❸❺　梁慧皎《高僧傳》卷六。

❸❻　梁僧佑《弘明集》卷五，本文所根據為臺北中華書局（1968 年）本。

這段話從神不滅的角度立論，其所謂神實指心之精靈而言。文中指出，心神具有感應能力，可以「感物而動」，但物有生滅，而心神並不是物，「故物化而不滅」，即不會因物化（死亡）❸❼而消滅。又：心神雖必須寄托於生命形體（數）❸❽才能有所做為，但心神非等於生命形體，「故數盡而不窮」，指所寄托之形體其命數雖然窮盡，但心神並不會消失❸❾，仍能延續下去（只是必須再找另外的生命形體以為寄托）。接著謂「化以情感，神以化傳，情為化之母，神為情之根。情有會物之道，神有冥移之功」，則進一步論神、情、物三者的關係。慧遠認為，生命之所以有變化是因為情會感物而動，並且，此種變化會隨著不滅之神而不斷傳移下去。文中一方面說神能「感物而動」，一方面又說「有情則可以物感」，則神與情二者皆可以感物。而由「情有會物之道」，可知與物接觸的是情，但因「神為情之根」，即神與情相通且為其根本，故神亦可感物；其感

---

❸❼　案《莊子·齊物論》稱莊子與蝴蝶之生命變化為「物化」，《莊子·刻意》又云「聖人之生也天行，其死也物化」，故後人常以物化代指死亡，如《古詩》云「奄忽隨物化」，《太平廣記》卷八四王居士條云「女則物化，其家始營哀具」。

❸❽　上引《佛說般舟三昧經》云：「何者，心無常規，其變多方；數無定像，待感而應。」心與數相對，數當指人的形體，故說「形無定像，待感而應」。數又指稱人的命數，蓋可數者皆屬有限，故以數指生命之有限性，《維摩詰經·弟子品》云：「佛身無漏，諸漏已盡；佛身無為，不墮諸數。」即指佛之法身已脫離生命輪迴，不受制於有限之命數。

❸❾　案：蘇軾〈和陶形贈影〉云：「忽然乘物化，豈與生滅期？」〈和陶神釋〉云：「醉醒要有盡，未易逃諸數。」其中言及「物化」與「數」，其義涵可為慧遠之文的注解。

應過程爲：物→情→神⓵。不過，既然神是情之根，則情感引起的
生命變化將保留在神當中，並隨著神而移至來生──即所謂「神有
冥移之功」。慧遠很重視情的感物機能，是因爲它可以影響人來生
的報應，其〈明報應論〉云：「是故心以善惡爲形聲，報以罪福爲
影響。本以情感而應自來，豈有幽司由御失其道也。然則罪福之
應，唯其所感，感之而然，故謂之自然。自然者，即我之影響耳，
於夫主宰復何功哉？」⓶這是用玄學「自然」觀解釋佛家所謂因果
報應，指出今生有什麼樣的情感，來生將有相應的罪福，套句公
式，就是：有什麼情感就會得什麼報應。綜合兩篇論文的觀念，可
以看出，因爲有不滅之神，故有生命輪迴，又因爲有情感機能，故
有來生報應，而情感所以能影響來生，顯然是因爲情對物的感應被
保留在心神中的緣故。根據這種觀點，報應是可以不斷輪迴延續下
去，而神與情正是使有靈之人陷於無窮的生命輪迴當中的主要關
鍵。就追求永久解脫的佛教徒而言，如何使神擺脫對有限生命的戀
眷，使情斷絕對外物的追求，成爲必須面對的問題，故〈沙門不敬
王者論〉第三論「求宗不順化」即云：

> 雖群品萬殊，精粗異貫，統極而言，唯有靈與無靈耳。有靈
> 則有情於化，無靈則無情於化……有情於化，感物而動，動
> 必以情，故其生不絕……是故反本求宗者，不以生累其神，
> 超落塵封者，不以情累其生。不以情累其生，則生可滅；不

⓵　此三者亦即佛教十八界系統中「六塵（境）→六根→六識」的關係。
⓶　《弘明集》卷五。

以生累其神，則神可冥。冥神絕境，故謂之泥洹。

案〈沙門不敬王者論〉第五論引《莊子・大宗師》的話「大塊勞我以生，息我以死」及「以生爲人羈，死爲反眞」，於是得出「以生爲大患，以無生爲反本」的結論。兩相參照，上面這段引文云「反本求宗」，反本應指「無生」，求宗指「泥洹」（涅槃），二者同義，整句謂追求不生不滅、不入輪迴的終極目標。而要達到這個目標，一方面要去除對此有限生命形體之執著，不使成爲神的牽累，故說「不以生累其神」；另一方面，「情感」亦是造成生死輪迴的重要因素，故必須斷絕情感之執著，即所謂「不以情累其生」。能去除生命形體與情感這兩方面之「累」，即是達到「冥神絕境」——亦即所謂「泥洹」。分析文中的話可知，「冥神」是對「不以生累其神」而言，「絕境」是對「不以情累其生」而言。而由「超落塵封者，不以情累其生」，又可知「絕境」是「超落塵封」的簡稱，封有疆界之義，故塵封亦即塵境。由前後文一再提到情與物的感應關係，又云「悟徹者反本，惑理者逐物」，可知「境」、「塵封」實指外物而言，所謂「絕境」，即斷絕對外物的追求。由此可以進一步推知：上述「物→情→神」的關係亦即「境→情→神（心）」的關係。將一些關鍵性的概念連繫起來，可以看出，心對境物的感應關係是佛教要解決的基本問題，值得注意的是，這種感應關係並不是旋生旋滅，而是會保留在生命當中，繼續影響到生命未來的感應現象，正合乎近人所謂「積澱」與「潛意識」的原理。

慧遠的論文，可以說是融合三教的結果，另外一位精通三教，

且為佛教護法王的梁武帝蕭衍❷，其思想更值得注意。蕭衍在〈淨業賦〉序文中云：「禮云：人生而靜，天之性也；感物而動，性之欲也。有動則心垢，有靜則心淨，外動既止，內心亦明，始自覺悟，患累無所由生也。」❸這裏明白地以《禮記‧樂記》的感物論解釋佛教的心性論，將佛教「心淨」與「心垢」的差別對應〈樂記〉中之「性」與「欲」，以「感物而動」解釋清淨心轉變為污染心——以此說明人生患累的根源。〈淨業賦〉正文一開始又云：「觀人生之天性，抱妙氣而清靜。感外物以動欲，心攀緣而成眚。過恒發於外塵，累必由於前境。」前三句是用〈樂記〉的說法，後三句則連接上佛教的觀點，顯然是延續序文的觀點。結合這兩段文字，可知其主要觀念為：人性本來是清淨的，後因感物而動，於是使心靈產生欲望，不斷去追求外物，如此一來，內心沾滿外物帶來之塵垢，失去先天本性所具有的光明智慧，容易犯下過失，帶來許多煩惱；為避免過失及煩惱，就必須斷絕對物欲的追求，使內心恢復其清淨光明的本性。案玄奘譯《異部宗輪論》曾引小乘諸部的說法：「心性本淨，客隨煩惱之所雜染，說為不淨。」❹大乘經典，如曇無讖譯《大方等大集經‧不可說菩薩品》云：「一切眾生心本性，清淨無穢如虛空。……諸客煩惱障覆故，說言凡夫心不淨。如其心性本淨者，一切眾生應解脫。以客煩惱障覆故，是故不得於解

❷　蕭衍〈述三教詩〉云：「少時學周孔……中復歸道書……晚年開釋卷……。」（見《廣弘明集》卷三十）可見蕭衍確實精通三教。
❸　嚴可均輯《全上古三代秦漢三國六朝文》（中華書局版）第三冊，《全梁文》卷一，頁 2950。
❹　《大正藏》冊四十九，頁 15 下。

脫。」❹可見眾生本性清淨，因受客塵所污，才會不淨而產生煩惱，是佛教的基本觀念❹。如果說慧遠〈沙門不敬王者論〉尚未明白指出塵境就是外物，那麼，蕭衍以外塵、前境（當前之境）對等於外物，不僅明白，而且直接：就心的感動對象言稱為外物，就污染心靈言稱為外塵，就心靈的患累言稱為前境，實是一物異名。接著蕭衍即舉具體例子逐一說明眼耳鼻舌身意等（六根）如何追逐外物，導致「六塵同障善道」，帶來各種煩惱與禍害，其大者甚至會「殄國禍家，亡身絕祀」。於是，為避免吞食惡果，就應「外清眼境，內淨心塵」，最後回歸清淨本心，才能永除災禍：即所謂「既除客塵，又還自性。三途長乖，八難永滅。」❹由文中可以明顯看出，所謂六塵、客塵、外塵、前境等皆是佛教概念，並且皆是指外物，而心與物的感應關係，亦即心與塵境的感應關係。

梁武帝大力推行佛法，他在〈淨業賦〉中極力闡明各種物質欲望的可怕後果，目的是為了說明持戒的重要性，在序文中，他不惜

---

❹　《大正藏》冊一三冊，頁 90 中。

❹　參見賴永海《中國佛性論》頁 14，及任繼愈主編《中國佛教史》二卷第一章第四節「竺法護譯籍剖析」之第四點：心本清淨與客塵所蔽（頁 63-68）。唯據樓宇烈的考察，從原始佛教到部派說一切有部都以染污心為眾生的特徵，部派佛教中大眾部始提出「自性清淨」的主張，並成為後來大乘各派佛教的基本教義。說見樓宇烈〈部派佛教「自性清淨」說述要〉（收入《周紹良先生欣開九秩慶壽文集》，北京：中華書局，1997），及〈禪宗「自性清淨」說之意趣〉（收入《燕京學報》新四期，北京：北京大學出版社，1998）。案：在大乘佛教中，天臺宗主張「性具善惡」，為該宗的一大特色。

❹　嚴可均輯《全上古三代秦漢三國六朝文》第三冊，《全梁文》卷一，頁2951。

公布自己的生活實況：「蔬食不噉魚肉，……斷房室，不與嬪侍同屋而處四十年矣。」——這是爲了證明他對戒律的重視，並且是身體力行，極爲嚴格。眾所皆知，六朝著名的文論家劉勰在年輕時曾至定林寺依靠僧祐，而僧祐即爲明律之高僧。梁慧皎《高僧傳·明律篇·僧祐傳》（卷十三）⓼稱讚僧祐「大精律部，有邁先哲」，在齊的時候，「齊竟陵文宣王，每請講律，聽眾常七八百人」；入梁，「今上（梁武帝）深相禮遇」。僧祐傳末有評論曰：「禮者，出乎忠信之薄，律亦起自防非。……齊梁之間，號稱命世，學徒傳記，於今尚焉。夫慧資於定，定資於戒，故戒定慧品義次第故。當知入道即以戒律爲本，居俗則以禮義爲先。《禮記》云：道德仁義，非禮不成，教訓正俗，非禮不備。經云……。」這段話有兩點值得注意：一是將佛教戒律等同於儒家之禮制，且最後又引用《禮記》的話與佛經相比。二是說明戒律之學在齊梁頗爲興盛，並且認爲在佛教戒定慧三學中，應以戒律爲本。由梁武帝許多做爲看來，他對戒律是相當重視的⓽，其〈淨業賦〉以《禮記》之感物論補充佛教之心性論，從戒律之學看來，也就不足爲奇（唐柳宗元〈南岳大明寺律和尚碑〉云：「儒以禮立仁義，無之則壞；佛以律持定慧，去之則喪。」亦以儒家之禮制對應佛家之戒律）。〈淨業賦〉可說是一篇宣揚佛教戒律的

⓼ 梁慧皎《高僧傳》卷十三是屬於"明律"高僧的傳記。

⓽ 梁武重視戒律，有許多具體表現，如曾赴無礙殿受佛戒，法名冠達；敕命法超爲僧正，撰《出要律儀》十四卷，分發境內，通令照行；作〈斷酒肉文〉反覆闡明斷禁肉食的必要性和重要性；爲嚴格戒律擬自任白衣僧正等（參見方立天〈三次捨身寺院的梁武帝〉，收入趙樸初·任繼愈等著《佛教與中國文化》，臺北：國文天地雜誌社，1980，方先生文見頁249-50）。

小品，是以感物觀點融合儒佛的典型例子。蕭衍另有〈立神明成佛義記〉，是主張神明佛性論的名文，其主旨是從心識之體、用兩面說明成佛的根據。在這篇文章中識（或稱「內識」）與心交互使用，二者實爲同義⑩，文中多次提到心識與境的感應關係：若心識用於攀緣外境，則會「與境俱往」、「心隨境滅」、「隨境遷謝」，也就是說心會隨著外境而生滅變化。但這只是就心之用而言——它是心的無常的一面，其實心之本體神明是永遠存在不斷，它是常住的，因此，只要接受善法，即可恢復本體之明，亦即有修成佛果之可能。稱心識感知對象爲境，這是佛教特有的用法，其臣下沈績注解此〈記〉，則以外塵解釋外境，說明因爲「識染外塵」，所以本性之明變爲無明，所用的佛教教義與〈淨業賦〉的觀點完全相同。參照〈淨業賦〉，可知此〈記〉之「境」，除了指外物之外，不可能有其它的解釋；〈記〉文中所謂心識與境的感應關係即是〈樂記〉中心與物的感應關係。

　　慧遠與蕭衍，或爲了說明外物如何成爲情感的患累，或爲了說明人的清淨本性如何受到污染，將《禮記·樂記》「人生而靜，天之性也；感物而動，性之欲也」的觀念引入佛教教義中加以補充，造成兩方面概念的交融：如佛教的「塵、境」與中國傳統的「外物」成爲對等的概念；佛教中「心（識）、境」的感應關係亦等同於中國傳統的「心、物」感應關係。藉著共同的感應觀點，儒佛思想產生互補，並在互補的過程中，無意中搭起一座通往意境論的橋樑。

---

⑩　蕭衍文見《弘明集》卷九，其臣下沈績注云：「識者，心也。故《成實論》云：心意識，體一而異名。」此以《成實論》證明識即心。

（案：慧遠與蕭衍均精於禮學──參見牟潤孫〈論儒釋兩家之講經與義疏〉第九節與第十節）

南北朝之後，佛教徒將感知對象「境」稱之為「物」，已漸普遍，如梁慧皎《高僧傳》卷十二習禪篇卷末有論曰：「禪也者，妙萬物而為言，故能無法不緣，無境不察，然後緣法察境，唯寂乃明。」這段話所稱的「法」、「境」顯然是指「萬物」之「物」而言，但其中省略了一個重要主語：心。文中強調：修習禪定工夫，才能使心處於虛寂狀態，從而能「無法不緣，無境不察」，亦即具有絕佳的感應觀察能力，可以清楚認識所有事物的真實本質。隋三論宗大師吉藏《中觀論疏》卷二〈因緣品〉解釋六家七宗之心無宗云：「溫法師用心無義。心無者，無心於萬物，萬物未嘗無。此釋意云：經中說諸法空者，欲令心體虛妄不執，故言無耳，不空外物，即萬物之境不空。」❺❶由最後兩句可見「萬物之境」是指「外物」而言，文中討論的重心即是心對物的認識問題。佛家重視內在感知機能與外在感知對象的區分，常稱外在感知對象為「外境界」或「外境」，如《雜阿含經》常言「此識身及外境界一切相」❺❷，《達摩多羅禪經》云「若於外境界，修行心樂進」❺❸，《佛地經論》云「內六處外六境界」❺❹。《唯識論》主張「唯有內識，無外境界」❺❺，《成唯識論》尤常用「外境」一語，如云：

❺❶　《大正藏》冊四二，頁 29 上。
❺❷　《大正藏》冊二，頁 5 中。
❺❸　《大正藏》冊一五，頁 315 中。
❺❹　《大正藏》冊二六，頁 309 中。
❺❺　《大正藏》冊三一，頁 67 上。

復有迷謬唯識理者，或執外境如識非無，或執內識如境非
有……或復內識轉似外境，我法分別薰習力故。諸識生時變
似我法，此我法相雖在內識，而由分別似外境現。諸有情類
無始時來，緣此執爲實我實法。如患夢者患夢力故，心似種
種外境相現。緣此執爲實有外境。❺❻

可見「外境界」、「外境」是佛家常用的概念。由上引這些資料看
來，在佛教典籍中，稱物（或外物）爲境或外境，是相當常見的，
而對心境關係的認識，則爲佛教修行的重要關鍵，如唐釋道宣《續
高僧傳》記天臺宗二祖慧思生平，提到學禪時因用功過於勇猛，發
生禪障：「又於來夏，束身長坐，繫念在前。始三七日，發少靜
觀，見一生來善惡業相。因此驚嗟，倍加勇猛，遂動八觸，發本初
禪。自此禪障忽起……即自觀察，我今病者皆從業生。業由心起，
本無外境。反見心源，業非可得。身如雲影，相有體空。如是觀
已，顛倒想滅。心性清淨，所苦消除。又發空定，心境廓然。」❺❼
這是強調觀空之後才使禪障消除，重點仍在心對物的認識問題。文
中所稱外境，指原先行禪坐靜觀時所見善惡業相——即過去所做的
行爲，其實亦等於外物，佛家常認定外物爲虛妄，故云「本無外
境」。

　由上面所舉例子可以看出，自六朝以來，佛教徒已經將佛教特

---

❺❻　見護法等菩薩造，唐・玄奘法師譯《成唯識論》（臺北：老古文化事業公
　　司，1989 年 6 月，臺六版），頁 1-3。
❺❼　《高僧傳》二集（臺北：臺灣印經處印行，1970 年）卷 21，頁 566。

有的、做爲心的感知對象的「境」概念，與中國傳統的「物」概念
對應起來，並且用《禮記·樂記》中的心物交感觀點解釋佛教的心
（識）境交感觀點，在這種條件下，「境」概念若被用來解釋〈樂
記〉中音樂的產生，並不令人感到意外。唐初著名經學家孔穎達，
其《禮記正義》在解釋〈樂記〉時，既稱物爲外物，又用「外境」
解釋「物」。〈樂記·樂本章〉云：「樂者，音之所由生也，其本
在人心之感於物也。是故其哀心感者，其聲噍以殺；其樂心感者，
其聲嘽以緩；其喜心感者，其聲發以散；其怒心感者，其聲粗以
厲；其敬心感者，其聲直以廉，其愛心感者，其聲和以柔。六者，
非性也，感於物而後動。是故先王愼所以感之者。」此段話分析音
樂所以有不同的表現，是因爲人內在的感情不一，而內在感情不
一，又是由於其所感之物不同，其前後感應關係是：物→心（情）
→聲[58]。孔疏對此解釋云：「物，外境也。言樂所起，在於人心感
外境也。……心既由於外境而變，故有以下六事之不同也。」孔疏
將物解釋爲外境，應是根據佛教的觀點——將外境視爲心的感知對
象，於是〈樂記〉所謂「物→心（情）→聲」的感應關係，亦可說
成「外境→心（情）→聲」的感應關係。故孔疏又云：「若外境痛
苦，則其心哀，哀感在心，故其聲必踧急而速殺也。」以下皆從
「若外境……則其心……故其聲……」的模式解釋其餘五事之不同
[59]。這裏用六種外境解釋六情之所感對象，似亦參考佛教關於「六

---

[58] 蔣寅也指出，〈樂記〉這裏所揭示的創作心理過程是「物→情→聲」
（〈感物：由言志轉向緣情的契機〉，《古代文學理論研究》第十九輯，
頁 275）。

[59] 以上引《禮記·樂記》本文皆用阮元《十三經注疏》本。

情」的說法（詳見上一章），值得注意的是，這裏所說的外境，是針
對外物的特徵，不同的物有不同的特徵，當它們感動人時所引起的
感情亦不相同，故說「若外境痛苦，則其心哀……」，可見感物而
動之情與物的特徵是相應的⑩。案《史記‧樂書》的文字每與《禮
記‧樂記》重複，可見是採自同一來源，而張守節《史記正義》解
「人心之動，物使之然也」云：「物者，外境也。外有善惡，來觸
於心，則應觸而動，故云物使之然也。」此處以「外境」解釋
「物」，顯然是承襲孔穎達的《禮記正義》，而「外有善惡」云
云，是對外境的進一步解釋，則可補充孔氏的說法。根據張守節的
解釋，外境不單是指物而已，更包含物所具有的人事意義：善惡。
由此看來，用境字比用物字，是更能說明〈樂記〉中樂與政通的思
想。

　　〈樂記〉所謂樂其實是包括詩⑪，故論樂的創作起因也就是論
詩的創作起因，〈樂記〉用人心感物而動解釋詩樂的創作衝動，可
稱之為感物論，孔穎達〈毛詩正義序〉正是用這種感物論解釋詩的

---

⑩　蔡仲德在解釋《禮記‧樂記》這段話時說：「這六種聲不是人的本性所固
　　有的，而是人心感應外物，使固有的感情激動起來的結果。……音樂所表
　　現的感情并不是外物影響後的產物，而為本性所固有，外物的作用不是使
　　人產生感情，而只是使人所固有的感情激動起來，得以表現於音樂之
　　聲。」（《中國音樂美史》，頁 329）順著蔡先生的意思，我們必須說，
　　根據感應的原理，外物所以能引起人心固有的感情，是因為外物的特徵與
　　人心固有的感情有某種類同性，故能產生相應。

⑪　《禮記‧樂記》云：「詩言其志也；歌詠其聲也；舞動其容也；三者本於
　　心，然後樂器從之，是故情深而文明，氣盛而化神，和順積中而英華發
　　外，唯樂不可以為偽。」此即所謂詩樂舞三者合一之說。

產生：「夫詩者，……六情靜於中，百物盪於外，情緣物動，物感情遷。……發諸情性，諧於律呂。」這段話顯然是結合〈樂記·樂本章〉所謂「人生而靜，天之性也；感於物而動，性之欲也」與「凡音之起，由人心生也。人心之動，物使之然也。感物而動，故形於聲」這兩段話，結合的關鍵即為「感物而動」，只不過將心改為情，「六情靜於中，百物盪於外」乃濃縮上引〈樂記疏〉中六種感情與六種外境之感應關係。

從心物相感而生情（即「感物興情」，簡稱「感興」）的角度說明創作起因，自六朝以來，一直是詩賦創作論的主要觀點⑥，因此，當孔疏用外境解釋引起創作動機之物時，即已將境的概念與傳統的感物創作論結合起來：外境成為刺激創作的一個重要因素；而追根究柢，外境這名稱實來自佛教用法。案唐太宗貞觀十三年，孔穎達曾奉詔與沙門慧淨、道士蔡晃等入弘文館談論三教⑥，則孔氏應對道佛兩家教義有所認識，其以佛教概念解釋儒家經典，可能就是當時三教論衡的產物⑥。如上所說，佛教徒已常用外境指稱外物，而梁武帝蕭衍〈淨業賦〉將塵、境等佛教概念對應《禮記·樂記》之

---

⑥　漢至六朝詩賦中提到「感物」的非常多，欲知大概，可參見陳允鋒《唐詩美學意味》（北京：新華出版社，2000年1月），頁48-50。

⑥　此據道宣《續高僧傳·慧淨傳》。南宋釋志磐《佛祖統記》亦有記載，見《大正藏》冊四九，頁471。

⑥　案：南北朝時已有三教講論，北周更盛，天和三年，周武帝曾集百僚及沙門、道士等，「親講《禮記》」，至唐，三教論講更成為皇帝誕日表演節目之一（參見任半塘《唐戲弄》上冊頁740，及李小榮《變文講唱與華梵宗教藝術》，頁298）。則在三教論衡中用佛道之概念解釋《禮記》，或用《禮記》中之內容解釋佛道思想，皆有可能。

外物，更爲孔疏以外境解釋〈樂記〉之物提供強有力的根據。

　　以上主要是從儒佛融合的角度說明境的概念如何與傳統創作論之物結合，但是，談境與物的結合，似不能忽略《老子》《莊子》的注疏與道教徒的著作。關於《老子》《莊子》的注疏，應從漢人的著作談起。案蒙文通、嚴靈峰二先生均曾輯有嚴遵《道德指歸論》佚文，其中，嚴遵注《老子》第一章「常無欲以觀其妙，常有欲以觀其徼」云：「……且有欲之人，貪逐境物，亡其坦夷之道；但見邊小之徼，迷而不返，喪失眞元。」❻此處已使用「境物」一詞，頗令人感到驚訝。嵇康〈贈兄秀才入軍〉第十八章云：「流俗難悟，逐物不還。」前引慧遠〈沙門不敬王者論〉亦云「悟徹者反本，惑理者逐物」，唯二者皆未將境與物直接結合成一個詞。值得注意的是，「逐境」一詞多見於唐宋《老子》注中，如蔡晃注《老子》有「馳心逐境」之語❻，成玄英《道德經義疏》云：「言田獵之手貪逐禽獸，快心放蕩，有類狂人倒置之徒，欲心逐境，速如馳騁，狂如田獵。」❻「此斥凡情迷惑，染滯深重，貪逐前境，不憚死生。」❻「下機之人，性情愚鈍，縱心逐境，耽滯日深。」❻成

---

❻　蒙文通與嚴靈峰均輯有《道德指歸論佚文》，蒙氏所輯見《道書輯校十　　種》（頁 129），嚴氏所輯見《無求備齋老子集成初編》（《輯「道德指　　歸論」上卷佚文》頁 11），二者皆根據宋陳景元《道德眞經藏室纂篇》　　錄出。

❻　見蒙文通〈晉唐《老子》古注四十家輯存〉，收入《道書輯校十種》，注　　文見第 206 頁，唯姓名作「蔡子晃」。

❻　見成玄英《道德經義疏》（蒙文通《道書輯校十種》，頁 398）。

❻　蒙文通《道書輯校十種》，頁 524。

❻　蒙文通《道書輯校十種》，頁 410。

疏所謂「貪逐前境」，與「貪逐境物」顯然是同一意思，文字亦幾乎相同。前引嚴遵《道德指歸論》所謂「貪逐境物」，乃見於北宋道士陳景元《老子註》⑩中，而陳註亦多見「逐境」一詞，如在引嚴君平「貪逐境物」一段話之前即云：「欲者逐境生心，妙者要也，又微之極也。」⑪陳注《老子》「是以聖人之治，虛其心」云：「虛其心者，謂無邪思也，不役心逐境，……」⑫注《老子》「眾人熙熙，如饗太牢，如春登臺」云：「世人因學致偽，逐境失真。」⑬對於境的內容，陳註亦有說明，如注《老子》「谷神不死，是謂玄牝」云：「人能清靜虛空以養其神，不為諸欲所染，使形完神全，故不死也。若觸情耽滯，為諸境所亂，使形殘神去，何道之可存哉！」⑭可見「諸境」指的是會引起「情欲」之物。其注《老子》「不見可欲，使民心不亂」云：「可欲者，謂外物惑情，令人生可尚愛欲心也。……若乃人君見外物而無可尚愛欲之心者，是不為色塵所染亂，……」⑮注《老子》「塞其兌，閉其門，終身不勤」云：「兌，悅也；謂耳目悅聲色、鼻口悅香味，六根各有所悅。門以出入為義，夫耳目諸根，乃色塵之所由也，若塞其愛悅之

---

⑩　蒙文通〈校理陳景元《老子註》、《莊子註》敘錄〉云：「唐代道家，頗重成（玄英）、李（榮）；而宋代則重陳景元，於微引者多，可以概見。」（蒙文通《道書輯校十種》，頁 710）可見陳註在《老》《莊》注釋學史上的地位。

⑪　蒙文通《道書輯校十種》，頁 731。

⑫　蒙文通《道書輯校十種》，頁 736。

⑬　蒙文通《道書輯校十種》，頁 768。

⑭　蒙文通《道書輯校十種》，頁 741。

⑮　蒙文通《道書輯校十種》，頁 736。

門，則禍患息而身不勤勞也。」❼很明顯，陳註所謂「境」指外物、色塵，是六根所追逐的對象，則其「逐境」概念似來自佛教❼。類似「貪逐境物」的話常見於佛典，主要是用來批評人的感覺器官（六根）無法抵抗外物（境）的誘惑，其追逐欲望之物有如獵馬追逐獵物，因此常用「馳騁六境」之類的套語，如東晉法顯譯《佛說大般泥洹經》云：「惡賊意王居其城內，貪利蕩逸馳騁六境。」❼馬鳴菩薩造，北涼曇無讖譯《佛所行讚》亦云：「不攝諸根馬，縱馳於六境。」❼佛陀跋陀羅譯《達摩多羅禪經・修行觀陰》云：「六入各於境界，縛無智眾生貪欲心，……開諸入門馳縱六境，六境惡賊奪淨戒失諸功德。」這些例子均指六根喜追逐六境之物，蔡晃與成玄英皆喜歡引用佛教理論解釋《老子》（詳下），其所謂「逐境」亦有可能是參用佛教「馳騁六境」的話語。案裴休所集《黃蘗希運禪師傳心法要》亦云：「凡人皆逐境生心，心隨欣厭。」❽敦煌本《觀心論》❽指出一切諸惡來自三毒（貪嗔癡）與六賊，其論六賊云：「若應現六根亦名六賊，其六賊則名六識，出入

---

❼　蒙文通《道書輯校十種》，頁 825。

❼　陳註《老子》「道之為物，唯恍唯惚」（蒙文通《道書輯校十種》，頁 771），亦採取佛教「空即是色，色即是空」的觀念。

❼　《大正藏》冊一二，頁 854 中。

❼　《大正藏》冊四，頁 48 上。

❽　宋・釋道原《景德傳燈錄》（臺北：真善美出版社，1970）卷九，頁 167。

❽　近人認為，《觀心論》屬北宗神秀一系的禪法（楊曾文《唐五代禪宗史》，頁 116）。

諸根貪著萬境，能成惡業損真如體，故名六賊。」⑧此處所謂「貪著萬境」同樣是針對六根的習慣言，應是「逐境」的另一種說法，而與「貪逐境物」的文字尤為接近。就上引資料看來，「逐境」一詞是唐宋道教徒之常用概念，「逐境」即是「貪逐境物」，指追逐引起情欲之外物，唯亦受佛教影響，以境物指六根所追逐對象⑧。另成玄英《道德經義疏》引《內解》注《老子》，亦用到佛教的概念，如：

> 《老子》：「以道佐人主者，不以兵強天下。」《內解》：
> 「身心者，即是三業六根兵也。」⑧
> 《老子》：「夫佳兵者不祥之器。」《內解》：「即三毒六根之兵，若磨銳諸根，而貪取塵境者，不善之行也。」⑧
> 《老子》：「入軍不被甲兵。」《內解》：「縱入塵境，亦不為色等所傷也。」⑧

---

⑧ 《大正藏》第 85 冊，頁 1270 下。

⑧ 唐宋道教徒著作普遍採用佛教概念，「貪逐境物」若置於唐宋道教徒著作中頗為順理成章，而若置於漢代，則顯突兀，故是否為《指歸》原文，似仍有商榷餘地。據嚴靈峰先生云，「佚文」乃是由宋陳景元《道德真經藏室纂微篇》、李霖《道德真經取善集》、劉惟永《道德真經集義》等書輯出，唯這些書在引用嚴遵《指歸》時，亦有約引及增刪等情形（見嚴靈峰《無求備齋老子集成初編》，嚴遵《道德指歸論》，書前所附嚴靈峰〈辨嚴遵《道德指歸論》非偽書〉）。

⑧ 見蒙文通輯校成玄英《道德經義疏》（《道書輯校十種》頁 436）。

⑧ 見蒙文通輯校成玄英《道德經義疏》（《道書輯校十種》頁 438）。

⑧ 見蒙文通輯校成玄英《道德經義疏》（《道書輯校十種》頁 477）。

《老子》：「夫慈以陳則勝。」《內解》：「即是六根兵馬，對於六塵，不爲塵沒，故獲勝也。」**⑧**

很明顯是以佛教概念解釋《老子》思想。蒙先生考《內解》爲五斗米道領袖系師張魯所作**⑧**，則似早在東漢時期，道教徒即已吸收佛教所謂三毒、六根、塵境等概念，而所謂塵境既與六根相對，很可能即指外物。《內解》資料的作者與時代尚可存疑，不過，可以確定的是，《內解》應作於唐初之前，並且：唐以前之道教著作已經完全吸收佛教關於十八界中的概念**⑧**。

---

⑧　見蒙文通輯校成玄英《道德經義疏》（《道書輯校十種》頁 514）。

⑧　《道書輯校十種》頁 244。案：《內解》作者，或作尹喜，或作系師，蒙氏採後說。唯系師亦有指張魯之父張衡者。蓋天師道有天師、系師、嗣師等名稱，天師指張陵，至系師與嗣師，則或指衡，或指魯，並不一定（參見饒宗頤《老子想爾注校證》，頁 157-58）。《太平廣記》卷六十孫夫人條（出《女仙傳》）與張玉蘭條（出《傳仙錄》），則稱衡、魯皆爲嗣師。

⑧　案：齊梁間著名道士顧歡，其《道德眞經取善集》云：「聖人因天任物，無所造爲，心常凝靜於前，美善處於無爭，故人不爲六境之所傾奪。」《道教義樞‧六情義第十三》引梁道士徐素云：「六根之法，并因五常四大所成。」（上引兩則轉引自強昱《從魏晉玄學到初唐重玄學》，頁 74 與頁 119）以上兩則提到六境與六根，而唐初甚爲流行的道經《本際經》（據傳爲由隋入唐之道士劉進喜作，又由同時之李仲卿續成十卷）其〈道性品〉云：「六根成就，對於六塵，生六種識，是名識聚。」明顯是取用佛教十八界的說法。《本際經》具有濃厚的佛教色彩，學者多有論及，而喜歡援佛入道其實亦爲唐代道書之普遍現象（參見王宗昱《道教義樞研究》頁 18，上引《本際經‧道性品》文亦見該書第 241 頁）。

在唐代，有一批研究「重玄之道」**⑩**的道教徒，他們繼承魏晉玄學中講求玄理的思想，並吸收了佛教的理論——尤其是中觀的思想來解釋《老》、《莊》的內容**⑪**，境字就是他們的著作中經常出現的一個重要字眼。在重玄學中公認最重要的是唐初太宗時代的道教徒成玄英**⑫**，他的《道德經義疏》與《莊子疏》，均為《老》《莊》注疏中的重要著作。據釋道宣《續高僧傳·玄奘傳》云，貞觀二十一年，唐太宗曾下令翻五千言《老子》為梵言，以遺西域（應當時印度東天竺童子王之請），當時譯經大師玄奘乃召集道教徒「述其玄奧」——即先聽取道教徒的高論才進行翻譯，以免誤會。不料道士蔡晃與成玄英「競引釋論中百玄意，用通道經」——即以佛教三論宗之重要典籍《中論》與《百論》之思想解釋《老子》的玄理。據《續高僧傳》云，玄奘很不贊同這種比附，曾與蔡晃有所爭辯。案：開創三論宗之大師（隋）吉藏，其《十二門論疏》云：

---

⑩ 所謂「重玄」，是發揮《老子》所謂「玄之又玄，眾妙之門」的思想，近人或稱之為「重玄學」，或稱之為「重玄派」，唯是否能算一個學派，學者仍有爭論，參見孔令宏〈道教思想史研究的現狀及課題〉（收入張岱之主編《中國思想史論集》，桂林：廣西師範大學出版社，2000 年，頁116-117）。

⑪ 參見卿希泰主編《中國道教史》（成都：四川人民出版社，1992 年 7月）第二卷第五章第四節部分。陳鼓應主編《道家文化研究》第十九輯「玄學與重玄學」專號，亦可參看。唯近年亦有學者反對此種「佛教影響說」，仁智之辯，亦是學術常態。

⑫ 關於成玄英的著述行年，詳見強昱《從魏晉玄學到初唐的重玄學》（上海：上海文化出版社，2002）下篇第五章第一節：〈成玄英著述行年考〉。據強氏判斷，成玄英約生於隋仁壽年間（公元 601-604 年），卒於武周天授元年（公元 690 年）。

離益中有二離，得益中有兩得。二離者，一離六道，二離三
乘，一一皆用玄儒兩書語，以顯佛法義。造次即儒書語。兩
玄謂《老子》語。忘造次於兩玄者，《論語》云：『造次弗
如也。』語默失度，動止乖儀，故云造次。寄此明六道迴宗
也。兩玄者，即《老子》云：『玄之又玄，眾妙之門。』借
此語以目前五轉，始自內外兩除，終竟得失無際，謂重玄
也。❸

這裏已經用儒道兩家經典——《論語》與《老子》解釋《十二門
論》，且稱《十二門論》之「兩玄」即《老子》所謂「玄之又玄，
眾妙之門」，並稱之為「重玄」，可見蔡、成二人用《三論》解
《老》並非沒有根據。由蒙文通所輯校成玄英《道德經義疏》，可
以看出帶有三論宗色彩的一些觀念。三論宗的基本觀念就是緣起性
空（或說「一切皆空」），《中論·觀四諦品》中著名的三是偈文
云：「眾因緣生法，我說即是無❹。亦為是假名，亦是中道義。未
曾有一法，不從因緣生，是故一切法，無不是空者。」❺這是說客
觀世界的一切事物都是因緣和合的產物，沒有不依賴於其他事物而
獨立存在的自性，所以都是空❻。而《中論》所說的空亦稱之為無

---

❸　《大正藏》冊四二，頁 173 中，唯原文斷句欠妥，故筆者重加標點。

❹　案：在偈文之後，經文即云：「眾因緣生法，我說即是空。」可見偈文之
　　無亦可換成空字，故後人在引用這段偈文時亦常改為：「因緣所生法，我
　　說即是空。」

❺　《大正藏》冊三十，頁 33 中。

❻　參見〔隋〕吉藏著，韓延傑校釋《三論玄義校釋》（北京：中華書局，
　　1987）〈序言〉，頁 15。

（如上引文），無是無自性的意思，如《中論·觀三相品》云：「眾緣所生法，無自性故寂滅。寂滅名爲無，此無彼無相，斷言語道滅諸戲論。」❼由於《老子》思想中，道的概念每等於無，並且常以無來否定現實的事物，故在成玄英的《道德經義疏》中，就常見到這種一切皆空的觀念，如：

> 《老子》：「天下皆知美之爲美，斯惡已。」成疏：「言一切蒼生莫不耽滯諸塵，妄執美惡。……不知諸法，即有即空，美惡既空，何憎何愛。」❽
>
> 《老子》：「天地不仁，以萬物爲芻狗。」成疏：「況一切萬物，虛幻亦然，莫不相與皆空，故無恩報之可責也。」❾

《老子》第十一章云「三十輻共一轂，當其無，有車之用」，成疏云：「當其無者，箱轂內空也。只爲空能容物，故有車用，以況學人心空，故能運載蒼生也。又車是假名，諸緣和合，而成此車，細析推尋，遍體虛幻，況一切法亦復如是。」❿很明顯的，成玄英是以三論宗「緣起性空」的觀點來解釋《老子》所說的無。三論宗的另一重要觀念，就是中道──如上引《中論·觀四諦品》偈文即以中道爲三論宗之宗旨。所謂中道即不執著有又不執著無，這在成玄英《道德經義疏》中也有反映，如：

---

❼　《大正藏》冊三十，頁 10 下。
❽　蒙文通《道書輯校十種》，頁 378。
❾　蒙文通《道書輯校十種》，頁 386。
❿　蒙文通《道書輯校十種》，頁 397。

《老子》：「同謂之玄。」成疏云：「玄者深遠之稱，亦是不滯之名。有無二心，微妙兩觀，源乎一道，同出異名，異名一道，謂之深遠。深遠之玄，理歸無滯，既不滯有，亦不滯無，二俱不滯，故謂之玄。」❿❶

《老子》：「玄之又玄。」成疏云：「有欲之人，唯滯於有，無欲之士，又滯於無，故說一玄，以遣雙執，又恐行者滯於此玄，今說又玄，更袪後病，既而非但不滯於滯，亦乃不滯於不滯，此則遣之又遣，故曰玄之又玄。」❿❷

《老子》：「眾妙之門。」成疏云：「妙，要妙也。門，法門也。前以一中之玄，遣二偏之執，二偏之病既除，一中之藥還遣，唯藥與病一時既消，此乃妙極精微、窮理盡性，豈獨群聖之戶牖，抑亦眾妙之法門。」❿❸（例子甚多，僅舉三者，其餘從略）

顯然，成玄英是用《老子》「玄」的觀念對應三論宗的中道❿❹。一切皆空是包括物我兩方面，即包括我之身心與外在的塵境──或合

---

❿❶　蒙文通《道書輯校十種》，頁 377。
❿❷　蒙文通《道書輯校十種》，頁 377。
❿❸　蒙文通《道書輯校十種》，頁 378。
❿❹　中道有許多層次，不滯於有無是一層，不滯於不滯又是一層，前一層是「玄」，後一層是「玄之又玄」──亦即所謂「重玄」。唯成氏說法已見於《本際經》（卷八）：「何謂重玄？太極真人曰：正觀之人，前空諸有，於有無著。次遣於空，空心亦盡，乃曰兼忘。……如是行者，於空於有，無所滯著，名之為玄。又遣此玄，都無所得，故名重玄眾妙之門。」（強昱《從魏晉玄學到初唐的重玄學》頁 199 引）

稱之爲「根塵」，或合稱爲「心境」，而所謂聖人，就是能體會一
切皆空、物我虛幻的智者，如：

> 《老子》：「此其無尸，故能成尸。」成疏：「尸，主也。
> 言聖人觀物我虛幻，名實俱空，故能後己先人，忘我濟物，
> 故無主也。」**⑩**
>
> 《老子》：「吾不敢爲主而爲客。」成疏：「主者，我身
> 也。客者，前塵也，言根塵兩空，物我俱幻，既無我身之能
> 緣，亦無前塵之可染也。」**⑩**
>
> 《老子》：「不見可欲，使心不亂。」成疏：「可欲者，即
> 是世間一切前境色聲等法，可貪求染愛之物也。而言不見，
> 非杜耳目以避之也。妙體塵境虛幻，竟無可欲之法，推窮根
> 塵，不合故也。既無可欲之境，故恣耳目之見聞，而心恒虛
> 寂，故言不亂也。」**⑩**

在成疏中，常見對凡人之批判與聖凡之比較，而其差別就在於是否
了解空義。如：

> 《老子》：「五色令人目盲。」成疏：「言人不能內照眞
> 源，而外逐塵境，雖見異空之色，乃曰非盲，不睹即色是

---

⑩ 蒙文通《道書輯校十種》，頁 390。
⑩ 蒙文通《道書輯校十種》，頁 517。
⑩ 蒙文通《道書輯校十種》，頁 382。

空，與盲何別？」⑩

　　《老子》：「人之輕死，以其生生之厚，是以輕死。」成
　　疏：「不知物我俱幻，即生無生，既而多貪六塵，厚資四大
　　故也。」⑩

在《義疏》中，凡人的同義詞有：眾人、眾生、下機之人、狂人倒
置之徒、顛倒之徒等，因其不能內照真源，不睹即色是空，故會：
外逐塵境、多貪六塵、欲心逐境、貪逐前境、妄心逐境、滯於欲
境、迷沒世境、染滯前境、心緣前境、強暴前境。可見對心境關係
的認識是成凡或成聖的關鍵，故說「萬境唯在一心」。與凡人相
異，聖人不會去追逐塵境，亦不受塵境所污染，如：

　　《老子》：「我魄未兆。」成疏：「言聖人雖處塵俗，而心
　　知寂魄，不爲前境所牽，故都無攀緣之萌狀也。」⑩
　　《老子》：「眾人皆有以，我獨頑似鄙。」成疏：「眾人滯
　　於欲境，未嘗休息，雖復取捨不同，同有所以。聖人妙體虛
　　假，曾無分別，既不見是，亦不知非，類彼頑愚，若茲鄙
　　陋。」⑪

聖人基於對空義的了解，不會去追逐外在的塵境事物，心靈無所障
累，即使處在塵俗之中，亦不受其污染。相對的，凡俗之人因不了

---

⑩　蒙文通《道書輯校十種》，頁 398。
⑩　蒙文通《道書輯校十種》，頁 526。
⑩　蒙文通《道書輯校十種》，頁 515。
⑪　蒙文通《道書輯校十種》，頁 416。

解空義,故終日追逐塵境,心靈受到污染,充滿煩惱,甚且會帶來大禍。如《老子》云「禍莫大於侮敵」,成疏云:「敵,前境也,輕染諸塵,致三塗之報,故成大禍也。」⑫

在成玄英《道德經義疏》中,常見六根、六塵、前境、塵境等概念,充分顯示出佛教十八界的概念已完全被吸收進道教徒著作中。由成疏所謂「外無可欲之境」,可見塵境主要是指外境,亦即外物,是心所感知的對象。《老子》云「吾不敢爲主而爲客」,成疏云:「主者,我身也。客者,前塵也,言根塵兩空,物我俱幻,既無我身之能緣,亦無前塵之可染也。」⑬此處之「物我」指「根塵」:根(六根)指我之身體,塵指物而言。同樣,《老子》云「故抗兵相若,則哀者勝」,成疏云:「言根塵相逼,舉眼色等相當也。仍以大慈之心,虛察前境,則能所兩空,物我清靜,一切諸法,皆成勝妙之境也。」⑭此處亦以根塵指物我,而塵與前境是同一概念,可見物即塵境。又如《老子》云「不見可欲,使心不亂」,成疏云:「可欲者,即是世間一切前境色聲等法,可貪求染愛之物也。」在此,境與物顯然是相等的概念。由於塵境乃指物言,故有時直稱爲「物境」,如《老子》云「事無事」,成疏云:「事者,色聲物境,一切諸事也。」⑮「物境」一詞似由成玄英最先使用,它的出現,更清楚地標記境與物之一體關係。而物境空幻的觀念很自然地出現在成疏中,如《老子》云「仍無敵」,成疏

---

⑫ 蒙文通《道書輯校十種》,頁 518。
⑬ 蒙文通《道書輯校十種》,頁 517。
⑭ 蒙文通《道書輯校十種》,頁 518。
⑮ 蒙文通《道書輯校十種》,頁 504。

云：「物境空幻，無敵可因。」❶⑯又《老子》云「雖有甲兵，無所陳之」，成疏云：「雖有身心甲兵，隳體坐忘，物境既空，何所陳設？」❶⑰物其實是萬物的簡稱，《荀子·正名》云：「故萬物雖眾，有時而欲遍舉之，故謂之物。物也者，大共名也。」古代典籍使用物或萬物，往往同義，故《說文》云：「物，萬物也。」《老子》云「夫物或行或隨」，成疏亦云：「夫物，萬物也。」❶⑱《老子》（四十二章）云「道生一，一生二，二生三，三生萬物」，這是為了強調物之多，故用萬物指所有的物。前引隋三論宗大師吉藏《中觀論疏》稱外物為萬物之境，萬物之境若簡稱之亦曰「萬境」，故《老子》云「知足者富」，成疏云：「並鑒有無，則萬境俱照。」❶⑲萬境或萬物之境可以說是外物的全稱。

　　除《道德經義疏》外，成玄英另有《莊子疏》，是繼郭象《莊子注》後的重要莊學著作。與《道德經義疏》相同，成玄英在《莊子疏》中亦鼓吹萬境皆空的觀念，如《莊子·天道》云「萬物無足以鐃心者，故靜也」，成疏云：「妙體二儀非有，萬境皆空，是以參變同塵，而無喧撓，非由飾勵而得靜也。」在成疏中常見將物境、萬境與空、空幻、虛幻、虛空這些字眼連繫起來，明顯看出受到佛教教義（尤其是三論宗）的影響❷⑳。在〈齊物論疏〉中，成玄英

---

❶⑯　蒙文通《道書輯校十種》，頁 518。

❶⑰　蒙文通《道書輯校十種》，頁 533。

❶⑱　蒙文通《道書輯校十種》，頁 435。

❶⑲　蒙文通《道書輯校十種》，頁 443。

❷⑳　學者已指出，以佛釋莊是成疏的特色，參見任繼愈主編，鍾肇鵬副主編《道藏提要》，頁 534。

提到「心境相感，欲染斯興」，既同於〈樂記〉所說心感物而動致引起情欲，亦同於佛教所說物欲會污染清淨本心。郭象《莊子注》雖用到境字，但次數不多，且大都集中在內篇部分，而成疏中的境字則分布在內篇、外篇、雜篇各部分，使用的次數比郭注多出很多，內容亦更富於變化。其中，只有一處是指現實的國土邊界──即〈胠篋疏〉之「闔四境之內」。除此之外，另有許多用法，有些是明顯繼承老莊玄學的，如：有境、榮辱二境、是非之境、有爲之境、心知之境等，而有些則是取自佛教的，如：塵境、前境、取境、逐境、滯境等，眞是豐富。由這許多用法可見「境」確實是成玄英思想中的一個重要概念，應特別提出的是，「物境」一詞亦多次出現在成玄英之《莊子疏》中⑫。

　　與成玄英時代極爲接近，另一著名道士李榮⑫，其《道德經注》，亦說重玄之境是超越空有⑫，並從「因緣之皆假」角度，論證「萬境皆空」⑫。另外，屬於道教徒著作的道書中亦常吸收佛教

---

⑫　見〈逍遙遊〉〈養生主〉〈大宗師〉〈達生〉等疏。

⑫　據張志哲主編《道教文化辭典》云，成玄英於唐太宗貞觀五年（637）奉詔入京，加號西華法師，高宗永徽中，流郁州（頁 199）。同書又云，李榮於唐太宗年間出家爲道士，高宗即位，詔入京城，住長安東明觀（頁 203），可見李榮與成玄英之時代極爲接近。同書又云，李榮「深受釋宗三論影響，爲京城道流之冠」（頁 203），則其思想亦近於成玄英。（陳鼓應主編《道家文化研究》第十九輯「玄學與重玄學」專號，收強昱〈成玄英李榮著述行年考〉，亦可參看。

⑫　如《老子》：「大道癈，有仁義。」李注：「夫重玄之境，氣象不能移，至虛之理，空有未足議。」（見蒙文通輯校李榮《道德經注》，《道書輯校十種》，頁 588）

⑫　如《老子》：「故抗兵相若，則哀者勝。」李注：「識因緣之皆假，達理

之心識、塵、境等概念，亦有「物、境」結合及「心、境」相感的例子。如據說爲北周韋處玄所傳的《內觀經》●云：

> 老君曰：人所以流浪惡道，沉淪滓穢，緣六情起妄而生六
> 識。六識分別，繫縛憎愛，去來取舍，染諸煩惱，與道長
> 隔。所以內觀六識因起。六識從何而起，從心識起。人從我
> 起，我從欲起，妄想顛倒，而生有識。亦曰自然，又名無
> 爲，本來清淨，元無有識。有識分別，起諸邪見。邪見既
> 興，盡是煩惱，展轉纏縛，流浪生死，永失于道。●

這段話如果去掉「自然、無爲」四個字，幾乎就是一篇純粹的佛教論文●。主要的觀念仍是說人心本來清淨，因爲發生情欲而產生妄想，妄想又進一步引發六識邪見，結果是：邪見既興，盡是煩惱。

教之俱空，行無行也。非唯萬境虛寂，抑亦一身空淨，攘無臂也。內忘智慧，執無兵也。外絕情塵，仍無敵也。」（見蒙文通輯校李榮《道德經注》，《道書輯校十種》，頁 654）

● 參見盧國龍《道教哲學》（北京：華夏出版社，1997），頁 273。

● 見《雲笈七籤》（北京：華夏出版社，1996）卷十七《太上老君內觀經》，頁 95。

● 案：《道藏·洞玄部玉訣類》收有《洞玄靈寶定觀經註》一卷，是註解題曰：「定者，心定也……觀者，慧觀也……定慧等修，故名定觀。」其經文亦取佛教定觀之說，附會黃老清靜無爲之旨及道教存神之法。註文多作四言，並多取佛教之語，循文爲解（參見任繼愈主編鍾肇鵬副主編《道藏提要》頁 297）。據盧國龍云，《內觀經》與《定觀經》二道書，據說均爲北周韋處玄所傳（盧國龍《道教哲學》，頁 273），可見吸收佛教教理，是南北朝以來道書的風氣。

其中所謂六情是套用佛教的用法，指眼耳鼻舌身意等六根，故說
「緣六情起妄而生六識」。接著，《內觀經》又提出一種「觀境察
心」之法：

> 內觀之道，靜神定心，亂想不起，邪妄不侵，周身及物，閉
> 目思尋，表裏虛寂，神道微深。外觀萬境，內察一心，了然
> 明靜，靜亂俱息。念念相繫，深根寧極，湛然常住，窈冥難
> 測，憂患永消，是非莫識。⓬⓳

這一段說內觀是要「外觀萬境，內察一心」，而所觀、察的內容爲
各種亂想、邪妄，正是指六情起妄所生六識邪見而言。由所謂「外
觀萬境，內察一心」可見內心之邪見是由萬境所引起，而萬境既由
外觀，當指外在的各種物境——亦即外物，心、境之感應關係亦即
心、物之感應關係。

　　唐初有一部道書《海空經》，亦主張「諸法空」，即以空爲道
的性質⓭。此經最值得注意的，是以感應解釋道體的觀點。經文將
修道分爲五種果位：地仙果、飛仙果、自在果、無漏果、無爲果，
不同的果位代表修行的不同層級，其實同於佛教所謂境界⓮。無爲

⓬⓳　《雲笈七籤》，頁 95。

⓭　參見任繼愈主編《道藏提要》，頁 11。

⓮　姚秦竺佛念譯《出曜經》提到許多修行境界，其中即有「無爲境」（《大
　　正藏》第四冊，頁 662 上）。僧肇〈涅槃無名論〉亦云：「有名曰：經稱
　　法身以上，入無爲境。心不可以智知，形不以象測，體絕陰入，心智寂
　　滅。」（嚴可均《全上古三代秦漢三國六朝文》，《全晉文》卷一百六十
　　五，北京中華書局本，第三冊，頁 2421）

果爲最上乘，又稱「寂境」，經文解釋寂境云：

> 無爲果者，即是入寂無上法門。所以爾者，寂境即是無爲，
> 無爲即是寂境。何謂寂境？……寂境即是感應，感應即是寂
> 境，以寂境生感應，以感應歸寂境。寂境即是妙有之源，系
> 言爲有，不得同無，既不爲無，亦不爲有，是爲無爲。無爲
> 之説，非有境界，故爲無爲。**⑬**

修至無爲果即能進入寂境，既然空寂是道的性質，故寂境其實也就
是道境。由寂境與無爲果的關係，可知寂境實即《莊子》之無竟，
而爲凸顯其感應能力，故稱爲寂境。寂境之寂，既可說是對道體的
形容，亦可說是對體道之人其心理狀態的概括：指其心能永保空寂
狀態，不滯於外物。隋唐道經談空說有並不希奇，本經的特色在以
感應說寂境。引文說「寂境即是感應」，又說「寂境即是妙有之
源」，這是說心靈因為處於空寂狀態，更易感應並容受外物。「以
寂境生感應，以感應歸寂境」，是說寂境之心雖感應萬物，但不執
著，外物不滯留於心境，故仍保空寂。顯然，這是參考佛家眞空與
妙有並行不悖的中道觀**⑬**，根據心靈特殊的感應能力解除空寂與妙

---

⑬　引文見《正統道藏》（臺北：藝文印書館，1962）第三函洞眞部本文類月
字號上。

⑬　案：《海空經》此段引文又見於隋唐之際著名道士潘師正《道門經法相承
次序》，唯文字略有不同，《序》文云：「寂境即是無爲，無爲即是寂
境。寂境者，不生不死，故能長生；不毀不變，故能應變。無爲即是有
爲，有爲即是無爲。以無爲生有爲，以有爲入無爲。（寂）境即是感應，
感應即是寂境。以寂境生感應，以感應歸寂境，微妙莫測，神力難思，窮

有的矛盾。雖然這段話是描寫體道者的心理狀態，但重點在強調心靈對物境的感應，其中觀點也頗能用來說明文藝創作的原理。如陸機〈文賦〉云「課虛無以責有，叩寂寞而求音」，即是描寫在想像活動中，由虛無（無形）中產生萬象，由寂寞（無聲）中出現萬聲的情形。〈文賦〉又說「籠天地於形內，挫萬物於筆端」，可見想像力所達到的範圍至廣，其內容極為豐富，而天地萬物皆是虛無中所創造出來的形象，其本質雖虛，看來卻像實有，故可說是「妙有」。天地萬物這些形象，其實是由作家的感興引發出來的，〈文賦〉云「遵四時以歎逝，瞻萬物而思紛，悲落葉於勁秋，喜柔條於芳春」，由於感物興情，在想像活動中自會出現與感情對應的物象，而隨著物象的變化，作家的外在形貌亦隨之而變，故曰：「信情貌之不差，故每變而在顏。思涉樂其必笑，方言哀而已歎。」《海空經》所說「寂境即是感應」、「寂境是妙有之源」，確實可與《文賦》所描寫的想像活動相印證，而當想像活動結束時，因感興而出現在想像中的種種物象亦隨之消逝，這亦合乎《海空經》所謂「感應歸寂境」。論虛寂之道（或心）具有高度敏銳的感應能力，其實是佛道兩家著作中常見的主題❸，所謂「寂境即是感應，

極深幽，故名解脫。」早期佛經常借用道家「無為」的概念譯「涅槃」，文中稱無為果為寂境，即是視寂境為佛家之涅槃境界，故以「不生不滅」形容寂境，而最後又云「故名解脫」（《序》文轉引自王申《道教本論——黃老、道家即道教論》頁 204，王先生亦指出：「無為果和寂境，即涅槃寂靜的關係……這是成仙和涅槃的有機結合，也是對有無動靜的深刻理解。潘對無為的理解，顯然是吸收了佛教的思維成果，而且運用熟練。」）。

❸ 如宗炳〈明佛論〉云：「論曰：群生皆以精神為主，故於玄極之靈，咸有

感應即是寂境」，正是傳統感物論與佛道空無思想結合的產物，後來蘇軾云「空故納萬境」，亦是參照佛道思想，與此處所謂「寂境即是妙有之源」是相通的。

綜合上述，在儒釋道三教的融合過程中，佛教的「境」概念已經在不知不覺中融入傳統的感物創作論中。我們看到，境與物已經結爲一體，心與境及情與境的感應關係亦已建立起來，物境、取境等特殊概念已被提出，這些都是後來意境論的重要內容。其中，佛道兩家的著作雖無關於文藝創作，但它們卻提供意境論產生的有利條件，而唐代詩人喜與佛道之人交往，不難接觸上述種種概念與思想。唐初著名經學家孔穎達以外境解釋《禮記·樂記》之物，就目前所知，可說是正式結合境概念與中國傳統感物創作論的第一人。

第二節　境與象的結合：
由觀物取象至觀境取相

文藝評論中所說的意境，通常是針對作品中的景物形象言，而

理以感，堯則遠矣，而百獸舞德，豈非感哉！則佛爲萬感之宗焉。」
（《弘明集》卷二）李榮《道德經注》云：「至道玄寂，眞際不動，道常
無爲也。應物斯動，化被萬方，隨類見形，於何不有，種種方便，而無不
爲也。無爲而爲，則寂不常寂，爲而不爲，則動不常動，動不常動，息動
以歸，寂不常寂，從寂而起動……。」（蒙文通《道書輯校十種》頁
612）「無心於動，動不妨寂，虛己於寂，寂不妨動。寂不妨動，雖動而
非動，動不妨寂，雖寂而非寂，動無非寂，精之至也。」（蒙文通《道書
輯校十種》，頁636）李注與《海空經》的思想尤爲接近。

孔穎達在〈樂記疏〉所說的外境，乃是指外在現實的事物，它們只是刺激感情的外在因素，尚未經由詩人想像力的作用轉化爲作品的景物形象，距正式的意境論仍差一個門檻。將外在事物轉化爲作品形象以寄託情意，正合乎《易》學中「觀物取象」至「立象以盡意」的創作原理，湊巧的是，孔氏除《禮記正義》之外，另有《周易正義》，對如何「觀物取象」、「立象盡意」及卦象之結構原則皆有詳細說明。更特殊的是，孔氏多次提到境字，並且已注意到境與象的關係。若結合孔氏〈樂記疏〉之「外境」、〈毛詩正義序〉之「情緣物動，物感情遷」，與《周易正義》之「觀物取象」等觀念，剛好可以說明由外境轉化爲作品意境之整個創作過程。故以下即根據《周易正義》略述孔氏論觀物取象至立象以盡意的幾個重要觀點。

1.卦象與物象

《繫辭下》云：「八卦成列，象在其中矣。」孔疏云：「言八卦各成列位，萬物之象在其八卦之中也。」❸這裏說萬物之象皆在八卦之中，應指外在自然界的物象已全部被轉化爲卦象，故孔疏解釋《繫辭上》所謂「聖人設卦觀象」時云：「謂聖人設畫其卦之時，莫不瞻觀物象，法其物象，然後設之卦象，則有吉有凶。」❸這裏很清楚地說明：卦象是來自大自然物象的效法、模仿，故在《易經》中，物象與卦象幾乎可以劃上等號❸。對於古聖人如何觀

---

❸ 《周易正義》（阮元《十三經注疏》本，下引同此）頁167。

❸ 《周易正義》頁145。

❸ 邢文即云：「其實，設卦前後，象的意義略有不同。未設卦以前的象，是可以直接觀察到；設卦以後的象，是從卦中觀想而出的。因此，可以有兩

物取象，《繫辭下》的一段話常為學者所引用：

> 古者包犧氏之王天下也，仰則觀象於天，俯則觀法於地，觀
> 鳥獸之文與地之宜，近取諸身，遠取諸物，於始作八卦。⑬

這是闡述古聖人從觀察萬物到製成八卦的整個思維過程，學者們稱
之為觀物取象⑬。韓康伯注云：「聖人之作易，無大不極，無微不
究，大則取象天地，細則觀鳥獸之文與地之宜也。」孔疏云：「云
仰則觀象於天，俯則觀法於地者，言取象大也；觀鳥獸之文與地之
宜者，言取象細也；大之與細，則無所不包也。」⑬據此，《繫辭
下》這段話不僅是說明聖人觀物取象的過程，更重要的，是說明卦
象是無所不包：舉凡大至天地，小至鳥獸地宜，各種物象，皆包容
在《易》卦之中。不過聖人在取自然界的物象時，並不是隨便的，
如《說卦》云：「乾為馬，坤為牛，震為龍，巽為雞，坎為豕，離
為雉，艮為狗，兌為羊。」孔疏云：「此一節說八卦畜獸之象，略
明遠取諸物也。乾象天行健，故為馬也，坤為牛，象地任重而順，
故為牛也。……」⑭由此可見，聖人所取之物象，乃是取其類型意

種完全不同的象，而這兩種象在《周易》中往往又不再區分。」《帛書周
易研究》（北京：人民出版社，1997）頁 153。

⑬　《周易正義》頁 166。

⑬　參見黃壽祺、張善文撰《周易譯注》（上海：上海古籍出版社，1989 年 5
月），頁 3。

⑬　《周易正義》頁 166。

⑭　《周易正義》頁 185。

義：即以某類物象代表某類義理以此作爲卦象⑭，故上引《繫辭下》接著云：「（近取諸身，遠取諸物）於是始作八卦，以通神明之德，以類萬物之情。」認爲物象類型與天地間之神秘義理有某種對應關係，正是古代《易》學的重要基礎，而物之類型意義，當然是長期觀察的結果，故說「觀物取象」。

2.象與意

聖人爲何要創造卦象，並且取物象爲卦象？《繫辭上》云：「聖人有以見天下之賾，而擬諸其形容，象其物宜。是故謂之象。」韓康伯注云：「乾剛坤柔，各有其體，故曰擬諸形容。」孔疏於此有詳細說明：

> 聖人有以見天下之賾者，賾謂幽深難見，聖人有其神妙，以能見天下深賾之至理也。而擬諸其形容者，以此深賾之理，擬度諸物形容也。見此剛理，則擬諸乾之形容，見此柔理，則擬諸坤之形容也。象其物宜者，聖人又法象其物之所宜，若象陽物，宜於剛也，若象陰物，宜於柔也，是各象其物之所宜。六十四卦，皆擬諸形容，象其物宜也。若泰卦，比擬泰之形容，象其泰之物宜，若否卦，則比擬否之形容，象其否之物宜也。⑭

根據這個解釋可知：聖人爲了說明天地間幽深的道理，爲恐人不易

---

⑭ 樊波亦說：「象（卦象）就是一種類象。」（《中國書畫美學史綱》，頁273）

⑭ 《周易正義》頁150。

了解，故以卦象表示。這個解釋是有根據的，因爲《繫辭上》又云：「易與天地準，故能彌綸天地之道⑭，仰以觀於天文，俯以察於地理，是故知幽明之故，原始反終，故知死生之說。」這段話證明《易》卦確實包含有許多高深的大道，由於道理過於幽深，爲恐常人不易理解，故聖人才根據物象的類型意義創立八卦，以示吉凶。《傳》文云「擬諸其形容」，根據孔疏，即是用適當的形容來表現某種深刻的義理。案〈乾卦〉象曰：「天行健，君子以自強不息。」孔疏云：「此大象也。……萬物之體自然，各有形象，聖人設卦，以寫萬物之象，今夫子釋此卦之所象，故言象曰。天有純剛，故有健用，今盡純陽之卦，以比擬之，故謂之象。」⑭由此可見，〈乾卦〉爲了表現「剛健」之理，乃以三陽爻（純陽）構成卦體；同理，〈坤卦〉爲表現「柔順」之理，則以三陰爻（純陰）構成卦體；陽爻或陰爻的卦體結構，正是用以形容該卦的義理。另外，《易傳》在「擬諸其形容」外，又說「象其物宜」，指選擇可以表現義理的適當「物象」，如〈乾卦〉爲了表現「剛健」之理，即選擇天行健（物象）爲其卦象。故每一卦皆有其「形容」（卦體），亦皆有其「物象」（卦象），而目的都在說明某種義理。可見聖人觀物取象——取物象爲卦象，基本上是藉物象以明天地之道，而人道必須效法天道，故進一步可藉物象以明人事之理⑭，如

---

⑭　《周易正義》頁 147。案：這兩句，帛書《繫辭》作「《易》與天地順，故能彌論天下之道」，唯本文乃討論孔氏之思想，故以孔疏爲準。

⑭　《周易正義》頁 11。

⑭　朱伯崑歸納《周易》卦爻辭的內容及哲學，即指出：「認爲天道和人事具有一致性。所謂天道，指自然現象變化的過程……卦爻辭中有些文句，既

《周易正義》對〈乾卦〉大象「天行健，君子以自強不息」的解釋
云：「此以人事法天所行，言君子人用此卦象自強勉力，不有止
息。」即是說君子應效法天之健行，立身、行事，始終奮發不止
⑭。由卦象推衍出人事意義，並不只表現在〈乾卦〉大象，而是整
個《易經》大象傳的通例⑭，可見：根據《易傳》的觀點，藉由物
象以暗示人事意義才是《易經》的眞正目的。《繫辭上》云：「子
曰：書不盡言，言不盡意，然則聖人之意，其不可見乎？子曰：聖
人立象以盡意，設卦以盡情僞，繫辭焉以盡其言，變而通之，以盡
利。」孔疏云：「此一節是夫子還自釋聖人之意有可見之理也。聖
人立象以盡意者，雖言不盡意，立象可以盡之也。」⑭天道與人道
的關係極爲幽深難見，但是藉著人們熟知的物象，卻可達到相當程
度的了解，《易傳》稱之爲「立象以盡意」。當然，立象所以能夠
盡意有一個前提，就是所選物象必須適當：由於某類物象很適合表
現某種義理，當某物象被取爲卦象時，即可藉以了解天道與人道的
關係及其意義。

3.象與境

《繫辭下》云：「聖人設卦觀象，繫辭焉而明吉凶，剛柔相推

講自然現象的變化，又配以人事的變化。」——見《易學哲學史》（北
京：華夏出版社，1995）第一卷，頁 17-18。

⑭ 參見黃壽祺、張善文撰《周易譯注》（上海：上海古籍出版社，1989），
頁 9。

⑭ 黃壽祺、張善文撰《周易譯注》對此〈乾〉卦大象的「說明」即云：
「《大象傳》基本體例是：先釋上下卦象，然後從卦象推衍出切近人事的
象徵意義。即《折中》所謂：專取兩象以立義。」（頁 9）

⑭ 《周易正義》頁 158。

而生變化。是故吉凶者，失得之象也；悔吝者，憂虞之象也。」孔疏云：「經悔吝者，是得失微小初時憂念慮度之形象也。……其餘元亨利貞，則是吉象之境，有四德別言，故於此不言也。」⑭這裏最值得注意的是「吉象之境」這幾個字，既有吉象之境，依此類推，當亦有凶象之境、悔象之境、吝象之境等境。韓康伯注云「吉凶者，存乎人事也」，由《繫辭下》這段傳文可知，雖然卦象是包含天地萬物，但就卦象所比擬的人事意義言，所有的卦象基本上可區分爲吉、凶；悔、吝等四個範疇：吉凶之象是代表人事之得失，悔吝之象是代表人事之憂虞⑮。據孔疏，聖人設卦象之後還要繫辭，是因爲「若不繫辭，其理未顯」，也就是說，有了繫辭，卦象所比擬之人事意義才能顯明，換言之，繫辭的作用即在說明卦象所比擬之人事意義：吉、凶；悔、吝。在此，孔疏是依據人事意義將物象（包括卦象）區分爲不同的範疇：境，凡屬於某境之象即有某意，亦即境象與人事意義有某種對應關係。不難看出，「境」是對「象」的進一步概括──使物象的人事意義更爲明確；境可以說是物象的意義範疇，是溝通物象與人事意義的橋樑，此與上引張守節《史記正義》以善惡解釋「外境」，用意相同。由此再回頭看孔氏之〈樂記疏〉，會有更深入的理解：孔氏在〈樂記疏〉中雖以外境解釋物，但他用六種外境解釋六情之所感對象（如佛教所謂六境與六根之對應關係），實際上是根據情感意義將外物歸納爲六個較大的範

---

⑭　《周易正義》頁 145。

⑮　案：《周易》卦爻辭之「吉凶」，往往與人的品德聯繫在一起，參見朱伯崑《易學哲學史》第一卷，頁 20。

疇；由於「境」是對物象的進一步概括，此所以孔氏要以外境替代外物，因為如此較能說明物所可能引起的情感意義。案《繫辭上》云：「易無思也，無為也，寂然不動，感而遂通天下之故，非天下之至神，其孰能與此也。」孔疏云：「凡自有形象者，不可以制他物之形象，猶若海不能制山之形象，山不能制海之形象。遺忘己象者，乃能制眾物之形象也。」⑮可見物象各有界限，不容逾越，同理，人事之「吉、凶；悔、吝」亦各有對應之物象（卦象），彼此之間若有邊界範圍，故孔疏稱之為「境」。孔疏中用到境字尚有幾處，如《繫辭上》云：「有親則可久，有功則可大。可久，則賢人之德；可大，則賢人之業。」孔疏解之云：「聖人則隱蹟藏用，事在無境，……賢人則事在有境。」⑯這是以「無境」與「有境」之相對性說明聖人與賢人在修養上之區別。另外，在解釋「一陰一陽之謂道」（《繫辭上》）時，又提到「有境」。無論是「有、無」相對之境或「吉、凶；悔、吝」等四象之境，這些用法，都應是受到六朝玄學與佛學的影響，可以說：孔氏所以用境的概念解釋《易》的卦象，正是六朝以來境與物兩個概念相通的結果。

如果我們將《易經》視為文學文本，那麼，上述孔疏關於觀物取象等的說明，其中所蘊涵的意境論的意義，就很明顯：由觀物取象至立象以盡意，正是將外物（外境）轉化為文本中物象以寄托情意的過程。聖人為了說明某種人事意義而選擇某種物象以成卦象，此種「立象以盡意」的創作法則，與詩人為表現情意而選擇物象以

---

⑮　《周易正義》頁 155。
⑯　《周易正義》頁 144。

爲寄托，其實是相當一致的。《周易正義》孔疏解坤卦初六爻辭
「履霜堅冰至」云：「凡易者，象也，以物象而明人事，若《詩》
之比喻也。」⑮可見在孔氏心目中，《易》學「立象以盡意」這套
原則亦適用於《詩》之創作。當外物成爲文本中的物象時，它已不
是單純的物，而是蘊涵有某種人事意義——即所謂「意象」；針對
物象的意義，可區分爲不同的範疇：境，境可以說是結合物象與意
義的觀察對象。依照孔氏的觀點，聖人設卦觀象，其創作的先後邏
輯應爲：意→境→象，亦即先有要表達的意義在心，然後去尋找具
有此意義的物象範疇（境），最後在此範疇中選擇適合的物象。若
以《詩》代表文學文本，則《易》與《詩》（即下圖括號中的概
念），其對應關係可以圖形簡單表示如下：

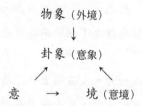

經由孔疏的解釋，卦象不是直接取自外在物象，而是取自人們在觀
念上賦予人事意義的境象，經由此一轉折，所取才是足以盡意的卦
象——簡稱意象。可以說：因爲受到佛道影響，在孔疏中，傳統的
觀物取象，已經轉變爲觀境取象；而從文論的角度來看，亦可說：
孔疏在無意中使意象論轉變爲意境論。綜合孔氏之著作，〈樂記
疏〉之「外境」論、〈毛詩正義序〉之「情緣物動，物感情遷」

---

⑮　《周易正義》頁 19。

論，與《周易正義》之「觀物取象」論，三者若結合起來，實可構成一完整的意境理論，所欠缺的，只是未正式運用於文藝評論而已。不僅如此，孔氏於《正義》中時常歸納《周易》之各種體例，如乾卦大象（「天行健，君子以自強不息」）之「正義曰」，即有對六十四卦「說象」的條例：

凡六十四卦，說象不同，或總舉象之所由，不論象之實體，又總包六爻，不顯上體下體，則乾坤二卦是也。

或直舉下上二體者：若雲雷屯也，天地交泰也……凡此十四卦，皆總舉兩體而結義也。

舉兩體俱成，或有直舉兩體上下相對者：天與水違行，訟也；上天下澤，履也；……凡此四卦，或取兩體相違，或取兩體相合，或取兩體上下相承而為卦也，故兩體相對而俱言也。

雖上下二體共成一卦，或直指上體而為文者：若雲上於天，需也；……凡此十五卦，皆先舉上象而連於下，亦意取上象以立卦名也。

亦有雖意在上象而先舉下象以出上象者：地上有水，比也；……凡此十二卦，皆先舉下象以出上象，亦意取上象共下象而成卦也。

或先舉上象而出下象，義取下象以成卦義者：山下出泉，蒙也；……凡此十三卦，皆先舉上體，後明下體也，其上體是天，天與山則稱下也；若上體是地，地與澤則稱中也。

或有雖先舉下象，稱在上象之下者，若雷在地中，復也；天

在山中，大畜也；…………是先舉下象而稱在上象之下，亦義取下象以立卦也。⑭

另外，「正義曰」還提到所謂實象與虛象：

> 先儒所云，此等象辭，或有實象，或有假象。實象者，若地上有水，比也；地中生木，升也，皆非虛，故言實也。假象者，若天在山中，風自火出，如此之類，實無此象，假而爲義，謂之假也。雖有實象假象，皆以義示人，總謂之象也。⑮

這種條例式的說明，其實已經接近唐代詩格類著作⑯；古代經學中的義例之學與詩格著作的關係，是值得注意的。

如上所述，孔穎達之著作提供一條重要的線索：境是結合物象與意義的重要概念，而將佛道之境概念引入取象活動中，是促成意象論轉變爲意境論的關鍵。當然，孔氏的著作畢竟屬於經學範疇，文藝美學中的意境論是如何形成，仍需就文藝創作論中去考察。有許多學者指出：意境論的產生與《易傳》哲學及六朝意象論有關，由上述孔氏著作看來，這種觀察具有一定價值，故下面即從意象論

---

⑭　《周易正義》頁 11。

⑮　《周易正義》頁 12。

⑯　中晚唐詩格很重視物象與人事意義的對應關係，如舊題賈島撰《二南密旨》有「論物象是詩家之作用」條，而其「論總例物象」中舉很多物象，並說明其所對應之人事意義，頗近於《易傳》所謂「立象以盡意」——參見下章論皎然意境論部分。

的發展與主要觀點中去尋找其轉變爲意境論的可能性，並提出我們對二者之間關係的一些判斷。

學者皆注意到，《易傳》立象以盡意的觀念正是意象一詞的源頭。根據《易傳》的說法，聖人與常人之不同，主要在於他們善於觀察物象，能取自然物象爲卦象，既說明天地之道，也藉以說明人事意義，此即所謂「立象以盡意」❺。戰國至秦漢，流行天人感應之說，自然物象常被用來預測人事政治的後果，故《淮南子・要略》提出物可以喻意象形的說法：「〈覽冥〉者……物之可以喻意象形者，乃以穿通窘滯，決瀆壅塞，引人之意，繫之無極；乃以明物類之感，同氣之應，陰陽之合，形埒之朕，所以令人遠觀博見者也。」這是根據同類相感的原理，認爲物象與人事意義有某種對應關係，因此可以由物象之變化預知人事──即「遠觀博見」❺。「物之可以喻意象形者」，即指自然物象有預示人事意義與形容的作用，正同於《易傳》所謂「擬諸其形容，象其物宜」及「立象以

---

❺　案：《說卦》云：「昔者聖人之作《易》也，將以順性命之理，是以立天之道曰陰與陽，立地之道曰柔與剛，立人之道曰仁與義，兼三才而兩之，故《易》六畫而成卦；分陰分陽，迭用柔剛，故《易》六位而成章。」可見《易》卦的創作是爲了說明天地人三才的義理，而《說卦》的一部分就是列舉各種物象所對應（近人稱爲象徵）的三才之道。

❺　案：《莊子・漁父》云：「同類相從，同聲相應，固天之理也。」董仲舒《春秋繁露・同類相動》云：「美事召美類，惡事召惡類，如馬鳴則馬應之，牛鳴則牛應之。帝王之將興也，其美祥亦先見，其將亡也，妖孽亦先見。物故以類相召也，故以龍致雨，以扇逐暑。軍之所處以（生）棘楚，美惡皆有從來，以爲命，莫知其處中。」此即從類同性的感應原理，說明物象與人事意義有某種對應關係，故君王若行善政，即有美的物象出現，預示其將興，反之，行惡政即有惡的物象出現，預示其將亡。

盡意」；物象之「喻意象形」作用，正是意象的本義——喻意與象
形結合。依照弗雷澤在其名著《金枝》中的說法，基於類似性而將
不同的事物視爲同一個事物，是交感巫術的兩大原理之一，可稱之
爲「順勢巫術」或「模擬巫術」⑲，上述天人感應思想中的同類相
感觀念，其實亦帶有巫術性成分。漢代思想家王充以疾虛妄著名，
出人意外地，卻在《論衡・亂龍篇》中列舉許多以假象達到眞效應
的例子，爲董仲舒「設土龍以招雨」之感應思想辯護。王充所根據
的，實是巫術的觀點：以爲物象雖假，因與眞物具有某方面的類似
性，則經由某種宗教儀式，即能產生與眞物相同的效應⑯。故又稱
古代宗教祭祀的木主及朝廷射禮中畫布上各種動物形象，爲「立意
於象」，並謂「禮貴意象，示義取名」，意象一詞首見於此，學者
已經指出，這種用法實出於《易傳》⑯。根據《易傳》說法，立象
可以盡意，即物象類型與義理之間有某種對應關係，因此，《易傳》
作者亦努力尋找各種義理所對應的物象，並集中表現在《說卦》中
⑯。不過，在曹魏時期，這種觀念即已遭受重大挑戰，如荀粲即

---

⑲　弗雷澤著，汪培基譯《金枝》（臺北：久大、桂冠聯合出版，1991），頁
　　22-23。
⑯　近人對〈亂龍〉篇頗致不滿，認爲其中多謬論、迷信、荒唐、牽強附會，
　　參見北京大學歷史系《論衡》注釋小組《論衡注釋》（北京：中華書局，
　　1979）冊三，頁 910。亦有人認爲此篇非王充所作，這大概是爲了維護王
　　充疾虛妄的純潔性，參鄭文《論衡析詁》（成都：巴蜀書社，1999）頁
　　678。
⑯　參陳植鍔《詩歌意象論》（秦皇島市：中國社會科學出版社，1990）頁
　　16-17。
⑯　如云：「乾爲馬，坤爲牛，震爲龍，巽爲雞，坎爲豕，離爲雉，艮爲狗，
　　兌爲羊。」

云：「蓋理之微者，非物象之所舉也。今稱立象以盡意，此非通於意外者也，繫辭焉以盡言，此非言乎繫表者也；斯則象外之意，繫表之言，固蘊而不出矣。」⑯這是反對《易傳》立象以盡意之說，等於取消象與意的對應關係，對《易傳》的殺傷力很大，而據《晉陽秋》曰，「何劭爲粲傳曰：粲諸兄並以儒術論議，而粲獨好言道」⑭，可見這種叛逆思想是受到道家思想的影響。魏晉玄學盛行時期，《周易》與《老》《莊》號稱三玄，玄學家以老莊觀點解說《周易》，於是出現不滿《易傳》重視取象的觀點⑯。著名的玄學家王弼則提出對意、象關係的另一種看法，其《周易略例·明象》云：

> 夫象者，出意者也。言者，明象者也。盡意莫若象，盡象莫若言。言生於象，故可尋言以觀象；象生於意，故可尋象以觀意。故言者所以明象，得象以忘言；象者，所以存意，得意而忘象。⑯

王弼在文中引用《莊子·外物》的話──得兔而忘蹄、得魚而忘筌，亦反映其《易》學受到《老》《莊》道家之學的影響，但他並沒有完全取消象與意的對應關係，而是在接受傳統立象盡意說的前提下，作了重點轉移：即將漢代《易》學中以象爲重心轉移到以意

---

⑯　《三國志·魏書·荀彧傳》注引《晉陽秋》曰。

⑭　同上註。

⑯　參朱伯崑《易學哲學史》第一卷，頁249-251。

⑯　樓宇烈《王弼集校釋》（臺北：華正書局，1992）頁609。

爲重心❻。《周易略例·明象》又云：「是故觸類可爲其象，合義可爲其徵。義苟在健，何必馬乎？類苟在順，何必牛乎？……忘象以求其意，義斯見矣。」王弼認爲：只要是同類型的事物皆可以做爲卦象，只要意義相符合的事物皆可舉爲證驗，意與象之間的關係並不是固定、單一的，要表達某種意其實有多種象可以選擇❽：重點是在其意，而不在所立之象，故應得意忘象、忘象以求其意。總之，王弼仍然承認「盡意莫若象」❾，故並未取消意與象的關係，他的目的只是要使取象活動獲得更大的空間──不局限在傳統的、固定的幾個物象上，要使所取之象更密切配合所要盡之意❿。

　　物象與人事的對應關係，其實是古人生活中的普遍經驗，古代

---

❻　朱伯崑云：「王弼並不否認卦象，但認爲『象之所生，生于義』，以卦義爲第一位。」（《易學哲學史》第一卷，頁253）

❽　羅宗強先生的解釋頗可參考，其《〈文賦〉義疏》云：「馬只是健的一個具體象徵，乾卦的性質，它所代表的義理既是剛健，那麼剛健並非只有馬這一物象可以象徵，其它物象也可以。……從另一角度説，如果卦義屬健和順，不一定只有乾卦可以用馬象徵，其它卦也可以用馬象徵；……」（《羅宗強古代文學思想論集》，汕頭：汕頭大學出版社，1999，頁491）

❾　案：王弼《老子指略》云：「爲象也則無形，爲意也則希聲，爲味也則無呈，故能爲品物之宗主，……故象而形者，非大象也；意而聲者，非大意也。然則，四象不形，則大象無以暢，五音不聲，則大音無以至。」（樓宇烈《王弼集校釋》，頁195，臺北華正版）此即認爲，無形之大象（義理）仍待有形之象以顯。

❿　案：王弼《周易注》上經乾卦上九注云：「夫易者，象也。象之所生，生於義也。有斯義，然後明之以其物，故以龍敍乾，以馬明坤，隨其事義而取象焉。」（樓宇烈《王弼集校釋》，頁215，臺北華正版）顯然，王弼亦認爲《易》不離象，只是其取象乃隨事義，故立象能盡意。

天文曆候之學,其主要工作就是密切注意物象對人類生活的影響
——《月令》這種著作即具體反映物象與人事的關係。由於生活經
驗中的物象常與人的活動產生密切關聯,故古代詩人常以物象明人
事,經學家稱之爲比、興,《周禮·春官·大師》云:「教六詩:
曰風,曰賦,曰比,曰興,曰雅,曰頌。」鄭玄注引鄭眾云:「比
者,比方於物也;興者,托事於物。」可見比興是藉物象以明人事
的方法,與《易》之立象盡意,其理是可以相通的⓿。將政教等人
事意義比附自然物象,爲漢人說詩傳統,如蔡邕《琴操·猗蘭操》
記孔子「自傷不逢時,託辭於薌蘭」,《琴操·龜山操》云孔子以
龜山蔽魯國喻季氏之專政。《琴操·龍蛇歌》則以龍喻晉文公,以
蛇喻介之推⓿。而王逸注《楚辭》,可說是這種意象說的集大成,
其〈離騷經序〉云:「《離騷》之文,依詩取興,引類譬諭,故善
鳥香草,以配忠貞;惡禽臭物,以比讒佞;靈修美人,以媲於君;
宓妃佚女,以譬賢臣;虯龍鸞鳳,以託君子;飄風雲霓,以爲小
人……。」據此,《詩》與《離騷》之取興,皆屬於引類譬諭,即
以某類物象比喻某類人事;王逸舉出許多例子,證明物類與人事意
義之間有固定的對應關係,此與《說卦》所論卦象與義理之關係相

⓿ 《易》象與《詩》之比興,其理可以相通,古人多有論及,除前引孔穎達
　對坤卦初六履霜堅冰至之解釋外,又如宋陳騤《文則》云:「《易》之有
　象,以盡其意;《詩》之有比,以達其情。」章學誠《文史通義·易教
　下》云:「象之所包廣矣,非徒《易》而已。……《易》象雖包六藝,與
　《詩》之比興,尤爲表裏。」參見錢鍾書《管錐編》第一冊頁 11,及葉
　朗《中國美學史大綱》(臺北:滄浪出版社,1986 年) 上冊頁 68、85。
⓿ 上引《琴操》歌辭均見逯欽立《先秦漢魏晉南北朝詩》卷十一「琴曲歌
　辭」。

近——皆根據同一套彌綸天地之道的象徵系統，而皆可追溯至古代
的巫術性思維。不過，由於辭賦發達，評論家也注意到物象描寫的
修辭問題，如漢代重要思想家亦是賦家的揚雄，則指出《詩經》與
辭賦在修辭上之異同，《法言·吾子》云：「詩人之賦麗以則，辭
人之賦麗以淫。」其〈解嘲〉又云：「雄以爲賦者將以風也，必推
類而言，極麗靡之辭，閎侈鉅衍，競於使人不能加也。」可見辭賦
的修辭遠比《詩經》複雜。後來劉勰在《文心雕龍·物色》中曾分
析物色描寫的三階段：《詩經》的簡約，《離騷》至漢賦（以司馬
相如爲代表）的繁複，以及近代（宋齊）以來追求形似的精密。顯
然，這是參考揚雄對《詩》與辭賦的比較，再補充後來南朝重形似
之風。三個階段，表面上是修辭的變化，實則牽涉到詩人觀物視野
的發展：如《詩經》通常是用單字或兩個連綿字形容景物⓱，至
《離騷》則漸趨繁富⓲，到了漢賦，甚至連續用數十百字形容某個
景物⓳，這種變化其實反映詩人的取象是由一個點面轉爲多個點
面，故文字描寫愈顯增加。而由辭賦至近代形似詩風，則著重在對
物象特徵的準確把握：使與其它物象區別出來，讓讀者一看文字描
寫就知是某物而非它物。物象的區別有時是相當微細，需要高度的
技巧才能造成形似的效果，〈物色〉論近代文貴形似之風，云「體

⓱ 如「皎日嘒星」、「灼灼桃花」、「依依楊柳」等。

⓲ 駱鴻凱曾舉例說明《離騷》寫山水草木之詞漸趨繁富，如寫山云：「山峻
高以蔽日兮，下幽晦以多雨，霰雪紛其無垠兮，雲霏霏而承宇。」——見
詹鍈《文心雕龍義證》下冊，頁 1743。

⓳ 范文瀾注曾引司馬相如〈上林賦〉加以說明，詹鍈《文心雕龍義證》下
冊，頁 1744 引。

物為妙，功在密附」，意指詩人能以高超技巧寫出物象的微細特徵，與現實景物極為密合、恰當──狀甲物即不可移之於乙物⑯，其逼真程度使人有臨場觀物之感，故云：「巧言切狀，如印之印泥，不加雕削，而曲寫毫芥，故能瞻言而見貌，即字而知時也。」這是要求描寫的準確度，並不要求描寫點面的增多，故其文字並不繁複，反而有回歸簡約的傾向⑰。參照《文心雕龍·明詩》，可知這種文貴形似之風，在南朝山水詩中達到高峰⑱，唯沈約《宋書·謝靈運傳論》云「相如巧為形似之言」，則追求物象的形似、逼真，在辭賦作品中已經有所表現。

《西京雜記》記司馬相如對賦體寫作的看法云：「合綦組以成文，列錦鏽而為質，一經一緯，一宮一商，此作賦之跡也。賦家之心，苞括宇宙，總覽人物，斯乃得之於內，不可得其傳也。」⑲作賦之跡指聲律與華藻，稱之為跡，意味這種修辭有規則可循，容易掌握；另有賦家之心，所謂「苞括宇宙，總覽人物」，應指想像活動中對宇宙萬物形象特徵之觀察（即所謂觀物取象），由於物象眾多，變化萬端，幾乎無規則可循，因此是更為困難。這些話是否為

---

⑯ 參見駱鴻凱與《峴傭說詩》的說明，詹鍈《文心雕龍義證》下冊，頁1749引。

⑰ 劉勰在分析物色描寫的三階段之後，提出「析辭尚簡」的主張，其實是歸納物色描寫的總趨向，而表面上則似以《詩》《騷》的簡約去反對辭賦過度繁複的修辭，以符合其「宗經」、「辨騷」的立場。

⑱ 案：鍾嶸《詩品》亦注意善於巧構形似之言的詩人：如張協（上品）、謝靈運（上品）、顏延之（中品）、鮑照（中品）等。

⑲ 《太平御覽》卷五百八十七引《西京雜記》，參見張少康、盧永璘編選《先秦兩漢文論選》（北京：人民文學出版社，1996），頁364。

司馬相如所言，並不重要，重要的是，它指出辭賦寫作的兩個方向：文辭修飾（聲律與華藻）與物象刻劃。六朝以來，各種文體皆有辭賦化的傾向⑱⁰，上引司馬相如所論作賦之法，似成爲六朝文論的指導觀點⑱¹。西晉著名才士陸機，其〈文賦〉一文分析創作活動極爲詳細，序中指出：文章之病最常見的是「意不稱物，文不逮意」。這顯然是模仿《繫辭上》所謂「書不盡言，言不盡意」⑱²，由於物象在創作中居於關鍵性地位，故可與《易傳》「立象以盡意」的觀點結合起來，並且，爲了套用《繫辭》的話，將感物所引起的情志改稱爲「意」⑱³。這兩句話指點出文章寫作的基本原則爲：一方面要使情志（意）與物象相稱，一方面要使文辭充分表現

---

⑱⁰　六朝以來，各種文體皆有辭賦化的傾向，近人多有論及──如王夢鷗〈漢魏六朝文體變遷之一考察〉（《傳統文學論衡》，臺北：時報文化出版社，1987）即有深入考察。

⑱¹　張少康注陸機〈文賦〉「精騖八極，心遊萬仞」云：「上述四句，陸機極言想像活動之情狀，與下文『觀古今於須臾，撫四海於一瞬』配合，上承司馬相如賦心之論，下開劉勰神思之說，對於我國古代文藝創作中想象活動的研究，有極大的貢獻。」（《文賦集釋》，頁 28）據此可見，司馬相如賦心之說雖甚簡略，卻對六朝文論頗有影響。

⑱²　孫月峰云：「自『書不盡言，言不盡意』變來。」（張少康《文賦集釋》頁 5 引）

⑱³　意與志可相通，如《說文解字·心部》云：「意，志也。」《廣雅·釋詁》云：「莣、悊、意，志也。」又《廣雅·釋言》云：「詩、意，志也。」〈文賦〉開頭有云：「遵四時以歎逝，瞻萬物而思紛；悲落葉於勁秋，喜柔條於芳春。心懍懍以懷霜，志眇眇而臨雲；詠世德之駿烈，誦先人之清芬。」可知感物所引起的情志是促使作家屬文的動機，故「意不稱物」之意應指情志。陸機爲了套用《易傳》的話，將情志改稱爲意；而根據《易傳》的習慣，物當指物象──象與意是成對的概念。

情志⑱，而統觀〈文賦〉內容（尤其是前半部），亦確實以這兩個重點爲分析的方向。〈文賦〉一開頭云「遵四時以歎逝，瞻萬物而思紛」⑱，顯然是繼承東漢以來感物興情而屬文的傳統⑱，接著寫進入構思的階段：「其始也，皆收視反聽，耽思傍訊，精騖八極，心遊萬仞。其致也，情曈曨而彌鮮，物昭晰而互進」，這是指在想像中窮極物表、極力搜索之後，情志逐漸找到對應的物象，於是情與物象二者皆由模糊而清晰──亦即物象的「形容」開始清楚浮現的階段。「傾群言之瀝液，漱六藝之芳潤」以下至「謝朝華於已披，啓夕秀於未振」，指修辭既要吸收六藝及各朝各代文字的精華，又要別出心裁。「罄澄心以凝思，眇眾慮而爲言，籠天地於形內，挫萬物於筆端」，指出構思時必須保持心神平靜，沒有雜念，才能凝結眾多思慮，而描寫各種物象則爲構思的重點。但是思慮過程中的心情起伏、變動很大，隨之而來，雖有美的文辭與眾多物象，亦不易把握：「播芳蕤之馥馥，發青條之森森；粲風飛而猋豎，鬱雲起

---

⑱　後來范曄亦云：「常謂情志所託，故當以意爲主，以文傳意。」（〈獄中與諸甥姪書〉）

⑱　案：原文較長，此爲節引，只是要說明其重點爲感物興情。

⑱　案：王延壽（王逸之子）〈魯靈光殿賦序〉云：「詩人之興，感物而作。」從東漢至六朝，因感物而引起情意，常見於詩文及其序中；感物興情亦每成爲文人寫作的動機，羅宗強即指出「《文賦》涉及的頭一個問題，便是物感說」，並引《禮記・樂記・樂本篇》有關「感於物而動」的話證明此爲「中國傳統文論的一個重要思想」（《魏晉南北朝文學思想史》，頁107）。陸機詩中常有感物興情的說法，亦見蔣寅〈感物：由言志轉向緣情契機〉（華東師範大學《古代文學理論研究》第十九輯，2001年）。陳順智亦云：「入晉之後，感物說極其盛行，陸機更是其中的大力提倡者。」（《魏晉南北朝詩學》，頁166）

乎翰林」，指在構思中美麗辭藻絡驛奔會，令人應接不暇；「體有
萬殊，物無一量，紛紜揮霍，形難爲狀」，指在想像中出現許多物
類[187]，其形狀不一，令人難以掌握。根據〈文賦〉的分析，文辭修
飾與取象活動可以說是創作過程的雙翼兩輪，推動整個想像活動的
發展與變化。而針對這兩個創作重點，接著指出，文章寫作應向伎
與匠兩種技藝學習：「辭程才以效伎，意司契而爲匠」，前者指運
用美妙的文辭表現才藝有似仿效伎人之歌舞表演[188]，後者指根據情
志（意）契刻物象有似化身爲匠人之神奇操刀。伎與匠對言，在此
應指具有歌舞等特殊才藝的女性表演者[189]——匠偏向男性，伎偏向
女性；伎之歌舞表演極具聲色之美，但必須經過嚴格的才藝訓練，
同樣，文士亦必須熟習各種修辭技巧，才能充分表現情志之美。刻
劃物象爲匠人之能事，而匠人刻劃物象皆有寓意，並不是隨便的，
並且其刻劃非常逼眞，讓人一見就知是何物，所謂「意司契而爲
匠」[190]，指應向匠人學習如何根據情志去刻劃物象，並且達到逼眞

---

[187]　五臣注：「翰曰：物類既眾，故曰紛紜揮霍也。」見張少康《文賦集釋》
　　　頁 72 引。

[188]　《文選》李善注云：「眾辭俱湊，若程才效伎。」

[189]　案：伎字，五臣注以技巧解之，方廷珪以工匠之才用解之（參見張少康
　　　《文賦集釋》，頁 73），均由匠字角度思考，依照這種解釋，上下句皆
　　　是以匠人爲比喻，失去偶對的性質，且以匠人的技巧說明文章修辭，亦難
　　　以比喻文章聲律之美。後文提到「譬猶舞者赴節以投袂，歌者應絃而遣
　　　聲」，正指伎之才藝。

[190]　案：《說文》木部與《廣雅》釋言均云：「契，刻也。」此句既承接上文
　　　所謂「體有萬殊，物無一量，紛紜揮霍，形難爲狀」，又連繫下文所謂
　　　「雖離方而遯員，期窮形而盡相」，故可肯定，契指刻劃物象，而刻劃物
　　　象爲匠人之能事，故以匠人爲喻。唯「司契」又出《老子》第七十九章：

形似的程度。總而言之，「辭程才以效伎，意司契而爲匠」二句，應是針對序文所謂「意不稱物，文不逮意」，指在創作時必須根據所要表達的情志去選擇適當的物象，對其形象加以逼眞的刻劃、描寫──以達到「窮形盡相」，由於物象與情志相稱，故能使人看到所寫物象即知作者情志；另外，亦要有聲色修辭之美，才能充分表現出高尚的情志。對於「物、意、文」三者的結合，後面又作了說明：「其爲物也多姿，其爲體也屢遷；其會意也尚巧，其遣言也貴妍；暨音聲之迭代，若五色之相宣。」這段話總結上文，「其爲物也多姿」，再度證明陸機所謂的「物」，是針對物的形象⑲。「會意尚巧，遣言貴妍」是歸納文章寫作的原則，所謂「會意尚巧」，聯繫「其爲物也多姿」⑫，似指搜尋物象與情志（意）會合相當特殊巧妙，甚至使人感到意外；這句話正呼應「意司契而爲匠」，蓋匠人刻劃物象要求新奇巧妙，可能影響到陸機的創作觀念──這種觀念進一步發展即成爲南朝追求新變的文風。遣言貴妍的具體表現

「有德司契」，此句上接「和大怨，必有餘怨，安可以爲善？是以聖人執左契，而不責於人」，則所謂「司契」應指執左契而言。蓋執右契可以責於人，執左契不可責人，「司契」蓋比喻聖人（國君）爲政並不責求於人民，而是待人民來相求，依民意爲政，有如執左契而已，此正是老子「清靜無爲」之意（參見陳鼓應《老子註譯及評介》頁 354，北京：中華書局，1984）。據此，陸機所謂「意司契而爲匠」，亦指創作時執所要表現之情志（意）爲左契，讓物象自己來相會，如此則物象不致脫離情志，既能使意與物相稱一致，且不耗費心力。

⑲ 李善注云：「萬物萬形，故曰多姿。文非一則，故曰屢遷。」
⑫ 方竑云：「文以導情，情以體物，情物萬變，故文亦多姿。意之究通物情者曰巧，言之曲達吾意者曰妍。」（張少康《文賦集釋》頁 101 引）可見意應與物聯繫起來看。

爲「暨音聲之迭代、若五色之相宣」，這是爲了滿足視覺與聽覺，要求文辭具有聲色之美——簡言之，即美的聲律與辭藻；此句對應於「辭程才以效伎」，以伎之歌舞表演比喻修辭工夫，顯然是貴游文士由現實生活中所得之靈感。

　　《文賦》要求意與物象相稱的觀念，可以追溯到《易傳》立象以盡意的說法⑱，而重視物象的刻劃及聲色修辭之美應與辭賦美學的影響有關⑭。〈文賦〉提出意不稱物的問題，不免讓人想到魏晉時期《易》學的變化⑲——經由魏晉思想的洗禮，應如何取象以盡意似乎變成一個問題。另一方面，在辭賦美學的影響下，如何刻劃物象與修飾文辭，則比《詩經》傳統遠爲複雜。如何解決情志、物象、修辭三者之間難以相稱的問題，實爲六朝創作論的焦點，與陸機同爲賈門二十四友的摯虞，其《文章流別論》論賦的作法云：「賦者，敷陳之稱，古詩之流也。古之作詩者，發乎情，止乎禮義。情之發，因辭以形之，禮義之旨，須事以明之，故有賦焉。所

---

⑱　周勛初曾指出陸機《文賦》與魏晉時代言意之辨有關，並追溯至《易傳》所謂「書不盡言，言不盡意」、「聖人立象以盡意，設卦以盡情僞」云云。文見〈《文賦》寫作年代新探〉（收入《文史探微》，上海古籍出版社，1987 年）

⑭　《周易・繫辭上》云：「聖人立象以盡意，設卦以盡情僞，繫辭焉以盡其言……」可見古聖人除了注意立象以盡意外，也重視修辭，在《易傳》下，亦多處提到修辭問題。陸機〈文賦〉所謂「意不稱物，文不逮意」的兩個問題，其實均可追溯至《易傳》，不過，就重視體物與修辭的關係言，則不能不注意到辭賦美學影響。

⑲　周勛初〈《文賦》寫作年代新探〉一文又說：「陸機寫作《文賦》時的觀點，也接近于言不盡意論。」周先生所指言不盡意論包括多家說法，筆者以爲，陸機的觀點較近於王弼的思想。

以假象盡辭，敷陳其志。」摯虞的文論有明顯的儒家色彩，上引這段話先以「古詩之流」扣住賦體的源頭，然後順理成章地將〈毛詩序〉論詩的作法延申爲賦體的作法。賦因爲是古詩之流，故其主要目的是要敷陳其志，而古詩人在敷陳其志時，是「發乎情，止乎禮義」，因此必須使用美的文辭才能形容高尚的情志，並且要假藉具體事物（物象）進行美刺──不直接指斥國君長上，才能合乎臣子的「禮義」。引文最後兩句：「假象盡辭，敷陳其志」，指出物象、文辭均以表現情志爲目的，這種說法，與《易傳》頗可相通⑩。不過，摯虞認爲，當時流行的賦體（今之賦），已破壞「象、辭、志」三者相稱的原則，而有過度的現象，在後面比較古之賦與今之賦時，摯虞指出今賦的缺點爲：「假象過大，則與類相遠；逸辭過壯，則與事相違；辯言過當，則與義相失；麗靡過美，則與情相悖。」這四過基本上不出象與辭的過失，而主要觀念就是認爲：物象、文辭皆應與所要表達的情志、義理相對稱。表面看來，摯虞的觀點似與陸機要求意、物、文三者相稱的看法相同，但陸機云「會意尙巧，遣言貴妍」，其觀點較新，與南朝新變論較爲接近。

劉勰《文心雕龍・詮賦》云：「賦者，鋪也；鋪采摛文，體物寫志也。」指出賦體創作是藉辭采物象以寫情志，正與摯虞所謂

---

⑩ 郁沅、張明高編選《魏晉南北朝文論選》（北京：人民文學出版社，1996，頁 184）於摯虞《文章流別論》之「附札」云：「摯虞把《易繫辭》所提出的『象』、『言』、『意』三者的關係運用到賦體創作之中，提出『假象盡辭，敷陳志志』的創作原則，也就是憑借具體的藝術形象，通過渲染敷陳的方法，來表達某種情志。這種看法比較切合賦的文學特徵。」摯虞文論受到《周易》影響，王運熙、楊明著《魏晉南北朝文學批評史》頗有詳細説明（頁 122）。

「假象盡辭，敷陳其志」相同；所謂「體物寫志」意味著物與情志之間有某種對應關係，在創作時應仔細觀察事物的特徵進而選擇適當的物象表現（或寄托）情志。不僅如此，劉勰在《文心雕龍·神思》更提出「意象」一詞，引起學者極大注意，以為文論中最早使用意象一詞的人即是劉勰。這篇著名的文論其引人注意之處，是論創作中的心靈想象活動，而其關注的重心仍是內在情志與外在物象的結合⑲。與陸機〈文賦〉相同，物亦處於創作活動的核心位置，故云：「故思理為妙，神與物遊。……物沿耳目，而辭令管其樞機。樞機方通，則物無隱貌；關鍵將塞，則神有遯心。」這段話可以說是以物為中心，強調文字（辭令）的重要性在能清楚地表現物的形貌。「然後使玄解之宰，尋聲律而定墨；獨照之匠，窺意象而運斤」，則將文字的表現功能區分為聲律與意象兩方面。案《淮南子·俶真訓》云：「是故聖人託其神於靈府，而歸於萬物之初，視於冥冥，聽於無聲，冥冥之中獨見曉焉，寂漠之中獨有照焉。」⑲這是說聖人將精神寄居在極富感應能力的靈府（心），故能於冥冥虛無中看到常人看不到的物象，在寂漠無聲中聽到常人聽不到的聲音，與劉勰這四句語意頗為接近，可能為其所本⑲。陸機〈文賦〉

---

⑲　參見張少康《夕秀集》，頁 141。

⑲　張雙棣《淮南子校釋》上冊，頁 173。案：「靈府」出《莊子·德充符》：「仲尼曰：……不可入於靈府。」郭注云：「靈府者，精神之宅也。」成疏云：「靈府者，精神之宅，所謂心也。」故《淮南子·俶真訓》云「聖人託其神於靈府」，指聖人將精神寄居於心中。

⑲　詹鍈《文心雕龍義證》中冊注〈神思〉「獨照之匠」，亦舉《淮南子·俶真訓》此段話。

云「課虛無以責有，叩寂寞而求音」⑳，《文心雕龍・神思》云「規矩虛位，刻鏤無形」，皆指出文藝創作中由無到有，由模糊到清晰的現象。「獨照之匠，窺意象而運斤」與「刻鏤無形」正相呼應；以巧匠之運斤比喻文藝創作時之意象刻劃，正可印證上面對〈文賦〉「意思契而爲匠」一句的解釋——即以木匠之契刻比喻物象與意義的結合。而稱之爲「獨照之匠」，則所窺（觀察）之物象必非常清楚，所雕刻之形象必非常逼眞、形似，且能與所要表現的情志相契合；意象合成一詞，即意味著物象與情志合而爲一。稍後於劉勰，蕭子顯〈南齊書・文學傳論〉亦云：「屬文之道，事出神思，感召無象，變化不窮。俱五聲之音響，而出言異句；等萬物之情狀，而下筆殊形。」這些話與〈神思〉篇的文意更爲接近：「俱五聲之音響，而出言異句」即劉勰所謂「尋聲律而定墨」——指聲律的推敲；「等萬物之情狀，而下筆殊形」即「窺意象而運斤」——指意象的刻劃。而值得注意的是，雖然蕭、劉的理論可能承襲自陸機⑳，但已作了某種結構上的調整，即在陸機〈文賦〉中，物象刻劃與文辭聲、色之美相對，而在蕭、劉的文論中，則意象僅與聲律相對，這種轉變，意味著以聲律代表聽覺之美（聲文），而以意象代表視覺之美（形文），於是形成聲律與意象二元組合的美學結構。其異同可以簡單表示如下：

---

⑳　張少康亦指出：此兩句出於道家有生於無的哲學，而其直接源頭則爲《淮南子》——見《文賦集釋》頁70「釋義」部分。

⑳　《文心雕龍・神思》繼承〈文賦〉關於創作思維的論述，見王運熙、楊明《魏晉南北朝文學批評史》頁100。

　　陸機〈文賦〉：物（象）／文辭（聲、色）

　　劉勰〈神思〉，蕭子顯〈南齊書·文學傳論〉：聲律（聲）
　　／意象（色）

由於劉勰時代，聲律之說已經開始流行，而劉勰亦主張講求聲律
（見《文心雕龍·聲律》），故用聲律代表修辭的極致，而將意與象
結合成意象一詞，顯然是參用《易傳》「立象以盡意」及王弼「意
以象盡」的說法，以便與聲律相對。《文心雕龍》有〈物色〉篇，
反映六朝人對物色的重視。這篇文章一方面繼承傳統感物論的觀
點，強調大自然物色的變化會感動文人的性情，從而引起創作衝動
──所謂「物色之動，心亦搖焉」；一方面則以更多的篇幅分析詩
人描寫物色的修辭工夫，將物色、情意、辭采等三方面結合起來，
不僅提供更完整的創作過程，且說明古今詩人在寫物工夫方面的演
變。《文心雕龍·物色》云：「歲有其物，物有其容；情以物遷，
辭以情發。」後兩句論情、物、辭三者的關係，與〈文賦〉論意、
物、文的關係極為類似。〈物色〉又云：「寫氣圖貌，既隨物以宛
轉；屬采附聲，亦與心而徘徊。」同樣是以物象與聲律為文章美的
二大要素。可見情意、物象、文辭三者的對應融合是六朝文論中的
重要問題，而隨著齊梁聲律說的發達，意象與聲律的二元組合則成
為文章美的基本結構。

　　以上說明，意象論的形成是以感物論為基礎，並結合幾個傳
統：《易》學立象以盡意的設卦原理，《詩》學以物象明人事的比
興傳統，及辭賦體物寫志的修辭觀。根據六朝的創作理論，理想的
作品是能用適當而逼真的物象寄托情意，並用優美的文辭與聲律表

現出來。應特別注意的是，六朝人已經注意到，爲了順利寫出理想的作品，在創作的想像過程中，必須保持心靈的虛靜。如陸機〈文賦〉云：「罄澄心以凝思，眇眾慮而爲言。籠天地於形內，挫萬物於筆端。」即認爲要掌握天地萬物的形象，必須使心神保持平靜，且思慮要集中。劉勰《文心雕龍·神思篇》亦云：「寂然凝慮，思接千載；悄焉動容，視通萬里。」指出在寂靜與集中思慮的狀態下，有助於想像活動：使心靈之眼可以突破時間與空間限制去尋找適合情意的物象。保持虛靜的一個重要作用，就是使心靈之眼更清楚地看到物的形象，六朝人稱之爲「照」，如陸機〈演連珠〉云：「臣聞絃有常音，故曲終則改；鏡無畜影，故觸形則照。是以虛己應物，必究千變之容，挾情適事，不觀萬殊之妙。」這裏以明鏡照物爲喻，諷勸人君亦應虛己應物，始能「必究千變之容」──即能了解事物的各種變化。〈演連珠〉一文，照字凡六見，足見陸機對照察事物形象的重視，而他也認識到：保持內心的虛靜是照察物象的關鍵。後來，劉勰在〈神思〉中提出「虛靜」之法：「陶鈞文思，貴在虛靜，疏瀹五藏，澡雪精神」，其目的亦在獲得對物象的察照之功，故云「獨照之匠，窺意象而運斤」。虛靜與想像活動結合，可以說是獲得理想作品的保障，那麼，如何使心靈處於虛靜的狀態？顯然，《老》《莊》講求虛靜的修養工夫，是值得參考的，不過，更值得注意的可能是佛教禪法。佛教要求將觀物之法與禪定工夫結合，從方法論的角度言，更能有效達到虛靜照物的目的，若將禪法與神思創作論結合，對取象活動極有幫助，故下面試簡單說明佛教禪法的特質。

　　由佛陀出家的故事可知，用心觀察生老病死等苦境⑳是佛陀出家的主要原因，故在佛教教義中，觀境之法常被認爲是悟道的一個重要途徑，如《雜阿含經》云：「我此識身及外境界一切相，能令無有我我所見我慢使繫著，……如實觀察。如實觀察已，於諸世間都無所取，無所取故無所著，無所著故自覺涅槃。」⑳這是強調實行觀法之後能取消對我之身體及外境界一切相的執著，而對涅槃之道有所覺悟。《維摩詰經·菩薩行品》記菩薩果位的修行過程中必須實行許多觀法：觀於無常、觀世間苦、觀於無我、觀於寂滅、觀於遠離、觀無所歸、觀於無生、觀於無漏、觀無所行、觀於空無、觀諸法虛妄等，可見佛家對觀法極爲重視。但佛教認爲，要有效進行觀法，最好是與禪定結合，典型的例子，如佛陀之所以能在菩提樹下悟道，即是基於深厚的禪定工夫⑳。禪的本義是「靜慮」，可見保持心神的寧靜是禪法的目標。修禪是一種「攝心入定」的工夫，故禪法又稱「定法」（禪學亦稱「定學」）；禪與定分不開，故稱「禪定」。而佛家所說的「定」，是一種「專注一境」的工夫，如《成唯識論》云：

---

⑳　據三國吳支謙譯《太子瑞應本起經》（《大正藏》第三冊），太子出東門見老人之苦，出南門見疾病之苦，出西門見死亡之苦，這三門讓太子深刻體會到人生無非是苦，故最後出北門見沙門，即啓發其出家求道的決心。文中又寫太子出宮時觀想其妻「外爲革囊，中盛臭處」（即所謂不淨觀），益堅定其出家決心。

⑳　《大正藏》冊二，頁5上，7下。

⑳　參見洪修平《中國禪學思想史綱》（南京：南京大學，1994），頁3。

> 云何爲定，於所觀境，令心專注不散爲性，智依爲業，謂觀
> 德失俱非境中，由定令心專注不散，……若不繫心專注境
> 位，便無定，故非遍行，……若定能令心等和合，同趣一
> 境，故是遍行，有說此定體即是心，經說爲心學，心一境性
> 故，彼非誠證，依定攝心，令心一境，云何爲慧，於所觀
> 境，簡擇爲性，謂觀德失俱非境中。❺
>
> 此與別境幾互相應，貪瞋癡慢，容五俱起，專注一境，得有
> 定故。❺

佛典提到禪定，常稱「專注一境」，可見禪定是藉著注意某一事物
以使精神集中的工夫。這種工夫其實是一種控制意識流動的方法
❼，其主要作用是能去除雜念、邪念的干擾，使心神處於平靜、清
淨的狀態❽。但禪定並不是佛家修禪的終極目標，在進入禪定狀態
後，更要進行觀照工夫，即對某一境物仔細觀察，了解其最眞實本
質❾，並與佛法相印證，最終獲得佛法智慧❿，才算達到修禪的目

---

❺　《成唯識論》（臺北：老古文化，1989）卷五，頁 205。

❺　《成唯識論》卷六，頁 234。

❼　安世高譯《安般守意經》云「何以故數息，用意亂故」、「意亂當數
息」、「安名爲入數，般名爲出息，念息不離，是名爲安般，守意者欲得
止意」（《大正藏》冊一五，頁 165 上），可見控制意識流動是佛教禪法
的要點。

❽　如《維摩詰經》記維摩詰云「以禪定攝亂意」（〈香積佛品〉）；又記長
者子寶積以偈頌佛云「心淨已度諸禪定」（〈佛國品〉）；前者強調禪定
工夫能去除妄念干擾，後者強調禪定工夫能使心靈處在平靜、清淨狀態。

❾　事物之眞實本質，佛家稱爲諸法實相。

的。故佛教所說的禪法，常包括禪定與慧觀二者⑳。觀法所以應與禪定工夫結合，是因爲進入禪定之後，心靈會處於安定狀態，不受雜念、邪念的干擾，較能看清楚事物的眞實形相，在不斷反覆觀察之後，最終能獲得對事物本質的正確了解——即所謂智慧。《大智度論》卷十七論禪波羅蜜的意義時說：「實智慧從一心禪定生。譬如燃燈，燈雖能照，在大風中不能爲用，若置之密室，其用乃全。」這是強調：禪定是獲得智慧的先決條件，唯有禪定才能產生般若智慧㉒。蓋般若是一種照見諸法實相（事物的終極本質）的智慧，而這種智慧必須在遠離塵俗雜念時才能產生，故必須先進入禪定狀態——正如燃燈，必須在密室不受風的平靜狀態，才能發揮照明作用。這段話將般若與禪定的關係比做燃燈與密室的關係，顯然是指禪定工夫能使心靈免除塵俗雜念干擾。慧皎《高僧傳》（卷十二）〈習禪篇〉卷末總論云：「禪也者，妙萬物而爲言，故能無法不緣，無境不察，然後緣法察境，唯寂乃明。其猶淵池息浪，則徹見魚石；心水旣澄，則凝照無隱。《老子》云：重爲輕根，靜爲躁君，故輕必以重爲本，躁必以靜爲基。……如是以禪定力，服智慧藥，得其力已，還化眾生。」這裏則將禪定中的心神比爲不受干擾的平靜水面，以此可以透徹看清楚水底之魚石。以寂靜指禪定，重點在強調其有助於察照（觀）功能，故云「無法不緣，無境不察」

---

⑳　佛教稱之爲「由定發慧」。

㉑　佛家所言禪法，並非如字面所表示，僅講定的工夫，實際上也包括慧觀，故常稱止觀，或言定慧（參見洪修平《中國禪學思想史綱》頁 7-9）。

㉒　參見潘桂明、吳忠偉《中國天臺宗通史》頁 18。上引《大智度》文亦見該頁。

——以爲修習禪定之後能以寂靜之心看清楚事物的本質眞相，不會受到迷惑。用水比喻禪定之心，很合乎道家思想，故文中引《老子》的話相印證。案《莊子·天道篇》亦以水靜比喻聖人之心：

> 聖人之靜也，非曰靜也善，故靜也；萬物無足以鐃心者，故靜也。水靜則明燭鬚眉，平中準，大匠取法焉。水靜猶明，而況精神！聖人之心靜乎！天地之鑒也，萬物之鏡也。夫虛靜恬淡寂漠無爲者，天地之平而道德之至，故帝王聖人休焉。

這裏談到聖人之心虛靜，「萬物無足以鐃心者」，與禪定工夫「志一則不分」的功效頗爲類似，而將虛靜之心所帶來的察照之功比喻爲「水靜則明燭鬚眉」，與上引〈習禪篇〉的話尤爲接近。總而言之，修習禪定可以使心靈保持平靜狀態，從而更能看清事物的形象與內在本質，這與老莊所追求的虛靜頗有相通之處，故六朝以來之道書亦常提到觀境之法——如上引《內觀經》。

禪定之定亦即三昧㉓，故《大智度論》云「一切禪定，亦名定，亦名三昧」㉔，東漢支婁迦讖所譯禪經，即名爲《首楞嚴三昧

㉓　三昧爲音譯，亦譯三摩地、三摩提，意譯則爲定或正定。

㉔　丁福保編《佛學大辭典》上冊頁 312「三昧」條引。案《大乘無量壽經·德遵普賢品》云：「得無生無滅諸三摩地，及得一切陀羅尼門。隨時悟入華嚴三昧，具足總持百千三昧。住深禪定，悉睹無量諸佛。」文中「三摩地、三昧、禪定」三者顯然是同義。白居易〈唐故虢州刺史贈禮部尚書崔公墓志銘并序〉稱許好友崔玄亮臨終時「大怖將至，如入三昧，恬然自

經》、《般舟三昧經》。佛家重視三昧，是因爲三昧會帶來不可思
議的能力，如《維摩詰經》描寫維摩詰要施行神通時，「即入三
昧」（〈弟子品〉、〈香積佛品〉）、「入於三昧，現神通力」（〈見
阿閦佛品〉），又言世尊行天眼通時，亦「常在三昧」（〈弟子
品〉），這些三昧皆指「定」言。而一些禪經在提到三昧時，亦常
與觀法結合㊺。如佛陀跋陀羅譯《達摩多羅禪經・修行觀陰》云：
「修行當知，於諸根境界防制非法，攝心所緣，繫令不動，正觀六
入。」「復次，外六入如賊，內六入如空聚，……修行如是，以三
昧正念繫縛六根，不令自在馳散所緣，然後以清淨智觀法眞實，癡
冥凡夫六境中，貪著悕望無量惡法，如是正觀悉能除滅一切眾生樂
著境界，自起障礙不至涅槃。是故修行欲壞生死趣涅槃者，當降伏
諸根遠離境界。」㊻這兩段文字說明修習禪觀有先後兩個步驟：先
是「以三昧正念㊼繫縛六根」，「攝心所緣，繫令不動」，這是一

安」，意指其如入禪定，心靈安詳，毫無恐懼。三昧又譯三摩地、三摩
提，意譯爲定、正定、等持，參見潘桂明、吳忠偉《中國天臺宗通史》頁
164。

㊺　即「正定」與「正觀」結合。案：佛典中，正定、正念、正觀，這三個概
念每有混淆，如《佛所行讚》稱讚三昧云：「正念存於心，眾惡悉不
入……正念爲重鎧，能制六境賊。正定撿覺心，觀世間生滅。是故修行
者，當習三摩提。三昧已寂靜，能滅一切苦。智慧能照明，遠離於攝受。
等觀內思惟，隨順趨正法。在家及出家，斯應由此路。生老死大海，智慧
爲輕舟。」（《大正藏》第四冊，頁 49a）文中「正定」實指觀的工
夫，故應改稱「正觀」，而所謂「正念」，實指定的工夫，故應改稱「正
定」。

㊻　《大正藏》冊一五，頁 322 下。

㊼　「正念」實應作「正定」，參見註㊺。

種定（止）的工夫，著重在集中精神，避免雜念；然後是「正觀六入」，即以正確的佛法去觀察六入所對六境，徹底了解其虛妄不實的本質，這是觀的工夫。鳩摩羅什譯《坐禪三昧經》云：「菩薩觀十二因緣，繫心不動，不令外念。外念諸緣攝之令還。」⑱由書名可知三昧指的是禪定，而引文中則明顯包括止與觀兩方面。玄奘譯《佛說法印經》云：「復次住三摩地，觀諸色境，皆悉滅盡，離諸有想，如是聲香味觸法，亦皆滅盡離諸有想。如是觀察，名為無想解脫門。入是解脫門，即得知見清淨，由是清淨故，即貪瞋癡皆悉滅盡。」⑲此處所說三摩地（三昧），亦與觀境之法緊密結合。故天臺宗實際創始人智顗，其《摩訶止觀》卷三「釋名」云：「又大品明十八空釋般若，百八三昧釋禪，雖前後兩釋，豈可禪無般若，般若無禪？特是不二而二，二則不二，不二即法身，二即定慧，如此三法，未層相離……止中有觀，觀中有止……。」⑳由引文可知，修三昧者有偏向禪定忽略智慧的傾向，而智者大師認為，三昧禪定與般若智慧二者應兼顧，故主張「止中有觀，觀中有止」。

在佛教教義中，止觀、定慧、寂照，這些概念經常是互通的，如僧肇〈答劉遺民書〉云：「寂照之名，故是定慧之體。」㉑定（止）能使心理歸於平靜，故稱「寂」，慧（觀）指觀想事物時更為清楚，故稱「照」，寂照是就修禪的心靈本體狀態言。宋釋元照《修習止觀坐禪法要》更加以總結云：「曰止觀，曰定慧，曰寂

---

⑱　《大正藏》冊一五，頁 283 中。

⑲　《大正藏》冊二，頁 500 下。

⑳　本文引《摩訶止觀》，據臺灣埔里中臺禪寺影印本（1997）。

㉑　《全晉文》卷一百六十四。

照，日明靜，皆同出而異名也。若夫窮萬法之源底，考諸佛之修
證，莫若止觀。天臺大師靈山親承，承止觀也；大蘇妙悟，悟止觀
也；三昧所修，修止觀也；縱辨而說，說止觀也。」㉒前引慧皎
《高僧傳》〈習禪篇〉卷末總論，即從寂照效應強調習禪之益，而
慧遠〈念佛三昧詩集序〉亦云：「夫稱三昧者何？專思寂想之謂
也。思專則志一不分，想寂則氣虛神朗。氣虛則智恬其照，神朗則
無幽不徹。」㉓三昧指禪定㉔，文中同樣強調禪定對觀照智慧的助
力，所謂「思專則志一不分」明顯是指止（定）的效果，它能使人
的思慮不分散㉕；「想寂則氣虛神朗。氣虛則智恬其照，神朗則無
幽不徹」則指觀（慧）的效果，它能使人很清楚地看到事物真實形
貌。文中不用觀而用照，是強調在止的基礎上所行的觀法能洞徹事
物形貌，故下文又云「故令入斯定者，昧然忘知，即所緣以成鑒，
鑒明則內照交映，而萬像生焉」，此處謂行三昧禪定能使內心像一
面光明的鏡子（明鑒），清楚照出萬像——即萬物之象，與上引
《高僧傳》〈習禪篇〉以水靜比喻禪定之心，可說完全一致，而值
得注意的是：要獲得清楚的物象正是意象論——也是意境論者追求

㉒　《大正藏》冊 46，頁 462 上。
㉓　《全晉文》卷一百六十二。案：慧遠很關心禪法與律藏，據梁慧皎《高僧
　　傳》（卷六本傳）云，慧遠曾令弟子法淨、法領等西行，「遠尋眾經」。
　　「念佛觀」為隋唐以前流行的五種禪法之一（參見楊曾文《唐五代禪宗
　　史》第一章第二節），此〈序〉即說明禪法中的止觀效應。
㉔　參見潘桂明、吳忠偉《中國天臺宗通史》頁 201。
㉕　三昧、三摩地或譯為「定」，指「使心心所注於一境之作用」（見丁福保
　　編《佛學大辭典》上冊頁 96，「七十五法」條），唯佛教所說的禪定常
　　兼止與觀二法，故除「專注一境」外，亦兼「觀」（察）境而言。

的目標。

佛教所說的智慧，說到底，是對人生意義的了解，故就其思維本質言，佛教的觀法其實亦是一種將物象與人事意義結合的想像活動。以修不淨觀爲例，據說，須先到墳地觀看死尸臭爛不淨，想到自己的身體也與死尸一樣不淨，在心中形成印象，然後到一個安靜的地方，打坐後對留在心中的死尸的不淨形象仔細觀察㉖，如此就很容易斷除對自我身體的戀眷執著（即「我執」）。此種過程，顯然同上述《易》學中的「觀物取象」以至「立象以盡意」，頗爲類似。但佛教觀法常是針對觀想目的去選擇理想對象：如要破除人的我執，可勸其觀身體（或觀死屍）修不淨觀；若要鼓勵其行善，則可勸其觀佛相㉗修念佛觀。這些對象能讓觀想時容易體會佛法要義，可稱之爲理想之境——念佛觀之佛相即爲典型例子。而在選擇好理想對象（境）之後，接著即需進行仔細而徹底的觀察，如觀佛相，需要觀察佛之三十二大人相及八十隨形好㉘，亦即從較顯著的

㉖ 參見楊曾文《唐五代禪宗史》（北京：中國社會科學出版社，1999）頁21。案佛家教義有四念處：身念處、受念處、心念處、法念處。觀身不淨即屬「身念處」之觀法，目的在使人對其稟受之色身產生厭離之心。其餘三念處相應的觀法爲：觀受是苦，觀心無常，觀法無我，可見四念處的主要目的是要去除我執。

㉗ 佛的形相包括較顯著之「三十二大人相」及較細微之「八十隨形好」，可說盡善盡美，它們是佛在前世廣修各種善業所得之形相特徵（詳見《法苑珠林》卷十五〈述意·現相〉）；據說修這種觀法可以使「諸惡罪業，速得清淨」，參見楊曾文《唐五代禪宗史》頁27。

㉘ 關於三十二大人相與八十隨形好，《法苑珠林》卷十五〈述意·現相〉有仔細說明。

特徵至極細微的特徵都要注意到。若觀察己身，爲求仔細、徹底，
甚至不避穢惡，如《中阿含經·因品》論比丘觀身之法云：

> 復次，比丘觀身如身，……從頭至足，觀見種種不淨充滿。
> 我此身中有髮、爪、齒、粗細薄膚、皮、肉、筋、骨、心、
> 腎、肝、肺、大腸、小腸、脾、胃、摶糞、腦及腦根、淚、
> 汗、涕、唾、膿、血、肪、髓、涎、膽、小便。猶如器盛若
> 干種子，有目之士，悉見分明。㉙

這是將人的身體全部，從頭至足，從外至裏，作徹底的觀察，結論
是「觀見種種不淨充滿」——此即人身的形相本質，亦即觀身之法
所帶來的智慧，因此佛家常視人身如一器皿，所盛皆是髒臭不淨之
物。又如描寫比丘觀屍之法云：

> 復次，比丘觀身如身。比丘者，觀彼死屍：或一、二日，至
> 六、七日，鳥鵰所啄，豺狼所食，火燒埋地，悉腐爛壞。見
> 已自比，今我此身亦復如是。㉚

佛典在描寫人身及世間的無常時，常不避穢惡，描寫詳盡徹底，顯
得極度客觀無情㉛，頗讓人聯想到西方十九世紀末的自然主義。佛

㉙ 《大正藏》冊一，頁 583 中。

㉚ 《大正藏》冊一，頁 583 中。

㉛ 案：儒道兩家皆有觀物之法，道家尤有對醜惡事物的觀法——如《莊子》
云道在瓦礫、道在屎溺，對畸形醜惡之人亦有描寫，唯似比較粗枝大葉。

家稱所觀之對象爲境，故在觀照理想對象時，常稱爲觀境或照境。境離不開物象（相），如《雜阿含經》常云「外境界一切相」㊰，《達摩多羅禪經》云「種種微妙相，現身及境界」㊱，故佛教之觀法，亦可說是一種「觀境取象（相）」的過程。

　　古代詩人常藉物象表現情志（意），爲求讓讀者一見物象即知情志，除了必須取得適當的物象外，還必須針對物象的特徵加以描寫、刻劃，以求逼眞、形似——意象論的產生正是基於此種要求。在上述關於孔穎達《易疏》的探討中我們已經發現，將佛道之境概念引入意象論中，可能是促成意象論轉變爲意境論的重要關鍵。由於六朝文論家主張物象應與所要表現的情志（意）相稱，並且認爲在想像過程中即應清楚見到物象，以便在描寫物象時能達到窮形盡相以至形似的程度，於是注意到虛靜修養工夫的重要性。虛靜正是佛道兩家修養論的重點，而佛家之止觀禪法，似更能有效達到虛靜照物的目的，上引慧皎《高僧傳》〈習禪篇〉卷末總論，及慧遠〈念佛三昧詩集序〉，即皆強調習禪的重要作用在於能使心神平靜，從而能看清事物的眞實形貌。因此，一旦將佛教禪法引入六朝以來的神思創作論中，使取象活動與禪定觀境之法結合，必將有助於物象的清楚把握。另外，禪法還提供一個重要的啓示：爲求所取物象與所要表現的情志（意）相稱，在想像過程中，必須構思（或等待）一理想境物，經由仔細觀察之後，則所取物象即是最能表現

　　更重要的是，不如佛教將止觀之法作爲修行成佛的重要法門，有具體步驟，並形成體系。

㊰　《大正藏》冊二，頁 5 中。

㊱　《大正藏》冊十五，頁 313 下。

情志（意）的意象。簡言之，當六朝以來的神思創作論與禪定觀境之法結合時，因所取物象得自適合表現情志之意境（即理想之境），將使意象論轉變爲意境論。本章開頭所引王昌齡論取象一段話（見《文鏡秘府論·南卷·論文意》），提到「凝心」與「深穿其境」，其目的即是要清楚照見物象，故云「以此見象，心中了見」、「照之須了見其象」。這不能不讓人懷疑意境論的產生與禪觀之法有關：「凝心」指集中精神，正同於禪法之定；「深穿其境」指深入、透徹了解物象，正同於禪法之觀境。又王昌齡《詩格》另有「三境」之說，明確指出，應先構思一理想境物再取象（詳見下章）。因此我們認爲：由於唐代詩人將佛教禪觀之法引入創作構思中，才使得意象論轉變爲意境論。而遲至唐代才實現這種結合，則可能與禪學的發展有關。早期的禪法原是講求「止觀俱行」、「定慧雙修」❷，但在南北朝初期，曾一度形成北方重禪法（定）、南方重義解（慧）的局面，直到南北朝後期，這種差距才逐漸縮小、彌合❷。隋唐之後，很多北方禪師流寓南方，造成北方禪法與南方義學交流的契機❷。唐代，隨著佛教的盛行及文人與僧人的頻繁交往，文人接觸禪法的機會大爲增加，將禪法用在創作理論中，可說是一種自

---

❷ 案東漢安世高是著名的禪數大師，其所譯禪經《安般守意經》已經將止與觀連繫起來。道安爲安世高所譯《道地經》所寫的序中，將道地比喻止觀，並稱贊止觀的功能説：「夫絕愛原，滅榮冀，息馳騁，莫先於止；了痴惑，達九道，見身幻，莫首於觀。」故中國禪法，早自安世高始，即已講求止觀俱行、定慧雙修，並成爲一種傳統。

❷ 參見潘桂明、吳忠偉《中國天臺宗通史》導言頁 2-3。

❷ 參見洪修平《中國禪學思想史》頁 44-58。

然的趨勢。盛唐詩人王昌齡是開啓唐代意境論門戶的重要人物，王氏之參用佛道修行之法亦可能受到陸機與劉勰重視虛靜照物的啓迪㉗。

㉗ 興膳宏於〈王昌齡之創作論〉一文中，頗注意王昌齡創作論受到陸機〈文賦〉、劉勰《文心雕龍・神思篇》的影響，李珍華、傅璇琮合寫〈談王昌齡的《詩格》〉（《文學遺產》，1988 年第六期，頁 96）亦有同樣看法。羅宗強則指出，陸機與劉勰論文學構思均引入道家之虛靜觀念（《魏晉南北朝文學思想史》）。

第三章　王昌齡的意境論

　　在上一章我們大致考察佛教「境」概念與中國傳統創作論結合的可能途徑，其中有兩個重點，一是指出：六朝人因為用傳統感物論解釋佛教心性論，使物與境成為對應的概念，促成「物，外境也」（孔穎達《禮記正義·樂記疏》）的說法，外境成為引發感興的一個重要因素。另一則指出：六朝文論家因重視物象與情志（意）的相稱，並要求寫物達到逼真的程度，於是注意到虛靜修養工夫的重要性，而若將創作中之取象活動與佛教禪定觀境之法結合，則因所取物象得自理想境物，意象論亦將轉變為意境論。下面即由唐代意境理論的具體內容說明此種轉變過程，首先要探討的是盛唐詩人王昌齡的意境理論。

第一節　立意與創新

　　近人研究指出，唐初詩格所討論的內容，大都是詩的聲韻、對偶、病犯等問題，而這些問題大都「導源於齊、梁時代」❶。為何初唐詩格喜歡探索齊梁留下來的問題？根據王夢鷗的研究，這種現

---

❶　參見張伯偉《全唐五代詩格校考》（西安：陝西人民教育出版社，1996年7月），頁6。

象與唐初宮廷詩風有密切關係，王先生說：

> 總而言之：初唐詩學，多為適應宮廷之藝文生活而發達，殆
> 與齊梁時代相類似。其詩體既沿襲江左餘風，而詩學之所發
> 明者，亦即為齊梁詩體之分析。從分析而創立若干規格，轉
> 成唐代試士之圭臬。❷

案王先生所謂初唐詩學實指詩格著作而言❸，由於宮中詩體仍沿襲
江左餘風，故詩格作者亦集中於齊梁詩體之分析。賈晉華亦指出：
太宗朝之宮廷詩人，其晏遊、詠物之作，「全用新體，斟酌聲律，
雕飾辭藻」❹；至中宗景龍年間，君臣唱和更加頻繁，甚且以詩作
優劣為賞罰，又加上以詩歌為進士科考試科目，於是，「建立一套
規範形式及總結作詩技法成為緊迫之事」，從而導致律詩最後定格
❺。總而言之，唐初之詩格類著作，基本上是針對齊梁以來流行於
宮廷之新詩體而設計的，故以分析新詩體所重視的聲律、對偶等病
犯為主。《文鏡秘府論》西卷「論病」云：「（周）顒、（沈）約
已降，（元）兢、（崔）融以往，聲譜之論蔚起，病犯之名爭興，

---

❷ 王夢鷗《初唐詩學著述考》（臺北：臺灣商務印書館，1977），頁 18。
❸ 張伯偉所考初唐詩格，有八種之多（見《唐五代詩格校考》），唯有代表
性的著作，仍為王夢鷗《初唐詩學著述考》中所考三種：上官儀《筆札華
梁》、元兢《詩髓腦》、崔融《唐朝新定詩體》；其餘五種，或為殘缺，
或多與此三種重複。王先生即以上述三種詩格著作代表初唐詩學。
❹ 賈晉華《唐代集會總集與詩人群研究》（北京：北京大學，2001），頁
42。
❺ 賈晉華《唐代集會總集與詩人群研究》，頁 65。

家製格式，人談疾累。」❻文中所稱周顒、沈約正是齊永明聲律說之代表人物❼，而元兢、崔融則為初唐詩格之重要作者❽，這段話剛好說明了齊梁新詩體與唐初詩格的關係。

　　初唐詩格將注意力集中在聲律、對偶等病犯的探討，範圍相當狹窄❾。但過了初唐，新詩體已完全建立，主要的病犯亦已開發得差不多，且詩風已開始轉變，則其視野將擴充至整個詩體❿。王昌齡《詩格》與初唐詩格之明顯區別，就在於對感興與文意的重視。感興與創作的關係，自六朝以來即常被提及，盛唐人更常提到感興⓫，隨著詩風的轉變，自然成為詩格作者所要說明的對象。蕭子顯

---

❻　《文鏡秘府論》（臺北：河洛圖書出版公司，1976 年 3 月），頁 177。

❼　參見《南齊書·陸厥傳》。

❽　元兢著有《詩髓腦》，崔融著有《唐朝新定詩格》，關於元兢、崔融之著作及生存年代，可參張伯偉《全唐五代詩格校考》。

❾　元兢著有詩格著作《詩髓腦》，而其〈古今詩人秀句序〉云：「余於是以情緒為先，直置為本，以物色留後，綺錯為末；助之以質氣，潤之以流華，窮之以形似；開之以振躍。或事理俱愜，詞調雙舉，有一於此，則或子遺。」（河洛版《文鏡秘府論·南卷》，頁 165）可見其詩格著作只是針對新詩體，提出一些規範，而那些規範並不是判斷優秀詩作的主要標準。

❿　陳子昂曾批評齊梁詩風為「采麗競繁，興寄多絕」，此亦可為初唐宮廷詩風之寫照，唯自開元天寶以下，詩風已有轉變，即漸以詩之興寄為主，而采麗次之；隨著詩風的轉變，初唐詩格亦漸不為時流所重視。參見王夢鷗《初唐詩學著述考》，頁 87。

⓫　六朝至盛唐感興觀的發展，詳見陳允鋒《唐詩美學意味——初盛唐詩學思想研究》（北京：新華出版社，2000）第二章，另王運熙、楊明著《隋唐五代文學批評史》（上海：上海古籍出版社，1994）頁 210 亦有簡要說明。

〈自序〉云「若乃登高目極，臨水送歸，風動春朝，月明秋夜，早雁初鷪，開花落葉，有來斯應，每不能已也」（《梁書·蕭子顯傳》），可作爲感興的最佳說明，它是一種強烈的情意，會引起文人的創作衝動，而經由「思」的作用，最後以聲律與意象的結合完成優美的作品。在這個創作論架構中，物象與情意的契合（或者說，如何將情意融入物象之中）顯然更爲關注焦點，而王昌齡《詩格》，正是在這樣的架構中提出照境取象的觀念，進一步完善由感興至意象的創作過程。

據學者們考定，王昌齡《詩格》以保留在日本弘法大師《文鏡秘府論》中的部分最爲可靠，至於題爲〔宋〕陳應行所編《吟窗雜錄》中之王昌齡《詩格》，則難免眞僞混雜⑫。值得慶幸的是，王昌齡論意境，最重要的資料正出於《文鏡秘府論》。唯《吟窗雜錄》本有「詩有三境」與「詩有三思」二項，亦有參考價值，故亦酌採之⑬。

《文鏡秘府論》所收王昌齡《詩格》包括四個主題：〈調聲〉、〈十七勢〉、〈六義〉、〈論文意〉⑭。其中，〈調聲〉部

---

⑫ 關於王昌齡著作眞僞，詳細考證可見李珍華、傅璇琮〈談王昌齡的《詩格》〉（《文學遺產》，1988 年第六期），一般性的介紹可見王運熙、楊明著《隋唐五代文學批評史》頁 204，及張伯偉《全唐五代詩格校考》頁 124-25。

⑬ 竺征、張少康、盧永璘〈初盛唐的文學理論批評〉（福岡大學《人文論叢》第 24 卷第 3 號，通卷第 94 號，1992 年 12 月）亦認爲三境、三思說，與《秘府論》之王昌齡《詩格》，其觀念是一致的。

⑭ 調聲見《文鏡秘府論·天卷》，十七勢與六義均見《文鏡秘府論·地卷》，論文意見《文鏡秘府論·南卷》。

分顯然是繼承初唐詩格的主題，但其餘三個主題則爲新增，充分顯示盛唐詩格的新風貌；論意境的意見主要見於〈論文意〉的主題。將詩的內容區分爲幾個要素分別考察，原是詩格的習慣，而通觀王昌齡《詩格》，雖然分爲四個主題，其核心的觀念——亦即王昌齡所最重視的，仍是文意。〈論文意〉云：「凡作詩之體，意是格，聲是律，意高則格高，聲辨則律清，格律全，然後始有調。」❻這是以意與聲爲構成詩體的兩個重要因素，很明顯的是繼承六朝創作論的觀點。不過，將意放在聲之前，似也有輕重之區別，故〈調聲〉一開始亦強調意的重要性：「凡四十字詩，十字一管，即生其意。……語不用合帖，須直道天眞，宛媚爲上。且須識一切題目義最要，立文多用其意，須令左穿右穴，不可拘撿。」❻題目義，在〈十七勢〉中作「題目意」，「題目義最要」是說立主題之意爲最重要。〈調聲〉接著又說：「律調其言，言無相妨。以字輕重清濁間之須穩。」❼這些資料表明，作詩以立意爲上，聲律的作用只是調整語言的聲音，使輕重不相妨害而已。

　　〈十七勢〉前幾式即著重談「題目意」出現在詩中的時機、位置。第六勢爲「比興入作勢」：「比興入作勢者，遇物如本立文之意，便直樹兩三句物，然後以本意入作比興是也。」第九勢爲「感興勢」：「感興勢者，人心至感，必有應說，物色萬象，爽然有如感會。」這二勢所強調的都離不開文意與感物的關係，而由「感興

---

❻　　張伯偉《全唐五代詩格校考》，頁 138。
❻　　張伯偉《全唐五代詩格校考》，頁 126。
❼　　張伯偉《全唐五代詩格校考》，頁 126。

勢」的說明更可以了解：詩的文意與物色有某種神秘的對應關係。
基於這種對應關係，其第十一勢「相分明勢」進一步提出對物色的
描寫必須準確逼眞的要求：「相分明勢者，凡作語皆須令意出，一
覽其文，至於景象，悅然有如目擊。」這是說爲了讓文意出來，就
必須在寫景（物）的準確度上下工夫：「悅然有如目擊」，是說景
物具體清晰，極具眞實感⑱，讓人有如在眼前的感覺——這等於是
對六朝形似說的極爲精要的說明。第十五勢「理入景勢」及十六勢
「景入理勢」，主張詩不可只言理或意，而應兼言景（物），才不
致無味，則已提出後人所津津樂道的情景交融的道理。

　　已有學者指出〈十七勢〉有側重意的傾向⑲，更有學者進一步
指出，〈十七勢〉是以意與景物的關係爲基礎⑳，在〈十七勢〉中
可明顯看出感物論對王昌齡意境論的影響。至於〈六義〉，即是解
釋「風、賦、比、興、雅、頌」等意義，屬儒家傳統詩教的主要內
容，其中與寫作方法有關之「賦、比、興」皆離不開物；如何使意
與物象對應起來，正是六義說的核心問題。〈六義〉是對文意的進
一步說明，但這部分似較少受到學者注意㉑。其實若談王昌齡《詩

---

⑱　參見李珍華《王昌齡研究》（西安：太白文藝出版社，1994），頁61。
⑲　羅根澤即云：「十七勢也常說到意，但側重意的表現方法，此（論文意）
　　則側重意的搜求方法。」，《中國文學批評史》（臺北：明倫出版社），
　　頁358。
⑳　興膳宏亦云：「實際上，整個十七勢就是以意、景相即的關係爲基礎，以
　　實例來說明何種句式、以何種對象，從何種角度來詠詩的具體知識，以提
　　供學詩者進入詩國的方便法門。」引文見〈王昌齡的創作論〉——收入《日
　　本學者中國文學研究譯叢》（吉林教育出版社，1990）第五輯，頁173。
㉑　李珍華《王昌齡研究》第三章論詩的格調——意、境、味、聲，第四章論

格》對唐代詩論的影響，這部分可能是最重要的：只要一翻自皎然《詩議》《詩式》以下的中晚唐及五代詩格，就會看到，大部分詩格皆脫離不了與六義有關的內容，有的書名更已直接透露此方面的信息——如《二南密旨》、《風騷旨格》、《雅道機要》、《風騷要式》等。〈論文意〉謂「意高則格高」，六義應是對「意高」的集中說明。

《文鏡秘府論》所徵引之「王氏論文」（即王昌齡《詩格》），王夢鷗因其文體「甚似禪者語錄」，且「用語淺俗」、「大意亦前後複出」，故疑非王氏本人手筆，而為前來請教詩法者的「筆錄」㉒。案王先生所論之缺點，皆見於〈論文意〉部分，這部分不僅內容有明顯重複，而且欠缺條理次序，可能正如王先生所說，是將幾種筆錄「拉雜並收之」，但也因此，反而保留「王氏論文」（即口述時）的較原始面目。就內容而言，這部分頗為龐雜，可以看出「王氏論文（詩）」其範圍相當廣泛、全面，確實與初唐詩格範圍之狹窄大為不同。前述三種主題，皆可在此部分看到相關說法，可能是依據此部分所整理出來的較完整內容，而被留置在此部分的，就只是一些片段的資料。

元辛文房《唐才子傳》（卷二）謂昌齡著有《詩格》一卷、

十七勢，均不談六義。唯在附錄〈談王昌齡《詩格》——一部有爭議的書〉中，對六義提出一些看法，認為「不被儒家詩教說所束縛」（頁173）。姑不論王氏是否不被儒家詩教說所束縛，六義這一項目屬於儒家詩教的範圍，應該是不成問題的。

㉒　王夢鷗〈王昌齡生平及其詩論〉，收入《古典文學論探索》（臺北：正中書局，1984），所引看法見該書頁281-82。

《詩中密旨》一卷及《古樂府解題》一卷，「今並傳」。案《新唐書·藝文志》經部樂類著錄郗昂《樂府古今題解》三卷，下注云「一作王昌齡」❷，而《宋史·藝文志·樂類》著錄有王昌齡《續樂府古解題》一卷❷，似王昌齡確實著有關於樂府解題方面的書。〈論文意〉談到覽古、詠史、雜詩、樂府、詠懷、古意、寓言等詩體的寫法❷，可見王氏對各詩體確有研究，唯〈論文意〉所言極為簡略，王昌齡自稱有「著書」習慣❷，若有關於詩體的著作，亦不令人感到意外。

「夫作文章，但多立意」❷，「凡屬文之人，常須作意」❷，對文意的重視，可以說是王昌齡建立意境理論的基礎。當然，文意不是憑空產生，在〈論文意〉中，王氏也是根據傳統感興的角度說明文意的產生，他說：

　　凡詩人，夜間床頭，明置一盞燈。若睡來任睡，睡覺即起，

---

❷　參傅璇琮主編《唐才子傳》（北京：中華書局，1987）第一冊，頁 261。

❷　《宋史》（臺北：鼎文書局）第六冊，頁 5053。

❷　原文見張伯偉《全唐五代詩格校考》，頁 145。

❷　案王昌齡〈秋興〉云：「日暮西北堂，涼風洗修木。著書在南窗，門館常蕭蕭。」據此，王氏確有著書習慣。《全唐文》三百三十一卷收王昌齡〈上李侍郎書〉，知王氏著有《鑒略》五篇「以究知人之道」，另《宋史藝文志》除著錄王昌齡《續樂府古解題》一卷外，又著錄王昌齡《瑞應圖》一卷、王昌齡《詩格》一卷、《詩中密旨》一卷（見鼎文書局版《宋史》六冊，頁 5113，5408），王氏既有著書的習慣，似不能排除有論詩體著作的可能。

❷　張伯偉《全唐五代詩格校考》，頁 139。

❷　張伯偉《全唐五代詩格校考》，頁 141。

> 興發意生，精神清爽，了了明白。皆須身在意中。若詩中無
> 身，即詩從何有？若不書身心，何以爲詩？是故詩者，書身
> 心之行李，序當時之憤氣。氣來不適，心事或不達，或以刺
> 上，或以化下，或以申心，或以序事，皆爲中心不決，眾不
> 我知。由是言之，方識古人之本也。㉙

這是強調作詩先要「身在意中」，即身心受到某種感動並引起鬱積
的情志。他也提到利用古今詩語起興：

> 凡作詩之人，皆自抄古今詩語精妙之處，名爲隨身卷子，以
> 防苦思。作文興若不來，即須看隨身卷子，以發興也。㉚

以上這些引文都強調感興的獲得應任其自然而來，不要過於勉強。
「興發意生」指出感興可以激發詩意，顯然是王氏重視感興的原
因。而王氏所特別重視的感興，則是指某種「憤氣」的激發：「是
故詩者，書身心之行李，序當時之憤氣。氣來不適，心事或不達，
或以刺上，或以化下，或以申心，或以序事，皆爲中心不決，眾不
我知。由是言之，方識古人之本也。」這些話是必須特別加以注意
的，由「氣來不適，心事或不達」云云，可見憤氣指的是累積在身
心的一股不平之氣㉛；而「或以刺上，或以化下」云云，則可見這

㉙　張伯偉《全唐五代詩格校考》，頁141。
㉚　張伯偉《全唐五代詩格校考》，頁141。
㉛　王運熙與楊明著《隋唐五代文學批評史》即認爲王氏所謂憤氣，爲以後韓
　　愈不平則鳴説作了先導（見該書第207頁）。

種憤氣是來自於對國事的關心，尤其包括士不遇（所謂「眾不我知」）的心情。這種憤氣所引起的意，其實是埋藏在心中的情志，故〈論文意〉又曰：「詩本志也，在心為志，發言為詩，情動於中而形於言，然後書之於紙也。」❸❷──這是用〈詩大序〉中關於「詩言志」的話。〈論文意〉有一段評曹植與阮籍詩的話，可與此互為印證：

> 詩有「高臺多悲風，朝日照北林」，則曹子建之興也。阮公
> 《詠懷詩》曰：「中夜不能寐，（謂時暗也。）起坐彈鳴琴。
> （憂來彈琴以自娛也。）薄帷鑒明月，（言小人在位，君子在野，蔽君
> 猶如薄帷中映明月之光也。）清風吹我襟。（獨有其日月以清懷也。）
> 孤鴻號外野，翔鳥鳴北林。（近小人也。）」❸❸

括號中之注文，與上引關於憤氣的內容是完全一致的。由此，我們終於了解到，王氏論文為何重視六義，因為這正是「古人之本也」。《吟窗雜錄》（卷五）收王昌齡《詩格》論「三宗旨」云：「一曰立意，二曰有以，三曰興寄。」其「立意一」云：「立六義之意：風雅比興賦頌。」由此可見，王昌齡重視立意，實與他主張恢復儒家詩教中六義傳統有關。顧雲〈杜荀鶴文集序〉（或作〈唐風集序〉）云：「（裴）公（案：當指裴贄）揖生，謂曰：聖上嫌文教之未張，思得如高宗朝射洪拾遺陳公（案指陳子昂），作詩出沒二

---

❸❷　張伯偉《全唐五代詩格校考》，頁139。
❸❸　張伯偉《全唐五代詩格校考》，頁146。

雅，馳騁建安。……掃蕩辭場，廓清文筏。然後戴容州、劉隨州、王江寧率其徒，揚鞭按轡，相與呵樂，來朝於正道矣。以生詩有陳體，可以潤《國風》，廣王澤，固擢生以塞詔。」❸此處將王昌齡（王江寧）詩風歸屬於陳子昂所開啓的唐代復古傳統（文中稱之為「陳體」），確實可以從上引王氏論詩中得到印證。

　　前面提到，意是由感興而來，但並不是興發意生即可下筆寫作，接著還要經過一番「苦思」。〈論文意〉云：

> 凡屬文之人，常須作意。凝心天海之外，用思元氣之前，巧運言詞，精練意魄。所作詞句，莫用古語及今爛字舊意。改它舊語，移頭換尾，如此之人，終不長進。為無自性，不能專心苦思，致見不成。❸

此處所說的苦思是包括詞與意兩方面的創新：巧運言詞與精練意魄，正是沿襲六朝文論傳統。案陸機〈文賦〉云「收視反聽，耽思旁訊，精騖八極，心遊萬仞」，劉勰《文心雕龍・神思》云「寂然凝慮，思接千載；悄焉動容，視通萬里」，均指想像力活動之無遠弗屆，王昌齡所謂「凝心天海之外，用思元氣之前」，乃沿用陸、劉二人說法無疑，不過，王氏強調的是，此種艱苦的想像活動，亦與詩人追求創新有關。王氏重視創新，故主張苦思，〈論文意〉一

---

❸　《杜荀鶴文集》（上海：上海古籍出版社，《宋蜀刻本唐人集叢刊》，1980）頁 1。

❸　張伯偉《全唐五代詩格校考》，頁 141。

再強調：

> 詩有傑起險作，左穿右穴。如「古墓犁爲田，松柏摧爲
> 薪」，「馬毛縮如蝟，角弓不可張」，「鑿井北陵隈，百丈
> 不及泉」，又「去時三十萬，獨自還長安。不信沙場苦，君
> 看刀箭瘢」，此爲例也。㊱
>
> 凡詩立意，皆傑起險作，傍若無人，不須怖懼。古詩云「古
> 墓犁爲田，松柏摧爲薪」，及「不信沙場苦，君看刀箭
> 瘢」，是也。㊲
>
> 學古文章，不得隨他舊意，終不長進。皆須百般縱橫，變轉
> 數出，其頭段段皆須令意上道，卻後還收初意。「相逢楚水
> 寒」詩是也。㊳

王氏主張立意要大膽，不要畏懼超出前人與今人範圍，這種觀點，
正是承襲齊梁文人追求「新變」的「放蕩說」而來㊴，所謂「傑起
險作，傍若無人，不須怖懼」，很明顯地表現出一種放蕩不拘的意

㊱　張伯偉《全唐五代詩格校考》，頁 144。
㊲　張伯偉《全唐五代詩格校考》，頁 147。
㊳　張伯偉《全唐五代詩格校考》，頁 147。
㊴　《南史·徐摛傳》（卷六十二）云：「摛屬文好爲新變，不拘舊體。」徐
　　摛是提出放蕩說的（梁簡文帝）蕭綱身邊的重要文士，所謂放蕩應即「好
　　爲新變，不拘舊體」。趙昌平論蕭綱放蕩說云：「蕭綱並非專尚淫佚浮
　　蕩，而要在于文章代新，不拘成法，以美文更自由地抒寫性情。」（〈文
　　章且須放蕩論〉，《古代文學理論研究》，第九輯，頁 95）這些話亦頗
　　適用於王昌齡的創新論。

圖，老杜所謂「語不驚人死不休」，正同此觀念。所謂「左穿右
穴」，即是在無所顧忌的情況下對事物進行各種角度的觀察、探
索，而最後是要尋找出最特殊的物象以寄托深意，如所引詩句：
「古墓犁爲田，松柏摧爲薪」（《古詩十九首》），「不信沙場苦，
君看刀箭瘢」（王昌齡〈代扶風主人答〉），其所取物象即令人怖懼，
相當大膽。好的立意——尤其是具有創造性的新意——可爲詩的精
神靈魂，而此靈魂（意）必須藉由物象形體（魄）才能表現，故當
意與物象結合時可稱之爲「意魄」；「精練意魄」指對感興所引起
的憤氣作進一步的提煉，而最後則必須落實在意與物象的結合上，
使由朦朧至清晰❹。

第二節　照境與用思

精練意魄的最後必須落實在意與物象的結合上，而結合意與象

---

❹　案：《國語・晉語・惠公改葬共世子》：「公子重耳其入乎？其魄兆於民
　　矣。魄，意之術也。」文中之魄指意之跡象（參鄔國文、胡果文、李曉路
　　等撰《國語譯注》頁 279）。顧況〈子規〉詩云：「杜宇冤亡積有時，年
　　年啼血動人悲。若教恨魄皆能化，何樹何山著子規。」此以子規鳥爲古蜀
　　帝（望帝）冤亡恨意之魄。又《西崑酬唱集》收錢惟演〈荷花・再賦〉云
　　「韓憑恨魄如長在」，恨魄指蝴蝶，蓋民間傳說中韓憑夫婦死後其魂魄並
　　化爲蝴蝶（見王仲犖注《西崑酬唱集》）。意魄合言正指意象，當詩人將
　　情志（意）寄托於物象之中，物象成爲意之跡象，故謂意魄。又古有日魂
　　月魄之說（見《周易參同契》），月光又稱素魄、桂魄、圓魄、皓魄。王
　　氏謂「精練意魄」，意魄可練，似以月光爲喻，喻指尋找理想物象，使詩
　　意由朦朧暗淡轉至明亮清晰。

的關鍵,則爲理想的物境,以下兩則引文可以爲證:

> 夫作文章,但多立意。令左穿右穴,苦心竭智,必須忘身,
> 不可拘束。思若不來,即須放情卻寬之,令境生。然後以境
> 照之,思則便來,來即作文,如其境思不來,不可作也。
> (《文鏡秘府論·南卷·論文意》)**④**
> 生思一。久用精思,未契意象。力疲智竭,放安神思。心偶
> 照境,率然而生。(《吟窗雜錄》卷四王昌齡《詩格》「詩有三思」
> 條)**④**

這兩則內容極爲一致,都是針對思路不暢的情形。第一則之「思若
不來」應同於第二則之「久用精思,未契意象」,指經過長久苦思
仍未能找到與意魄相稱的物象──亦即〈文賦〉所謂「意不稱
物」。由這兩則可知:苦思中之精鍊意魄,雖針對立意,而最終則
必須落實在理想的物象上──即必須取得理想的物象以寄托情志
(意),這種情形,正如爲靈魂尋找一個適合的形體(魄),達到
神與形的完美結合。意與象的關係亦可說是靈魂(內在精神)與形
體的關係,二者是一體的;取象的目的正是使憤氣所引起的意(情
志)獲得理想的寄托、歸宿。第一則在「思若不來」之後,提到要
放鬆心情,等待「境生」,然後「以境照之」,而第二則在「未契
意象」之後亦提到要「放安神思」,等待「心偶照境」。兩則所說

---

④ 張伯偉《全唐五代詩格校考》,頁 139。
④ 張伯偉《全唐五代詩格校考》,頁 150。

的應是同一件事，即在「久用精思，未契意象」之後應放鬆心情，等待理想境物的出現——即「境生」，然後對境物仔細觀察——即「照境」。「境生」之境，應指能對應情意的理想境物，當理想境物出現時，應先對境物仔細觀察，在清楚了解各物象的特徵之後，才能找出最適合的物象。第二則的標題爲「生思」，對照第一則的「以境照之，思則便來」，可知第二則「心偶照境，率然而生」中的「生」正是指「生思」而言。再由「久用精思，未契意象」，又可知，「思」指的正是取象活動。綜合兩段文字的大意爲：作詩應苦思、精思，其最終目的是要取得理想的物象以寄托意，但有時在苦思之後仍未能取得理想物象，此時應放鬆心情，等待理想境物出現。一旦理想境物出現，則應先仔細觀察，然後進行取象活動——即由境中取出最能契合情意的物象。取象爲「思」的重要目的，故王昌齡有時直稱取象活動爲「思」。用思即取象活動，它是在「境生」與「照境」之後，因爲有了理想的境，情意才有所寄托，而經由照境才能看清物象，才能取得最適合的意象——讓讀者一看到此物象，就能感受到作者所要表現的情意。「如其境思不來，不可作也」，意指若無照境與用思取象兩種活動合作，即無法使意與象作理想結合，故不可作詩。由兩段引文可知境的作用正在促成意與象的結合，而在思的過程中增加「照境」一環以便取象，正是導致意象論轉變爲意境論的關鍵。亦可說：意境論的提出，正是爲解決意與象結合的問題。

　　由「以境照之」、「心偶照境」，可知境中有物象，故可照（觀）之。而當理想的境物出現時，就應用思以取物象，對此，三思中的「取思」有所說明：「取思三。搜求於象，心入於境，神會

於物，因心而得。」❹此處之取思顯指搜求物象的活動，由這段話可知取象是思的一項重要目標，而爲了「搜求於象」，必須「心入於境，神會於物」，參照《文心雕龍・神思》所謂「登山則情滿於山，觀海則意溢於海」，知這兩句說的是：當理想境物出現時，應深入其境，讓心與物產生感應交流，以體會其內在意義——如此所取物象才能與意契合。對如何照境與取象——即境與思的合作，〈論文意〉有一段話，說得更爲清楚：

> 夫置意作詩，即須凝心，目擊其物，便以心擊之，深穿其境。如登高山絕頂，下臨萬象，如在掌中。以此見象，心中了見，當此即用。如無有不似，仍以律調定之，然後書之於紙，會其題目。山林、日月、風景爲眞，以歌詠之。猶如水中見月，文章是景，物色是本，照之須了見其象也。❹

這段話是說明當理想境物出現（即「境生」）之後，如何照境以至用思取象的過程，而重點在如何清楚觀照物象並清楚表現在作品當中（以達到形似）。首先值得注意的是，在「目擊其物」後面提到「深穿其境」，可知物與境是一體，就其具體對象言稱之爲物，就其範圍言則稱之爲境。其次，「凝心」指構思時應集中精神，避免有雜念干擾，顯然，這是看清楚物象的先決條件。再其次，「目擊其物」之後「便以心擊之，深穿其境」，亦即上引「取思」所謂「心

---

❹　張伯偉《全唐五代詩格校考》，頁 150。

❹　張伯偉《全唐五代詩格校考》，頁 139-40。

入於境，神會於物」，指（在想像中）看到理想的景物之後，應把
握時機，用心體會物的情意內涵，並深入觀察境中之物象變化。
「深穿其境」與「左穿右穴」之意相同，「如登高山絕頂，下臨萬
象，如在掌中」，描寫在深穿其境之後，清楚看見境中物象的情
形：此時作者彷如居高臨下，能看到物的全貌，物的各種形象都清
楚呈現在眼裏，故說「以此見象，心中了見」。由「目擊其物」至
「深穿其境」正是一種「照境」的過程，故王氏強調可以清楚見到
物象。「心中了見」之後云「當此即用」，用即用思❹，指取象活
動。「山林、日月、風景爲眞，以歌詠之。猶如水中見月，文章是
景，物色是本，照之須了見其象也」，這是就詩（文章）中的物象
言，指詩中所取物象非常逼眞，看來像自然中的「物色」一般。
「猶如水中見月」，意指水中之月（比喻詩中的物象）雖非眞實的
月，但看來非常清楚，很像眞實的月一般。這是對取象的極高要
求，強調詩應清楚反映物象使達到形似❹。文中將詩比爲清澈的水
面，能清楚反映物象，故用「照」字，這讓我們再度想起陸機〈文
賦〉所說「籠天地於形內，挫萬物於筆端」、「雖離方而遯圓，期

---

❹　案：《王昌齡詩格》「詩有三境」條解釋「物境」云：「處身於境，視境
　　於心，瑩然掌中，然後用思，了然境象，故得形似。」可知「當此即用」
　　之「用」指「用思」。

❹　〔日本〕淺見洋二解釋這段話說：「以上爲論述詩的描寫對象的部分。無
　　有不似，論述了形似的機能。形似指的正是了見其象那樣仿佛能在眼前清
　　楚看見對象世界的象的再現。」〈標的詩學：論宋代文人的著題論及其
　　源流〉，《新宋學》（上海辭書出版社，2001）第一輯，頁 207。李壯鷹
　　亦說：「詩人在構思中，只有做到凝心即專致，方能使形象清晰地呈現於
　　目前。」《中國詩學六論》（山東齊魯出版社，1989）頁 125。

窮形而盡相」，表現出對物象的積極追求。這段話也反映出：王氏
所以提出「凝心穿（照）境」之法，亦是爲了解決自六朝以來因山
水詩發達而特別重視形似的問題。

如上所說，照境實包括觀察的動作與目的：即藉由「深穿其
境」達到「了見其象」。對如何深穿其境，〈論文意〉另有一段話
頗可參考：

> 旦日出初，河山林嶂涯壁間，宿霧及氣靄，皆隨日色照著處
> 便開。觸物皆發光色者，因霧氣濕著處，被日照水光發。至
> 日午，氣靄雖盡，陽氣正甚萬物蒙蔽，卻不堪用。至晚間，
> 氣靄未起，陽氣稍歇，萬物澄靜，遠目此乃堪用。至於一
> 物，皆成光色，此時乃堪用思。所說景物，必須好似四時
> 者。春夏秋冬氣色，隨時生意。取用之意，用之時，必須安
> 神淨慮。目睹其物，即入於心。心通其物，物通即言。言其
> 狀，須似其景。㊼

文中所謂「河山林嶂涯壁間」，顯指一山邊水涯之境：那是由「河
山林嶂涯壁」等「物」所構成的一個特殊範圍。文中強調，在此境
中的物容易受到霧氣（水氣）與日色（光線）的影響，會隨昏旦、四
時而變化（這些因素會在物的身上留下影子、痕蹟，故通稱之爲景物）。由
這段話可以較具體地了解王氏所謂深穿其境，是指仔細觀察事物本
身以及影響事物的時空因素──這些因素會影響其中之物，使之呈

㊼　張伯偉《全唐五代詩格校考》，頁147。

現某種特殊形象；可以說，物的形象是由境中之物與時空因素結合
所產生的。引文中提到「日午」之景不堪用，「晚間」之景乃堪
用，這說明所以要仔細觀察境物形象，是為了取得理想、適合的物
象。引文最後所謂：「用之時，必須安神淨慮。目睹其物，即入於
心。心通其物，物通即言。言其狀，須似其景。」正指用思的目的
在取得清楚的物象，最好是達到形似。王氏很重視物色與時空因素
結合，如〈論文意〉云：

> 夫詩，一句即須見其地居處。如「孟夏草木長，繞屋樹扶
> 疏。眾鳥欣有託，吾亦愛吾廬。」若空言物色，則雖好而無
> 味，必須安立其身。❹
> 詩有「明月下山頭，天河橫戍樓。……」並是物色，無安身
> 處，不知何事如此也。❺

強調物色必須與居處結合，必須安立其身，即必須讓人感受到物色
所受的時空因素的影響；「草木長，樹扶疏」這些物色，唯有與孟
夏、繞屋等時空因素結合，其形象才有根據，而且與詩的情意主題
──「眾鳥欣有託，吾亦愛吾廬」，能充分融合。王氏既要求「了
見其象」，又一再強調物色與時空因素的密切關係，實與六朝以來
山水詩追求形似的傳統有關❺，《文心雕龍·物色》云：「自近代

---

❹　張伯偉《全唐五代詩格校考》，頁 140。
❺　張伯偉《全唐五代詩格校考》，頁 146。
❺　參見註❺。

以來，文貴形似，窺情風景之上，鑽貌草木之中。吟詠所發，志惟深遠；體物爲妙，功在密附。故巧言切狀，如印之印泥，不加雕削，而曲寫毫芥。故能瞻言而見貌，即字而知時也。」這段話說明六朝人描寫物色很重視形似──即景物的清楚逼眞，而且考慮到四時變化與物色的關係，與王氏對物色的要求完全一致。但是形似本身並不是目的，追求形似是爲了「體物寫志」，故在「體物爲妙」上云「吟詠所發，志惟深遠」。

　　要求仔細觀察物境所牽涉到的各種因素，目的是爲了取得最理想的物象以便寄托文意，故云：「凡詩，物色兼意下爲好。若有物色，無意興，雖巧亦無處用之。」❺❶「詩貴銷題目中意盡。然看當時所見景物與意愜者相兼道。若一向言意，詩中不妙及無味。景語若多，與意相兼不緊，雖理通亦無味。」❺❷這都是強調物色與意興交融才是好詩。而所以要求物象清楚，則因如此才能使文意出來，如前引〈十七勢〉中第十一勢「相分明勢」云：「相分明勢者，凡作語皆須令意出，一覽其文，至於景象，怳然有如目擊。」這是說：景象若逼眞，更能讓文意出來。

　　事物能成爲一個境，表示它具有某些特徵，可以自成一個範圍，與其它事物區別出來❺❸。這也意味著，這些事物容易引發某方面的感興，如「河山林嶂涯壁間」，顯指一山邊水涯之境，並不是

---

❺❶　張伯偉《全唐五代詩格校考》，頁 143。

❺❷　張伯偉《全唐五代詩格校考》，頁 147。

❺❸　案：黃庭堅〈觀化〉詩序云：「夫物與我若有境，吾不見其邊。」此謂物與我之間似有一無形的界限（境），只是不見其邊際而已。同樣，一旦人將視野限在某物範圍，則此物與它物之間，即會有一無形的邊界。

隨處可以見到的，而這種境所能引起的情意，自與其它事物之境不同。立意構思所以要等待「境生」，就是要等待一個能與情意對應的景物範圍（可稱爲理想之境），以便於取象。比較起來，六朝文論家直接以物做爲思的對象，這對說明意與物象的契合，及物色的形似問題，都是不夠充分的。

《吟窗雜錄》（卷四）收王昌齡《詩格》，指出「詩有三境」：

> 一曰物境。二曰情境。三曰意境。
>
> 物境一。欲爲山水詩，則張泉石雲峰之境，極麗絕秀者，神之於心。處身於境，視境於心，瑩然掌中，然後用思，了然境象，故得形似。
>
> 情境二。娛樂愁怨，皆張於意而處於身，然後馳思，深得其情。
>
> 意境三。亦張之於意，而思之於心，則得其眞矣。❺❹

引文中關於物境的說明，最能證明：王氏所謂照境之境，乃指理想之境。「欲爲山水詩，則張泉石雲峰之境，極麗絕秀者，神之於心」，明白指出：要寫山水詩，必須先想像一理想的山水景物加以觀察，再從中取出美的形象。意境論的產生與山水詩的發達有密切關係，於此亦可得到證明❺❺。「視境於心，瑩然掌中，然後用思，

---

❺❹　張伯偉《全唐五代詩格校考》，頁 149。

❺❺　盧盛江亦云：「從文學理論來說，後代的一些理論範疇如意境說的提出，就與山水文學有密切聯系，王昌齡論物境，就直接指的山水詩。」（《魏晉玄學與文學思想》，南開大學出版社，1994 年，頁 177）

了然境象，故得形似」，這幾句與上引〈論文意〉「如登高山絕頂，下臨萬象，如在掌中。以此見象，心中了見」，意思完全相同，都是強調清楚觀照物象的重要性，而「用思」的最終目的在取得逼真、形似的物象。「情境」是以「娛樂愁怨」爲境，說明雖較「物境」簡單，仍不難理解：這種詩以抒發人的各種情感爲主。最難理解的是「意境」，不僅因爲文中並無關於意的內容的說明，也因爲意這個字是一個相當多義的概念，很難確定其具體內涵。〈論文意〉云：「意須出萬人之境，望古人於格下，攢天海於方寸，詩人用心，當於此也。」首句包含意與境兩個要素，雖未合成一詞，但「意境」之概念已呼之欲出。不過，「則得其真」這句話，倒使我們想起陶淵明〈飲酒詩〉第五結尾所謂「此中有真意，欲辨已忘言」，尤其〈飲酒〉第五開始即云「結廬在人境，而無車馬喧」，前後銜接剛好構成「意境」的概念㊏，而詩中之「真意」應指某種生活的義理。由此似可推測，王氏所說三境中之「意境」，亦可能是指一種表達事物義理的詩。案舊題白居易著《金鍼詩格》有「詩有內外意」條：「一曰內意，欲盡其理。理，謂義理之理，美、刺、箴、誨之類是也。二曰外意，欲盡其象。謂物象之象，日月、山河、蟲魚、草木之類是也。」㊐此處所謂「內意」顯然與六義有關，王氏亦重視六義，前引《吟窗雜錄》收《王昌齡詩格》有「三宗旨」一項，其「立意一」云：「立六義之意：風雅比興賦頌。」（見本書 144 頁）其所謂意境之意，是否指六義言，似可考慮。案道

㊏　最先注意到這一點的，是楊玉成（見其所著《意境論的發展》文稿）。
㊐　張伯偉《全唐五代詩格校考》，頁 326。

教與佛教皆有三境的說法，只是名稱不同❸，佛典甚至亦有意境一詞❺，不過，考慮到王氏意境論與六朝文論的密切關係❻，「物、情、意」是六朝文論中常提到的內容❻，並且，三境中之物境乃指物色之境，而物色亦為六朝重要概念，因此，筆者認為：王氏《詩格》之「三境」，其名稱亦可能來自六朝。在上述對三境的解釋中，有「處身於境」、「處於身」這些說法，皆指構想物境或情境時應設身處地，以真切領略其意味，清蔣驥撰《讀畫紀聞》云：「村居亭觀人物橋梁，為一篇之眼目。……譬之真境以我置身於其

---

❸ 道教提到三境通常是指「玉清境、太清境、上清境」等境，而佛典提到三境者甚多，只是隨機使用，其名稱並不固定。如《瑜珈師地論》云：「謂出定時，多由三境而出於定：一由有境，二由境境，三由滅境。由此三境，於出定時，如其次第。」（《大正藏》第三十冊，頁 341 中）又《攝大乘論釋》云：「所緣有三境：一緣一切真如境，二緣一切文言境，三緣一切眾生利益事境。此三境名大乘法。」（《大正藏》冊三一，頁 234 中）除了三境之外，還有許多境，如《成唯識論》即有二境三境四境五境六境等，《華嚴經》（東晉佛馱跋陀羅譯）有「十種境界」（《大正藏》冊三九，頁 648 中），《攝大乘論釋》又提到「十二種境」（《大正藏》第三十一冊，頁 234 中）。

❺ 如唐玄奘譯《佛地經論》云：「諸佛世尊心善安定極悅意境亦不能亂。」（《大正藏》冊二六，頁 296c）又唐玄奘譯《阿毘達摩俱舍論・分別界品》：「於六根中，眼等前五唯取現境，是故先說。意境不定。」（《大正藏》冊二七，頁 5 下）

❻ 王運熙、楊明著《隋唐五代文學批評史》即認為王氏論構思取境是繼承陸機、劉勰文論的說法而有新的發展（頁 231）。

❻ 如《文心雕龍・神思篇》既談到「神與物遊」，又說「登山則情滿於山，觀海則意溢於海」，「物、情、意」三者皆包括在內。

地，則四面妙處皆可領略，如此方有趣味，……」⑫此段話正可說明上述三境話中的含意。（案：「三境」可能是針對「境句」而言，筆者另有補充說明，請參見第五章第四節）

第三節 佛道思想的影響

以上對王昌齡之意境理論作了比較詳細的說明，是因為王氏意境論剛好提供了一個重要的觀測點——可以藉此看出意境理論的來龍去脈。〈論文意〉中多佛家語，如「自古文章，起於無作⑬，興於自然」，「如此之人，終不長進，為無自性⑭」，「凡詩立意，皆傑起險作，傍若無人，不須怖懼⑮」等皆是。而論苦思時，提出

---

⑫ 俞劍華《中國畫論類編》上，頁 319 引。

⑬ 智顗《摩訶止觀》卷一大意云：「又《中論》偈云，因緣所生法，即是生滅；我說即是空，是無生滅；亦名為假名，是無量；亦名中道義，是無作。」「常境無相，常智無緣，以無緣智，緣無相境，無相之境，相無緣之智，智境冥一而言境智，故名無作也。」作似指無心。

⑭ 自性為佛家常用語，佛典常見，如玄奘譯《解深密經》有〈無自性相品〉，禪宗六祖以見性為宗旨，《壇經》即常出現自性的字眼，如〈行由品〉云：「惠能言下大悟：一切萬法，不離自性。遂啓（五）祖言：何期自性，本自清淨；何期自性，本不生滅；何期自性，本自具足；何期自性，本無動搖；何期自性，能生萬法。祖知悟本性，謂惠能曰：不識本心，學法無益。若識本心，見自本性，即名丈夫、天人師、佛。」（丁福保《六祖壇經箋註》，頁 13）

⑮ 佛典常有怖畏、無畏等相關詞語，論經義甚深，令人怖畏者，如《維摩詰經·囑累品》云：「菩薩有二相，若是新學菩薩，則好於雜句文飾之事；若是久修道行的菩薩，則甚深經典，無有恐畏。」智顗《摩訶止觀》卷二云：「聞此深法，勿生驚怖。」不僅如此，佛典亦常描寫令人怖畏之景

「凝心」、「目擊其物」、「深穿其境」、「以此見象，心中了
見」等一系列過程，在論「生思」時提到「照境」，皆與佛道思想
有關。茲先談「照境」。「照境」爲佛家常用語，如智顗《摩訶止
觀》云：「照境爲正，除惑爲傍。」❻在佛典中，「照」常指智慧
的作用，如《法苑珠林》卷十五〈侍養部·述意〉云「夫神妙寂
通，圓智湛照」，《壇經·般若品》云「故知本性自有般若之智，
自用智慧，常觀照 ❼。稱之爲照，是因爲佛法所產生的智慧能清
楚觀照各種境界，如《華嚴經·世間淨眼品》云：「其身普坐一切
道場，悉知一切眾生所行。智慧日照除眾冥，悉能顯現諸佛國土，
普放三世智海光明照淨境界。」❽玄奘譯《般若波羅蜜多心經》
云：「觀自在菩薩，行深般若波羅蜜多時，照見五蘊皆空。」❾即
指觀自在菩薩因修習般若功夫，而獲得大智慧，能清楚觀照五蘊皆
空之諸法實相❼。由照境的範圍可以看出智慧的能力，如《佛地經

象，如鳩摩羅什譯《妙法蓮華經·譬喻品》詳細描寫三界火宅中夜叉惡
鬼、諸惡禽獸等種種窮凶極惡形狀，多次提到「甚可怖畏」。在佛寺壁畫
中亦多「怖畏之相」，如唐代盛行「地獄變相」，即是以令人怖懼的景象
教訓群眾，使勿行惡。

❻　《摩訶止觀》卷三釋名。

❼　支遁〈大小品對比要鈔序〉亦云：「夫般若波羅密者，眾妙之淵府，群智
之玄宗，神王所由，如來之照功。」（轉引自強昱《從魏晉玄學到初唐重
玄學》，頁7）

❽　東晉佛馱跋陀羅譯《大方廣佛華嚴經》，《大正藏》冊九，頁395ab。

❾　《大正藏》冊八，頁848下。

❼　《大智度論》卷十八云：「問曰：云何名般若波羅蜜？答曰：諸菩薩從初
發心求一切種智，於其中間知諸法實相慧，是般若波羅蜜。」——參見丁
福保編《佛學大辭典》下冊，頁 1840 般若波羅蜜條。般若譯爲智慧，波

論》云:「以諸如來鏡智（案指大圓境智）生時,皆能照了一切境故。諸處境識猶如影像,在此智中分明顯現。」**⑦**此處以大圓鏡比喻佛智慧的廣大:能照了一切境（換言之,即無境不照）。就智與境的關係言,亦稱之爲「能照」與「所照」,如蕭統〈解二諦義令旨〉云:

> 二諦理實深玄,自非虛懷,無以通其弘遠。明道之方,其由非一,舉要論之,不出境智,或時以境明義,或時以智顯行。至於二諦,即是就境明義。……能知是智,所知是境。……若能照之智,非眞非俗,亦應所照之境,非眞非俗。**⑫**

佛家常稱主體之心爲能知,客體之境爲所知──合稱「能所」,智即能觀之心,故稱能照,境爲所觀的對象,故稱所照**⑬**。智與境的關係爲佛教各宗派的理論重點,三論宗大師吉藏之《三論玄義》即云:「今欲示《三論》不同,宜以境智爲宗。所言境智者,《論》（案:指《十二門論》）云:『大分深義,所謂空也。若通達是義,

---

　　羅蜜譯爲度或到彼岸,依照佛教的説法,照了諸法實相之智慧,能使人解
　　脱生死煩惱,正如度生死此岸而至涅槃彼岸之船筏。實相指事物之眞實
　　狀、本質,般若宗認爲,諸法實相爲空,故云照見五蘊皆空。

⑦　《大正藏》冊二六,頁309中。大乘佛法比小乘,其智慧更爲廣大,故稱
　　「大照」。

⑫　蕭統〈解二諦義令旨〉,見俞紹初《昭明太子集校注》,頁 130-39。二
　　諦指眞諦與俗諦。

⑬　參見韓延傑《三論玄義校釋》,頁 251。

即通達大乘，具足六波羅密無所障礙。』大分深義，謂實相之境。
由實相境發生般若，由般若故萬行得成，即是境智之義，故用境智
爲宗也。」❼根據三論宗的理論，一切皆空是事物的眞相，謂之實
相之境，而所謂般若（智慧），就是體會此實相之境。境智的關係
爲三論宗的要義——所謂大分深義，故說「以境智爲宗」。如上所
說，成玄英的《道德經義疏》亦有取三論宗的理論，其《道經》解
題云：「道是虛無之理境，德是志忘之妙智；境能發智，智能剋
境，境智相會，故稱道德。」❼此即以道爲客體存在之境，以德爲
認識主體之智。成玄英亦以能所關係論境智：

> 《老子》：「微妙玄通，深不可識。」成疏：「微妙是能修
> 之智，玄通是所修之境，境智相會，能所俱深，不可以識
> 知，故歎之也。」❼
> 《老子》：「故從事而道者，道得之。」成疏：「道得之
> 者，只爲即事即理，所以境智兩冥，能所相會，道得之，猶
> 得道也。」❼（資料頗多，茲不贅舉）

所謂「境智兩冥，能所相會」，正指聖人透徹了解物我皆空的道
理，能「智符道境，了達眞源」❼。在《義疏》中，成玄英亦稱讚

---

❼　韓延傑《三論玄義校釋》，頁 251。
❼　蒙文通《道書輯校十種》，頁 375。
❼　蒙文通《道書輯校十種》，頁 405。
❼　蒙文通《道書輯校十種》，頁 422。
❼　蒙文通《道書輯校十種》，頁 522。

聖人智慧之照境能力，如云：

> 《老子》：「明白四達而無爲。」成疏：「言聖人空慧明
> 白，妙達玄理，智無不照，境無不通，故略舉四方，足明八
> 極，……四達者達三界及道境也。」⑦⑨
> 《老子》：「是以聖人欲不欲，不貴難得之貨。」成疏：
> 「聖人靈照自天，不同凡智，了知諸境空幻，不見可欲之
> 物。」⑧⓪（成疏提到「照境」之資料甚多，茲不全引）

除《道德經義疏》外，成玄英《莊子疏》中，亦常出現照境的概念
（爲節省篇幅，茲不贅引）。李榮《道德經注》亦云：「慧徹空有，
智通眞俗，知也。所照之境，觸境皆空，能鑒之智，無智不寂，能
所俱泯，境智同忘，不知也。」⑧①

　　以上說明「照境」原爲佛教概念，並爲道教理論所攝取，王昌
齡所說心能照境，其取自佛道，應無疑問。〈論文意〉中兩處提到
「凝心」，又提到「目擊其物」，很容易讓人想到《莊子·達生
篇》孔子稱讚痀僂丈人「用志不分，乃凝於神」⑧②，及〈田子方
篇〉仲尼稱讚溫伯雪子之「目擊而道存」。不過，由六朝至唐代，
老莊所提倡的修養方法，亦被看成是一種禪定工夫（見慧皎《高僧

---

⑦⑨　蒙文通《道書輯校十種》，頁 395。
⑧⓪　蒙文通《道書輯校十種》，頁 508。
⑧①　蒙文通《道書輯校十種》，頁 655。
⑧②　案：「乃凝於神」當作「乃疑於神」，參見王叔岷《莊子校詮》（臺北：
　　　中央研究院歷史語言研究所，1999，三版）中冊，頁 680。

傳》〈習禪篇〉卷末所論——參見上一章），很多觀念，兩家似皆可通用，如晉張湛注《列子》，其〈序〉云：「其書大略明群有以至虛爲宗，萬品以終滅爲驗；神惠以凝寂常全，想念以著物自喪；……順性則所之皆適，水火可蹈；忘壞則無幽不照。此其旨也。然所明往往與佛經相參，大歸同於老莊。」⑧這裏介紹列子之學，提到心神之「凝寂常全」「無幽不照」，而明言其同於佛經與老莊。王昌齡所謂「凝心」指集中精神，避免雜念干擾，實與佛教禪定狀態類似⑧；而所謂「深穿其境」、「以此見象，心中了見」，指深入觀察境中之物，要將物象看得一清二楚，則同於禪法之「觀」的工夫與效用。佛教重視禪定與觀法結合，常強調其察照的作用，而王昌齡於仔細分析苦思之過程後，再度強調：詩中之物色應「照之須了見其象」，正透露出，他的分析乃是參照佛道兩家的修行工夫。上一章所引慧遠〈念佛三昧詩集序〉云：「夫稱三昧者何？專思寂想之謂也。思專則志一不分，想寂則氣虛神朗。氣虛則智恬其照，神朗則無幽不徹。……故令入斯定者，昧然忘知，即所緣以成鑒，鑒明則內照交映，而萬像生焉。」此處即強調實行三昧會使內心專一，像明鏡一樣照出萬像。同樣，上一章所引慧皎《高僧傳》〈習禪篇〉卷末論習禪的功效亦云：「禪也者，妙萬物而爲言，故能無法不緣，無境不察，然後緣法察境，唯寂乃明。其猶淵池息浪，則徹見魚石；心水既澄，則凝照無隱。」這段話將禪定狀態比爲清澈

---

⑧　引自楊伯峻《列子集釋》附錄二：重要序論匯錄。

⑧　案劉禹錫〈觀棋歌送儇師西游〉云「有時凝思如入定」，凝思與凝心意近，可見王昌齡所謂凝心確實接近佛家之禪定。

水面，亦強調禪法之察照功效，所謂「緣法察境，凝照無隱」，與
王氏所謂「深穿其境」、「以此見象，心中了見」、「照之須了見
其象」，可說極度吻合。獨孤及〈題思禪寺上方詩〉云：「境照心
亦寂，耆然諸根空。」同樣是從禪觀的角度論心之照境功能。照是
止觀所帶來的重要效應，《摩訶止觀》卷一「緣起」云：「法性寂
然名止，寂而常照名觀。」❽梁肅〈止觀統例議〉云：「照昏者謂
之明，駐動者謂之靜，明與靜，止觀之體也。」❾白居易有〈八漸
偈〉，其「明偈」云：「定慧相合，合而後明。照彼萬物，物無遁
形。如大圓鏡，有應無情。」❼所謂「定慧相合」顯指止觀的工
夫，而「照彼萬物，物無遁形」，與王氏所謂「照之須了見其
象」，亦極相符。王氏很重視如何清楚見到物的形象，而這正是佛
教禪觀的基本要求，如《達摩多羅禪經》介紹念佛門云：「若觀佛
時當至心觀佛相好，了了分明諦了已，然後閉目憶念在心。若不明
了者，還開目視極心明了，然後還坐身正意繫念在前，如對真佛明
了無異。」❽這段話很清楚地說明，在修念佛之觀法時，必須仔細

---

❽　《摩訶止觀》雖為智者大師所說，唯記錄者為門人灌頂，一般認為，〈緣
起〉為灌頂所寫之序文。

❾　《全唐文》卷五百十七，冊三，頁 2327。

❼　朱金城《白居易集箋校》冊五，卷三十九，頁 2643。案：白居易〈玩止
水〉詩稱「鑒形不如止（水）」，因為平靜狀態之止水能洞徹物形，並謂
禪定時之心裏狀態有如止水——「定將禪不別，明與誠相似」，與〈八漸
偈〉稱定慧之功能「照彼萬物，物無遁形」意思是一致的。謝思煒《白居
易集綜論》（北京：中國社會科學出版社，1997，頁 257-59）認為白居
易〈八漸偈〉屬北宗禪法。

❽　《大正藏》冊一五，頁 325 下。

觀察佛的各種「相好」（三十二大人相、八十隨形好）❽，要能使佛的各種相好清楚地顯現在觀想（想像）的意識中──彷如眞佛一般。此與王氏所謂「以此見象，心中了見」，「了然境象，故得形似」，可說極度吻合。《文心雕龍·神思篇》云「獨照之匠，窺意象而運斤」，亦以察照物象爲神思的重要作用❾，並且提出「陶鈞文思，貴在虛靜」的說法，很可能啓發王昌齡❿，使進一步參酌佛道兩家修行之法，用凝心照境的方法解決取（意）象及形似的問題（其水月的比喻，亦可看出佛教影響）。

　　唐太宗爲玄奘所譯《瑜伽師地論》寫〈大唐三藏聖教序〉云：「故以智通無累神測未形。超六塵而迥出，隻千古而無對。凝心內境，悲正法之陵遲。」⓬「凝心內境」與「凝心照境」語意相近，可見王昌齡說法是有所本的。值得注意的是，凝心照境有時被用來

---

❽　丁福保《佛學大辭典》相好條下云：「就佛之身體而言，微妙之相狀，可了別者，是謂之相；細相之可愛者，謂之好。相者大相，好者，更爲莊嚴，大相之小相也。」（下冊，頁 1674 下）故相好指佛身從頂至足，各種殊勝妙相：相是較明顯的形相特徵（大相），好是更細微的變化（細相）。關於三十二大人相與八十隨形好，《法苑珠林》卷十五〈述意·現相〉有仔細說明，三十二大人相是佛身較顯著特徵，它們是佛在前世廣修各種善業所得之形相特徵。好是更細部的變化，容易讓人聯想到美的物象──如面淨如滿月、進止如象王、容儀如師子、手足如蓮華等。

❾　案：唯有先看清物象，始能進一步去刻劃物象，達到窮形盡相、與意契合的目的。

❿　興膳宏即曾指出，王昌齡的思想受到《文心雕龍·神思》的啓發，認爲王昌齡的創作理論是劉勰思想的新發展。見〈王昌齡之創作論〉，《日本學者中國文學研究譯叢》頁 170，176。

⓬　見唐釋道宣《續高僧傳·玄奘傳》。

指稱重視坐禪的北宗禪法，如敦煌本《菩提達摩南宗定是非論》，
神會指責神秀之北宗禪法云：「爲秀禪師教人凝心入定，住心看
淨，起心外照，攝心內證。緣此不同。」❸明顯指出「凝心」「外
照」（照察外境）爲北禪「住心看淨」的法門。相傳中土禪宗初祖
菩提達磨曾指出理入與行入二種入道之途，其「理入」云：「深信
含生、凡聖同一眞性，但爲客塵妄覆，不能顯了。若也捨妄歸眞，
凝住壁觀，自他、凡聖等一，堅住不移，更不隨於言教，此即與眞
理冥狀，無有分別。」❹這是說眾生皆有清淨之佛性，只是爲客塵
所障，故清淨之性不見，爲恢復清淨之佛性，即應修持禪觀。所謂
「凝住壁觀」應即「凝心壁觀」❺，根據宗密《禪源諸詮集都序》
的解釋，這是一種安心的法門，即藉著凝心使心如牆壁，外境無法
入侵❻。李邕〈大照禪師塔銘〉提到神秀（大通禪師）禪法是「寶鏡
磨拂，萬象乃呈；玉水清澄，百丈皆見」，其高徒普寂（大照禪

---

❸ 見胡適校敦煌唐寫本《神會和尚遺集》（臺北：胡適紀念館，1960）頁
　　285。案：宗密《禪源諸論集都序》亦云：「淨名已呵宴坐，荷澤（神
　　會）每斥凝心。」（《大正藏》冊四八，頁 401 中）

❹ 敦煌本《楞伽師資記》（《大正藏》冊八五，頁 1285 上），文又見道宣
　　《續高僧傳》卷十九，唯文字略有出入。

❺ 楊曾文在解釋這段話時，即云「凝心坐禪壁觀」（《唐五代禪宗史》，頁
　　60）。

❻ 案：宗密《禪源諸詮集都序》云：「達摩以壁觀安心，外止諸緣內心無
　　端，心如牆壁可以入道，豈不正是坐禪之法。」（《大正藏》冊四八，頁
　　403 下）依照這個解釋，壁觀是指心如牆壁，不受外境干擾，是一種安心
　　法門。不過，這個解釋只注意壁字，而忽略觀字，亦即只注意北禪住心的
　　一面，而忽略其看淨的一面，是否爲達摩禪法原意，尚有商榷餘地。

師）的禪法是「攝心一處，息慮萬緣」**❾**，合而觀之，北宗禪法，是依賴坐禪，將心神收攝一處（即凝心），使妄念不生，以此觀察本心，久之將見其清淨光明（即看淨），內心就會如一面明鏡，能清楚照見萬象（即照境）**❾**。北宗所以重視坐禪，就因為禪定工夫可以去除妄念，對恢復清淨心有極大幫助，故宗密《禪源諸詮集都序》論北宗禪法亦云：「息妄修心宗……須依師言教，背境觀心，息滅妄念，念盡即覺悟，無所不知。如鏡昏塵，須勤勤拂拭，塵盡明現，即無所不照。」**❾**「唯息妄修心也。息妄者，息我法之妄，修心者，修唯識之心，故同唯識之教。既與佛同，如何毀他漸門，息妄看淨，時時拂拭，凝心住心，專注一境，及跏趺調身調息等也。」**⓿**這裏也提到凝心與照（境）。心與境的關係，原本就是佛家修行的重點，禪宗之南北分裂，與對心、境關係的認識，尤有莫大關係**⓿**，王昌齡談心與境的關係，顯係得自佛教，而論取象應經

---

❾ 見《全唐文》（上海古籍出版社）卷二百六十二，頁 1174-75。案普寂是北宗始祖神秀之高徒，號稱七祖，北宗觀心、看淨之法，在普寂時得到迅速發展，在北方地區盛行一時，參見楊曾文《唐五代禪宗史》，頁 110-111。

❾ 敦煌本《楞伽師資記》記慧可禪法云：「若忘（妄）念不生，默然淨坐，大涅槃日，自然明淨。」（《大正藏》冊八五，頁 1285 下）可見經由凝心靜坐，可以使妄念不生，從而恢復清淨本性，所謂大涅槃日，既指本性之清淨，亦指心靈之高度照境能力，故文中又稱佛性燈、涅槃鏡。

❾ 《大正藏》冊四八，頁 402 中。案：宗密所謂息妄修心宗，指「南侁北秀保唐宣什等門下」，北秀即北宗神秀。

⓿ 《大正藏》冊四八，頁 403 下。

⓿ 《壇經》所錄神秀傳法偈與惠能傳法偈之差別，實繫於對心境關係的認識，而南宗禪尤喜歡從心境的認識判斷學佛者的悟與未悟，如《壇經·機

由凝心與照境過程，則很可能是參考北宗禪法——至少是得自佛教傳統禪法。將禪法引進詩法中，有其背景，一是修禪常選擇山林閑靜之處，容易接觸大自然的物色。如《楞伽師資記》有禪宗五祖弘忍對選擇山居學禪的說法：

> 又問：學道何故不向城邑聚落，要在山居？答曰：大廈之材，本出幽谷，不向人間有也。以遠離人故，不被刀斧損斫，一一長成大物後乃堪爲棟梁之用。故知栖神幽谷，遠離囂塵，養性山中，長辭俗事，目前無物，心自安寧。從此道樹花開，禪林果出也。⑩

宗密《禪源諸詮集都序》論北宗禪法亦云：「遠離憒鬧，住閑靜處，調身調息，跏趺宴默，舌拄上腭，心注一境。」⑩可見北宗修習禪法喜歡在山林靜謐之處。王維即因母親崔氏師事北宗著名的大照禪師（普寂）三十餘年，「褐衣疏食，持戒安禪，樂住山林，志求寂靜」，才在藍田營「山居一所」⑩。王維〈山中寄諸弟妹〉云「山中多法侶，禪誦自爲群」，亦反映習禪者多選擇山林的習慣

緣品》載：「有僧舉臥輪禪師偈云：臥輪有伎倆，能斷百思想，對境心不起，菩提日日長。師聞之，曰：此偈未明心地，若依而行之，是加繫縛。因示一偈曰：慧能沒伎倆，不斷百思想，對境心數起，菩提入麼長？」宗密《禪源諸詮集都序》亦從心境關係的認識論各種禪法的異同。

⑩　《大正藏》冊八五，頁 1289 中。
⑩　《大正藏》冊四八，頁 402 中。
⑩　王維〈請施莊爲寺表〉，見趙殿臣《王右丞集箋注》卷十七。

——這種修禪方法，其實是繼承佛教傳統習慣⑩。另一是靜觀自然物象以悟佛理的思想。東晉以來，隨著玄學與佛學的交融，及山水畫與山水詩的興起，也出現由山水可以悟玄理、佛理的觀念（如宗炳、謝靈運）⑩。至唐朝，習禪者似更習慣於藉著自然物色修習禪觀⑩，如王維即云「山中習靜觀朝槿」（〈積雨輞川莊作〉）⑩。王

---

⑩　習禪者多簡擇山林、曠野，佛經多有描述，如《雜阿含經》就常說「獨一靜處，專精思惟」「一靜處，專精禪思」。梁慧皎《高僧傳》卷十二所載習禪高僧多爲獨處山澤、棲處山林。

⑩　宗炳師事當時佛教大師慧遠，且寫了〈明佛論〉（收入《弘明集》）闡揚佛理，他曾融合老莊玄學與佛理，提出著名的美學命題：山水以形媚道（〈畫山水序〉）、澄懷觀道（《宋書·隱逸傳》），即指由山水可以悟玄理與佛理。而著名的山水詩人謝靈運，同時也是佛教徒，他在山水詩中也常提到如何由山水悟玄理與佛理。

⑩　敦煌本《楞伽師資記》記劉宋求那跋陀羅禪法，指樹葉、瓶、柱、地水火風、土瓦石等皆能說法，據此，張節末云，藉境（指自然之物）觀心爲北宗禪之方便法門（張節末《禪宗美學》，頁115）。

⑩　唐釋道宣《續高僧傳》卷二十習禪篇〈釋曇詢傳〉云：「每入禪定七日爲期，白虎入房仍爲窟宅，獨處靜院不出十年。」靜院指修禪之處。又卷二十一《釋曇崇傳》云：「及師亡遺囑令攝後徒，於是五眾二百餘人依崇習靜，聲馳隴塞，化滿關河。」習靜即習禪。王維有〈夏日過青龍寺謁操禪詩〉，其同行好友裴迪有〈同詠〉云「安禪一室內，左右竹亭幽」，趙殿成《王右丞集箋注》注安禪云：「安禪，佛《報恩經》：山林樹下，安禪靜默。」可見佛家習慣在山林安靜之處修習禪觀，而「山中習靜觀朝槿」亦應指山中習禪時藉觀察自然物象體會佛法。周裕鍇論北宗禪法亦云：「這種禪觀方式實際上是把北宗的背境觀心改造爲對境觀心，把自然物作爲息心靜慮的對象，作爲凝神觀照的對象。盡可能地避開人境的喧囂，躲到深山古寺、空林幽谷裏，坐對行雲流水、秋月澄潭，制服心中煩惱欲望的毒龍。」「盛中唐流行的北宗禪法，大抵都是教人通過凝心入定的觀照冥想，來進入除塵靜慮的寂然界。寄興于空山寂林，到大自然中或禪房靜

維是將禪觀融入詩中的著名山水詩人，王昌齡亦是王維的朋友**⑩**，且時與僧侶往來**⑩**，藉禪法說明詩法，並不是不可能的**⑪**。

上面所介紹王昌齡的創作理論，是包括由感興到思的完成過程。感興的階段是指由外境（物）引起憤氣，激發情志（意），此時有了創作衝動，於是進行用思。思包括精練意魄與巧運言詞：精練意魄指進一步提煉憤氣所引起的情志，而最終則必須落實在理想的物象上，使情志得到理想的寄託；巧運言詞則是創造出古人與今人皆未用過的新語言，並且講求句法結構的變化**⑫**。王昌齡創作論的特點，就在論思的過程中增加照境一環，認爲應等待一理想物境

室中去尋求不生不滅、坦然寂靜的境界，是盛中唐人參禪的一般途徑。」（《中國禪宗與詩歌》，上海：上海人民出版社，1992 年 7 月，頁 65，106）。

⑩ 王維有同宗兄弟曇壁上人主持長安青龍寺，維與裴迪、王昌齡等友人曾同遊青龍寺，並留下題詠，王昌齡詩集中有〈同王維集青龍寺曇壁上人兄院五韻〉，而王維〈青龍寺曇壁上人兄院集〉序文中云：「吾兄大開陰中，明徵物外。以定力勝敵，以惠用解嚴。」即針對上人定慧雙修之工夫言。陳允吉認爲王維在開元年間深受北宗影響，而曇壁上人亦可能爲北宗僧侶（《唐音佛教思辨錄》，上海古籍出版社，頁 80-81）。

⑩ 王昌齡詩集提到多位方外之交，參見王夢鷗〈王昌齡生平及其詩論〉—收入《古典文學論探索》，頁 287。

⑪ 周裕鍇認爲：王維由于深受北宗影響，故其詩表現爲一種靜態美或沖淡美，而王昌齡凝心擊物的說法，則和王維的「山中習靜觀朝槿」的凝神靜觀十分相似。（《中國禪宗與詩歌》，頁 123，131）。案：佛教與道教所說禪觀之法，皆提到坐禪之前要放鬆身心，王昌齡亦說「思若不來，即須放情卻寬之，令境生」，似亦參考佛道禪法。

⑫ 王昌齡其實很重視句法的分析，爲恐文章過分膨脹，故本文已將這部分的論述刪去。

出現再進行用思取象活動。由於將思與境結合起來，象取自於境，終於使意象論轉變爲意境論。就結果論，意象論與意境論並無不同，即皆主張以物象表現情意。不同之處在取象的過程，即意象論只談到由物取象，可簡化爲「物→象」，而王昌齡則講由境取象，物包含在境的範圍中，可簡化爲「境（物）→象」。二者的異同，茲用簡單形式說明如下：

意象論：<u>象</u>　＋　意　→意象
　　　　物

意境論：<u>象</u>　＋　　意　→<u>意象</u>
　　　　境（物）　　　　　　意境

如前二章所說明，境與物是一體的，但境是對景物範圍的限定，凸出其特徵，使與人事意義結合起來。意象論只講由物取象，留下一個理論缺口，就是無法說明何以某物適合表現某種情意。而意境論講由境物取象，就能說明這個問題：因爲物能成爲一個境（範圍），就因其具有某種特徵（可以與其它的物區別出來），容易與某種人事意義產生對應⑬；故一旦物成爲某種境就已具有某種意味，由

---

⑬　案《論語·雍也》：「子曰：知者樂水，仁者樂山。知者動，仁者靜；知者樂，仁者壽。」《列子·湯問》：「伯牙善鼓琴，鍾子期善聽。伯牙鼓琴，志在高山。鍾子期曰：『善哉兮若泰山。』志在流水，鍾子期曰：『善哉！洋洋兮若江河！』伯牙所念，鍾子期必得之。」由意境論的角度看來，山水各有明顯特徵，故成爲不同的境，所引發的情志亦不一樣。劉勰《文心雕龍·神思》云「登山則情滿於山，觀海則意溢於海」，即指不同的境物引起不同的情意，反過來說，要表達不同的情意亦應愼選能對應的不同物象——有些情意應藉高山來表示，有些情意則應藉流水來表示。

某境物所取之象自易表現某種情意。並且，意境論所提之境乃指一理想之境，即其物象特徵最能與感興引起的情志相契，故所取之象亦是最適合之意象，可說圓滿解決意象論所留下的問題。由意象論發展成意境論，由「觀物取象」轉變爲「觀境取象」，可以說是文士長期探索情意與物象契合問題的結果。以觀境取代觀物，意味著對物的觀察更精密、深入，也可以說，更能掌握物的形象特徵與其對應意義，運用在創作時，較能有效達到意與象的切合一致。

第四章　皎然的意境論

第一節　作用與象下之意

　　皎然約生於唐玄宗開元八年（西元 720 年）左右，卒於唐德宗貞元中（西元 798）或貞元末（西元 804）❶。雖然皎然常被定位爲中唐的詩僧，但他的生存年代，實上承盛唐，下接中唐。據近人考察，王昌齡爲開元十五年（西元 727 年）進士❷，則其生年即使早於皎然，亦不致相差太遠❸。皎然論詩專著有《詩議》與《詩式》，前者多爲《文鏡秘府論》所引用，後者見於宋以後之某些叢書❹。據

---

❶　關於皎然的生卒年，目前尚無法確定，皎然生於開元八年左右，學者較無異議，惟其卒年，賈晉華定爲德宗貞元中期（十四年），王夢鷗定爲貞元末期（二十年）。以上參見賈晉華《皎然年譜》及王夢鷗〈試論皎然詩式〉（收入《古典文學論探索》）。

❷　參傅璇琮主編《唐才子傳校箋》（北京：中華書局，1987）第一冊，頁 253。

❸　李珍華、傅璇琮定王昌齡生於武后聖曆年間（西元 698-710），見〈王昌齡事蹟新探〉，《古籍整理與研究》第五輯（1990）。

❹　關於皎然之論詩著作及其版本問題，參見下列著作：周維德《詩式校注》附錄〈《詩式》的版本及其他〉；賈晉華《皎然年譜》附〈皎然著作考〉；張少康〈皎然《詩式》版本新議〉（原載北京大學《國學研究》第二卷，後收入《夕秀集》）；興膳宏〈皎然詩式之構造與理論〉；張伯偉《全唐五代詩格校考》中《詩議》之解題。

賈晉華的考察，在安史之亂中，北方文士紛紛避亂南渡，皎然常與
文士們過往唱酬，在江南形成新的文學中心。當時有不少年輕士子
慕名前來湖州，從皎然學詩或聚爲詩會（如劉禹錫和孟郊），賈氏認
爲，「正是在江南詩人群集會賦詩講藝的環境氛圍中，皎然逐漸形
成其文學史觀念和詩歌理論，最終撰成《詩式》五卷和《詩評》
（一作《詩議》）三卷」❺。依照這樣的分析，皎然的詩學論著，正
代表當時江南吳中詩派的看法。

　　王夢鷗嘗云：「今觀《詩式》內容，多推衍王昌齡論詩之旨，
尤重其所謂意格。」又云：「皎然詩論，無一語涉及聲律，甚且自
言：律家者流，拘而多忌，失於自然，吾所常病也。……凡屬聲調
之病，皎然皆無所說，故其措意者唯在意格二端，……」❻確實，
皎然的說法，有些看來甚似在爲王氏之說作注解，如王昌齡主張苦
思，而皎然《詩式》云：「又云，不要苦思，苦思則喪自然之質。
此亦不然。夫不入虎穴，焉得虎子？取境之時，須至難至險，始見
奇句。」❼其《詩議》又云：「或曰：詩不要苦思，苦思則喪於天
眞。此甚不然。固須繹慮於險中，採奇於象外，狀飛動之句，寫冥
奧之思。夫希世之珠，必出驪龍之頷，況通幽含變之文哉？但貴成
章以後，有其易貌，若不思而得也。」❽這兩則雖分屬《詩式》與

---

❺　賈晉華《皎然年譜》，頁 4-5。
❻　王夢鷗〈試論皎然詩式〉──收入《古典文學論探索》，引文見該書頁
　　301-303。
❼　張伯偉《全唐五代詩格校考》，頁 210。爲求統一，本文引用王昌齡與皎
　　然之詩論，皆根據張氏《全唐五代詩格校考》。
❽　張伯偉《全唐五代詩格校考》，頁 185。

《詩議》，但內容極爲相似，都是爲苦思辯護。王昌齡《詩格》
云：「凡詩立意，皆傑起險作，旁若無人，不須怖懼。」對如何險
作、怖懼，並無具體說明，而上引皎然文中，謂「不入虎穴，焉得
虎子」、「夫希世之珠，必出驪龍之頷」，則具體得多，極像是爲
王氏所謂險作、怖懼作注腳，而這種形象式的說明，亦爲皎然論詩
的一大特色❾。皎然評論作品，每多強調詩意的創新，顯然承襲王
氏觀念，茲不贅引。王昌齡與皎然皆主張創新、苦思，可見對創作
方法更富於自覺，《詩格》與《詩式》之作，非偶然也。

　　但是皎然的詩論並不是王氏詩論的重複，在發展王氏詩論時，
皎然提出作用、重意（文外之旨）、取境等觀點，造成意境論的轉
向，影響極爲深遠，很值得注意。《詩式》卷一之序云：「彼天地
日月，元化之淵奧，鬼神之微冥，精思一搜，萬象不能藏其巧。其
作用也，放意須險，定句須難，雖取由我衷，而得若神表。」❿這
裏提到精思的目是要搜求物象，正是繼承王昌齡的說法。「作用」
一語，似乎是一個新的概念，其實在王昌齡意境論中亦有蹟可尋。
王氏論思，有時稱之爲「作意」，亦稱「用思」、「用心」，甚至
簡稱爲「用」，而其具體內容則亦包括「巧運言辭，精煉意魄」。
如〈論文意〉云：「凡屬文之人，常須作意，凝心天海之外，用思
元氣之前。巧運言辭，精煉意魄。所作詞句，莫用古語及今爛字舊
意。」「意須出萬人之境，望古人於格下，攢天海於方寸，詩人用

---

❾　如《詩式》「品藻」有「百葉芙蓉茵苢照水例」「龍行虎步氣逸情高例」
　　「寒松病枝風擺半折例」，皆以鮮明的形象爲詩格之例。

❿　張伯偉《全唐五代詩格校考》，頁 199。

心，當於此也。」（以上引文均見本章第一節）皎然以作用指放意與定
句的構思活動，應是發揮王氏「作意」、「用思」之意。《詩式》
中屢見以作用評詩：

> 明作用。作者措意，雖有聲律，不妨作用。如壺公瓢中自有
> 天地日月。時時拋針擲線，似斷而復續，此爲詩中之仙。拘
> 忌之徒，非可企及矣。⓫
>
> 詩有四深。氣象氤氳，由深於體勢。意度盤礴，由深於作
> 用。⓬
>
> 詩有五格。不用事第一；作用事第二；……。⓭
>
> 李少卿並古詩十九首。評曰：……其五言，周時已見濫觴，
> 及乎成篇，則始於李陵、蘇武。二子天與眞性，發言自高，
> 未有作用。《十九首》辭精義炳，婉而成章，始見作用之
> 功。蓋是漢之文體。⓮
>
> 文章宗旨。評曰：……曩者嘗與諸公論康樂爲文，眞於情
> 性，尚於作用，不顧詞彩，而風流自然。⓯
>
> 又宮闕之句，或壯觀可嘉，雖有功而情少，謂無含蓄之情
> 也。宜入直用事中，不入第二格，無作用故也。⓰

⓫ 張伯偉《全唐五代詩格校考》，頁200。
⓬ 張伯偉《全唐五代詩格校考》，頁202。
⓭ 張伯偉《全唐五代詩格校考》，頁204。
⓮ 張伯偉《全唐五代詩格校考》，頁205。
⓯ 張伯偉《全唐五代詩格校考》，頁206。
⓰ 張伯偉《全唐五代詩格校考》，頁231。

古今詩中，或一句見意，或多句顯情。王昌齡云：日出而
作，日入而息，謂一句見意爲上。事殊不爾。夫詩人作用，
勢有通塞，意有盤礴。勢有通塞者，謂一篇之中，後勢特
起，前勢似斷，如驚鴻背飛，卻顧儔侶。……意有盤礴者，
謂一篇之中，雖詞歸一旨，而興乃多端，用識與才，蹂踐理
窟。⓱

在這些例子中，首先值得注意的是評李陵詩與《古詩十九首》的區
別：前者是「未有作用」，後者是「始見作用之功」。案明代許學
夷《詩源辨體》⓲其卷三卷四評漢魏古詩的區別，即援引皎然「作
用」的概念，如卷三第五三則之評語云：「鍾嶸云：『李陵始著五
言之目。』皎然云：『李陵、蘇武，天與其性，發言自高，未有作
用。十九首辭精義炳，婉而成章，始見作用之功。』」此處明引皎
然的話，可以確定，《詩源辨體》所謂作用，乃取自皎然之說。其
卷三第二則云：「漢魏五言，本乎情興，故其體委婉而語悠圓，有
天成之妙。五言古，惟是爲正。詳而論之，魏人漸見作用，而漸入
於變矣。」卷三第五一則又云：「蘇李七篇，稍遜《十九首》，然
結撰天然，了無作用之蹟，決非後人所能。」其卷四第三則云：
「漢人五言，體皆委婉，而語皆悠圓，有天成之妙。……然今人學
魏人或相類而學漢人多不相類者，蓋作用可能而天成未易及也。」
這三則區別漢詩與魏詩，認爲前者較爲天然，後者則漸見作用。其

⓱　張伯偉《全唐五代詩格校考》，頁 239。
⓲　許學夷《詩源辨體》，北京：人民文學出版社，1987。

二十則又云:「漢魏人詩,本乎情興,學者專習凝領,而神與境會,即情興之所至。否則不失之襲,又未免苦思以意見爲詩耳。如阮籍《詠懷》之作,亦漸以意見爲詩矣。」卷三第六八則云:「趙壹、酈炎、孔融、秦嘉五言,俱見作用之蹟,而壹、融則用意尤切,蓋其時已與建安相接矣。」由這兩則可知有作用是指創作過程中有苦思用意。綜合觀之,作用是與天然相對,天然指的是任情興自然流露,不加思索,相對的,作用則是加上苦思用意❶。又皎然評《古詩十九首》,云「辭精義炳,婉而成章,始見作用之功」,則作用與辭、意的鍛鍊加工有關,其目的是要提高審美價值。《詩源辨體》卷三第六三則亦云:「予嘗謂:漢魏五言,由天成以變至作用,……班固〈詠史〉,質木無文,當爲五言之始,蓋先質木,後完美,其造詣與唐人相類。」此以先質後文的進化觀說明由天成至作用的變化,可見作用亦是使詩趨向完美之一種動力。

由皎然所謂「其作用也,放意須險,定句須難」,可知作用包括定句與放意兩方面,而且,皆需要經過一番苦思謀慮的過程——否則不可能獲得險意與難句,作用不是一種簡單的、隨興的寫作。在上引例子中,有些即是針對句法結構的變化而言。如上引文最後一則,批評王昌齡「一句見意」之說,認爲亦有「多句顯情」的情

---

❶ 張伯偉《鍾嶸詩品研究》曾比較古詩與曹植詩風格之異同,並歸納爲幾點:其一,起調。古詩不假思索,無意謀篇,曹詩則起調必工,有意爲之。其二,琢句:古詩不假烹煉,曹詩則琢句必佳,對語工整。其三,煉字。古詩不假烹煉,曹詩則用字精審。其四,揣聲。古詩不假沉吟,雙聲疊韻,出於自然,曹詩則平仄妥帖。(《鍾嶸詩品研究》頁 120-21)曹詩的特點,簡言之,即思索用意,正合於皎然所謂尚於作用。

況，並舉出「勢有通塞」與「意有盤礴」的例子，說是「詩人作用」。所謂「勢有通塞」應指句勢有通有塞，由皎然所舉曹植詩看來，是指後面句子較前面句子突出，使句勢似有中斷，但這只是從表面上看如此，就深層來看，其情意是相承不斷的。「意有盤礴」指詩以多項事物起興來說明一意以造成氣勢，表面看來，這些事物似乎是分開的，而實則有一種共同的意旨將它們連貫在一起⓴。可見皎然所謂作用，牽涉到主題意義與句法結構二者之間的離合關係，亦即要求句法結構富於變化，但不影響主題意義的連貫。上引皎然論「明作用」，云「作者措意，雖有聲律，不妨作用」，正謂詩體以意為主，雖講究聲律，並未妨礙意旨的連貫。所謂「如壺公瓢中自有天地日月。時時拋針擲線，似斷而復續」，即以壺公之針比詩之旨意，以拋針擲線比喻作用，說明作用是使意旨似斷實連的技巧：即由表層看來，句法結構的曲折變化似乎導致意旨中斷，實則意旨只是隱入深層，若結合深層與表層合觀，意脈其實一直是相續不斷的──此正如女工之縫紉技巧，針腳雖時隱時現，而一線相承不斷⓴。蘇轍曾以連山斷嶺而脈理為一分析《大雅·綿》之章法結構，並稱讚「此最為文之高致」⓶，唐之杜甫，宋之黃庭堅，尤

⓴　陳允鋒從縱向思維與橫向思維說明二者之異同，亦值得參考，見《唐詩美學意味──初盛唐詩學思想研究》，頁 209。陳先生亦認為「作用之功」指詩人用心構思（頁 209），與本文的看法一致，可以參看。

⓴　參見李壯鷹《詩式校注》（濟南：齊魯書社，1986）頁 11。

⓶　蘇轍《欒城三集》卷八〈詩病五事〉云：「《大雅·綿》九章……事不接，文不屬，如連山斷嶺，相去絕遠，而氣象聯絡，觀者知其脈理之為一也。蓋附離不以鑿枘，此最為文之高致耳。」與此相反，白居易詩之紀事，則以「寸步不遺，猶恐失之」──內容銜接過於緊密，而受到蘇轍之批

擅於此種技巧，清方東樹《昭昧詹言》卷十二評山谷詩云：「山谷之妙，起無端，接無端，大筆如椽，轉折如龍虎，掃棄一切，獨提精要之語。每每承接處，中互萬里，不相聯屬，非尋常意計所及。」㉓這是評山谷詩時空跳躍，跨度極大，然又能承接。其卷二十即用「作用」的概念稱讚山谷：「山谷之學杜，絕去形摹，盡洗面目，全在作用，意匠經營，善學得體，古今一人而已。」「欲知黃詩，須先學杜；真能知杜，則知黃矣。杜七律所以橫絕諸家，只是沉著頓挫，恣肆變化，陽開陰合，不可方物。山谷之學，專在此等處，所謂作用。」㉔這些評語均是針對山谷詩中句法變化多端，形成跳躍式結構而發。明清人常以草蛇灰線的形象評語，說明此種結構高度變化又能銜接，形成意旨似斷實連的作法㉕。另外，劉熙載《藝概·文概》云：「《文心雕龍》謂貫一為拯亂之藥。余謂貫一尤以泯形跡為尚，唐僧皎然論詩所謂拋針擲線也。」㉖此以《文心雕龍·神思》所謂「貫一為拯亂之藥」解釋皎然論作用時所謂「拋針擲線」，認為詩文應有中心意旨貫穿全篇，但不應露出針線痕跡。參考明清文論家的提示，可知定句方面的作用指的是句法結構富於曲折變化，而意脈不斷，且表面不露貫串的痕蹟。這種寫法，可以避免句法過於單調，具有更好的美學效果，因其屬於高難

評。（臺北：中華書局《四部備要》本《欒城集》第四冊，頁6，1971年）

㉓　方東樹《昭昧詹言》（臺北：漢京文化，1985），頁314。

㉔　方東樹《昭昧詹言》，頁450。

㉕　用「跳躍式結構」稱山谷句法的特點，見白政民《黃庭堅詩歌研究》（銀川市：寧夏人民出版社，2001）頁270-77。

㉖　劉熙載《劉熙載集》（上海：華東師範大學，1993）頁82。

度的技巧，故說「定句須難」❷。

　　清吳喬《圍爐詩話》卷二引馮定遠（班）曰：「古詩十九首機杼甚密，文外重旨，隱躍不可把捉。李都尉詩皆直敘無作用，尤爲古樸。」此以有無作用區分古詩十九首與李陵詩，正合皎然之說。不僅如此，馮氏所謂「作用」乃指「文外重旨」，而「文外重旨」即出於皎然《詩式》「論重意詩例」，故近人許清雲云：「由於皎然強調創作當『明作用』，所以特別欣賞『文外之旨』，認爲最能『深於作用』，這是『詩道之極也』。」❷可知皎然所謂作用有時是針對有「文外之旨」的作品而言。在上引例子中，有些是與放意有關。大都是針對詩意的多層次化，即除表層文字之意外，尚有深層用意——這些深層用意往往是潛藏、寄放在典故或物象之中，不直接說出（造成言外意），但又能使讀者體會得到，可稱之爲詩意的深度化。「宮闕之句」指宋之問〈明河篇〉，皎然以其僅寫宮闕之壯麗，而「無含蓄之情」——即無言外之意，故黜入「直用事格」，不許入「作用事第二格」。「含蓄」正是一種潛藏用意的技巧，作者既不願意直接說出真正的用意，又要讓讀者能體會到，爲克服此種矛盾，就藉「用事」來達到目的——蓋作品的意旨已經潛藏在用事之中❷，有條件的讀者自可由所用事典中體會作者之用

---

❷　王昌齡《詩格》很重視句法結構的分析，皎然論作用所謂「定句須難」，
　　應是接續王氏之説。

❷　許清雲《皎然詩式研究》（臺北：文史哲出版社，1988），頁 108。

❷　王夢鷗曾就典故的使用説明六朝取新之道：「取新之道，不僅儘量把語意
　　隱藏在典故底下；既著重底層的隱喻，有時又在表層施展換字縮字的花
　　招。使魏晉以來『引古喻今』或『引古論今』的隸事方法，變爲『以乙代

意。針對詩意的深度化，皎然高度評價謝靈運的詩**❸⓿**：「康樂爲文，眞於情性，尚於作用。」要了解這幾句話，必須參考其它相關的評語。案《詩式》「重意詩例」評謝靈運詩云：「兩重意已上，皆文外之旨，若遇高手如康樂公，覽而察之，但見情性，不睹文字，蓋詩道之極也。」**❸❶**又評謝詩「池塘生春草」，謂：「抑由情在言外，故其辭似淡而無味，常手覽之，何異文侯聽古樂哉！」**❸❷**這些都強調謝詩特徵在其富有言外意（重意、文外之旨、情在言外等，皆是言外意的不同說法），依照皎然的看法，謝詩高明之處就在於其詩意雖在言外，可是讀者卻很容易體會，「但見情性，不睹文字，蓋詩道之極也」，說明文字並未造成妨礙，讀者彷彿能夠直接體會到言外眞實、豐富的情性。這種將眞情寄藏在文字之外，又能讓讀者體會到的寫作手法，皎然稱之爲「眞於情性，尚於作用」。本來，若作用過深——即詩意過於潛藏，很容易造成詩意隱晦不彰，並失去自然之美，但謝詩卻能克服眞情與作用（詩意的深度化）的矛盾，故皎然極口稱讚謝詩爲「蓋詩道之極也」。由於謝靈運爲六朝著名的山水詩人，因此，皎然此處的評語應是指：謝詩擅於描寫山水景物，其情性即寄放在山水景物之中，雖文字中並未明白說出，

甲』或『以乙象甲』的隱喻及象徵的方法。」（〈漢魏六朝文體變遷之一考察〉，《傳統文學論衡》，頁 126）可見典故的運用，是一種將語意隱藏在深層的技巧。

❸⓿ 皎然自稱爲謝靈運十世孫，故對謝特別推崇，實則，皎然爲謝安後裔，參見賈晉華《皎然年譜》，頁 3-8。

❸❶ 張伯偉《全唐五代詩格校考》，頁 210。

❸❷ 張伯偉《全唐五代詩格校考》，頁 239。

但讀者卻很容易由山水景物中體會其情性。由此可見，將情意融會在物象之中，正是作用的具體表現，而好的詩其所取寄托情意的物象應出人意表，故說「放意須險」❸❸。由所謂「精思一搜，萬象不能藏其巧。其作用也，放意須險，定句須難」，可知：精思與作用的目的，在搜尋獨特的物象，並使情志（意）潛藏其中。

　　根據上面的分析，皎然所謂作用似包括兩方面的含意：一方面是就創作主體而言，指的是在創作構思時較爲用心經營苦慮——即方東樹評山谷詩所謂「意匠經營」。案《文鏡秘府論・南卷》「論體」云：

　　　　凡作文之道，構思爲先，亟將用心，不可偏執。何者，篇章之內，事義甚弘，雖一言或通，而眾理須會。若得於此而失於彼，合於初而離於末，雖言之麗，固無所用之。故將發思之時，先須惟諸事物，合於此者，既得所求，然後定其體分。必使一篇之內，文義得成；（篇，謂從始至末，使有文義，可得連接而成也。）一章之間，事理可結。（章者，若文章皆有科別，敍義可得而連接而成事，以爲一章，使有事理，可結成義。）通人用思，方得爲之。❸❹

此處論文章結構之「構思」，認爲篇章中之事理甚多，須講求其文

---

❸❸　王昌齡喜引詩句：「古墓犁爲田，松柏摧爲薪」（《古詩十九首》）；「不信沙場苦，君看刀箭瘢」（王昌齡〈代扶風主人答〉），頗足說明何謂「放意須險」。

❸❹　臺北河洛版《文鏡秘府論》（周維德點校？），頁 152-53。王利器《文鏡秘府論校注》，謂論體乃劉善經《四聲指歸》之文（頁 331），唯張伯偉《全唐五代詩格校考》以爲出自《文筆式》，頁 45-47。

義（意）之連貫，所謂「用心」，指細心思索文義連貫之道，與皎然論定句之作用甚爲吻合。皎然〈因遊支硎寺寄邢端公〉云：「清門推問望，早歲騁康莊。作用方開物，聲名久擅場。」所謂「作用方開物」，正指邢端公能「用心」思慮於治事，故能開物成務。以作詩之用心苦思比爲政之用心，似爲唐人習慣，如李頻〈送德清喻明府〉結尾即云：「但如詩思苦，爲政即超群。」（方回《瀛奎律髓》卷二十四送別類）意謂若能以作詩之苦思精神用於政務，必有良好之成績。皎然云「作用方開務」，白居易亦云「時命到來須作用」❸⑤，皆以「詩思苦」比爲政之用心，由此亦可證皎然之「作用」實指作詩之用心苦思。皎然〈答俞校書多夜〉云「詩情聊作用，空性惟寂靜」，即謂：作詩有賴於用心苦思，但要體會性空之理，則必須保持心理的寂靜，換言之，前者的心理是活動而緊張，後者則是平靜而鬆弛。另一方面，作用亦指作品方面的風格特徵。由上面對定句與放意兩種作用之分析看來，有作用之作品，其句法結構更富於變化，而用意更爲深入，簡言之，即朝向複雜化與多層次化，使作品容納更多的藝術性成分，與簡單直接的天然之作形成相對。北宋桂林僧景淳《詩評》論「獨體格」云：

> 廖處士〈遊般若寺上方〉詩：「榔栗步溪光。」此說路上去之意。「隨雲到上方。」此說到寺見物也。「經秋禪客病，

---

❸⑤　案：白居易〈贈楊使君〉云：「時命到來須作用，功名未立莫思量。」（《全唐詩》卷四百四十六，頁 5014）上下句對照來看，作用顯有用心於治事之意，「時命到來須作用」蓋謂一旦得君行道，應用心於治事，以報答君上。

積雨石樓荒。古蘚麋鹿蹟，陰崖松檜香。」此四句說寺中內
外景也。「平生谿所思，吟嘯倚蒼蒼。」此說最高也，「蒼
蒼」是天也。此詩只說寺中意，別無作用，故名獨體。**❸❻**

廖處士〈遊般若寺上方〉詩全詩只描寫寺中的景物，別無他意，被
評為「別無作用」，可知有作用之詩應有多重之意——即皎然所謂
「重意」。由此可知，藝術性的複雜化與多層次化是有作用作品的
特色，而複雜化與多層次化正是用心經營苦慮的結果。簡言之，
「作用」指的是「苦思」及苦思所造成的複雜化結構。在此，我們
不妨舉「苦吟」代表詩人賈島之作加以補充。賈島〈僻居無可上人
相訪〉云：「自從居此地，少有事相關。積雨荒鄰圃，秋池照遠
山。硯中枯葉落，枕上斷雲閑。野客將禪子，依依偏往還。」方回
評云：「中四句極其工，而皆不離乎景，情亦寓乎景中。」（《瀛
奎律髓》卷二十三閒適類）案：中四句即所謂「作用」，如寫遠山，
不寫直接看到遠山，而是由秋池去看遠山。同樣，落葉是由硯中看
出，斷雲是由枕上看出。顯然，詩人不是直接寫事物本身，而是由
事物之間的複雜關係去寫事物，此正是苦思的結果。又賈島〈寓北
原作〉其三四句云：「日午路中客，槐花風處蟬。」方回評云：
「日午路中客一句粗疏，槐花風處蟬句卻細密，亦變體也。」
（《瀛奎律髓》卷二十六變體類）紀昀則云：「三四以對照見意，人苦
熱，蟬自涼耳。此烘托之法，詩家常格，非變體。」案：上句「日
午路中客」直接寫路中人之苦熱，顯得粗疏，而「槐花風處蟬」寫

---

❸❻　張伯偉《全唐五代詩格校考》，頁 491。

蟬隱於槐花有風之處，不僅意象組合複雜，且將「涼」意隱於複雜意象之中，並烘托上句路中人之熱。這種句法是藉由事物互相烘托，相當複雜，顯然是經由苦思才能得到，故亦屬有「作用」之作。有學者從佛家「體」、「用」相對的思想說明皎然所謂「作用」，不無道理，而從上述的分析，我們認為，與華嚴宗重視事物之間互相融攝（事事無礙、一多相即）的思想，可能更有關係。

上面所論定句與放意兩種作用均暗示詩是一種多層次的結構體，因此詩的意義可以分佈在表層或深層的不同層次，若簡單地說，作用亦可說是結合表層語言、物象與深層意旨的技巧（或用心）。其中與放意有關的作用，講求將情意潛藏在物象之下，與意境論的關係尤為密切。就皎然對謝靈運的高度稱讚看來，最好的詩，其意旨應潛藏在表層文字、形象之下，形成所謂的文外之旨。《詩式》「論重意詩例」云：「兩重意以上，皆文外之旨。若遇高手如康樂公，覽而察之，但見情性，不睹文字。蓋詩（一作詣）道之極也。向使此道尊之於儒，則冠六經之首。貴之於道，則居眾妙之門。精之於釋，則徹空王之奧。」❸首先值得注意的是這裏由三教合一的觀點論「詩道」。前面已經指出，孔穎達用「外境」解釋《禮記·樂記》之「物」，可能與宮廷中三教論衡的風氣有關，皎然此處說明重意之詩道，則直接點明三教合一的觀點。案：三教論衡為唐人風氣，如王維〈奉敕詳帝皇龜鏡圖狀帝皇龜鏡圖兩卷令簡擇訖進狀〉，就將《易》乾卦卦辭「乾元亨利貞」與道家「道生一，一生二，二生三，三生萬物」相比，又與佛家八識相比，謂

---

❸　張伯偉《全唐五代詩格校考》，頁 210。

「第八識即含藏一切種子，第六識即分別成五陰十八界」**㊳**。白居易有〈三教論衡〉一文，亦說：「即如毛詩有六義，亦猶佛法之義例有十二部分也。……又如孔門之有四科，亦猶釋門之有六度。……又如仲尼之有十哲，亦猶如來之有十大弟子。」其結論云：「夫儒門釋教，雖名數則有異同，約義立宗，彼此亦無差別。所謂同出而異名，殊途而同歸者也。」**㊴**可見將三教之義理、人事互相比附，是三教論衡的習慣，皎然論重意之詩道，正反映此種風氣**㊵**。重意即「文外之旨」，指文字形象之外的意義，亦可說是藏在詩的深層的暗的本意**㊶**。皎然認爲，詩不僅有二重意，甚至還有三重意、四重意。《詩式》「用事」條云：「時人皆以徵古爲用事，不必盡然也。今且於六義之中略論比興。取象曰比，取義曰興，義即象下之意。凡禽魚、草木、人物、名數，萬象之中，義類

㊳ 趙殿成《王右丞集箋注》（上海古籍出版社，1992）卷十八，頁 224。

㊴ 朱金城《白居易集箋校》第六冊，卷六十八，頁 3676。案：關於唐代三教論衡盛行情形，詳見任半塘《唐戲弄》上冊第三章《劇錄》十七節「科白類諸劇」第九小節（頁 739-49），及胡小偉〈三教論衡與唐代俗講〉（《周紹良先生欣開九秩慶壽文集》，北京：中華書局，1997）。

㊵ 日本僧人圓仁《入唐求法巡禮行記》記載當時長安寺廟有「供奉三教講論」的法師，如保壽寺令左街僧錄三教講論賜紫引駕大德體虛法師講《法華經》，菩提寺令招福寺內供奉三教講論大德齊高法師講《涅槃經》，會昌寺令由供奉三教講論賜紫引駕起居文淑法師講《法華經》。由此看來，善於融通三教似是當時名僧的一個條件，而皎然之融合三教以說明詩道，應與此種風氣有關。

㊶ 案：劉勰《文心雕龍·隱秀》云：「隱也者，文外之重旨者也。」（一作「文之重旨」）皎然文外之旨是否得自劉勰，頗值得考慮。

同者，盡入比興，《關雎》即其義也。」❷其《詩議》「六義」條下對「比、興」又有說明：「三曰比。比者，全取外象以興之，西北有浮雲之類是也。四曰興。興者，立象於前，後以人事論之，《關雎》之類是也。」❸由這些說明看來，比興詩體均有重意：明的是物象，而暗的是人事——即象下之意❹。如上所說，將意旨潛藏在物象之下，形成重意，正是作用造成的結果；而這種將意義隱藏在物象之中、不直接說出的作法，在皎然看來，正是詩與道契合之所在。如前所說，王昌齡論思亦重視取象，但王氏較注意意與象的契合，而不強調意在象下，或意在言外。王昌齡《詩格》亦有「六義」一項，皎然對六義的重視當是繼承王氏詩說，但比較二者對比興的解釋，可以看出，皎然對物象與人事意義的前後及明暗關係，說得較為清楚，尤其提出「象下」說，對晚唐詩格影響甚大。晚唐詩格以物象為詩家作用的說法，正是根據皎然論比興的進一步發展❺，而這種發展，與詩教的復興有密切關係❻。王昌齡〈論文意〉開始有一段話甚似序文，文中大談皇道、名教、《國風》，並敘述由上古至六朝的詩史，可以看出，越是上古，詩風越好，時代

---

❷　張伯偉《全唐五代詩格校考》，頁207。

❸　張伯偉《全唐五代詩格校考》，頁195。

❹　王夢鷗即認為，皎然所謂重意，當屬比興之例。——見《古典文學論探索》頁307。

❺　參見王夢鷗《古典文學論探索》對皎然《詩式》重意詩例條的說明（頁307）。

❻　參見王夢鷗《古典文學論探索》對白居易《金針詩格》詩有內外意的說明（頁322）。

越後，詩風越差**❹**，其結語謂：「至晉、宋、齊、梁，皆悉頹毀。」（見《文鏡秘府論·南卷》）而皎然於《詩式》之序言亦明白指出，其作《詩式》是惟恐風雅寖泯，詩教淪缺**❹**。舊題白居易撰《金鍼詩格》論內外意，其內意實指六義之意，外意則指物象之象（已見上引文），並謂「內外意皆有含蓄，方入詩格」，即指應將六義之意隱藏在物象之中。舊題賈島撰《二南密旨》，除書名外，尚有條目如「論六義」「論風之所以」「論風騷之所由」「論二雅大小旨」「論變大小雅」等，均可見是出於闡揚詩教的目的。《二南密旨》有「論物象是詩家之作用」條，而其「論總例物象」中舉的第一個例子是：「天地、日月、夫婦，比君臣也。明暗以體判

---

❹　案《文鏡秘府論·南卷·論文意》一開頭云：「夫文字起於皇道，古人畫一之後方有也。先君傳之，不言而天下自理，不教而天下自然，此謂皇道。……堯行之，舜則之，淳樸之教，人不知有君也。……是知一生名，名生教，然後名教生焉。……」很明顯是以《老子》思想解釋儒家詩教，而認為時代越後，詩風越差，亦似採用《老子》所謂「失道而後德，失德而後仁，失仁而後義，失義而後禮」的思維模式。

❹　皎然所謂詩教，固然有時指作詩之道（王運熙、楊明著《隋唐五代文學批評史》頁 346），但更多是指《風》《騷》之詩教，如皎然〈答蘇州韋應物郎中〉：「詩教殆淪缺，庸音互相傾。忽觀風騷韻，會我夙昔情。」評「李少卿並古詩十九首」云：「西漢之初，王澤未竭，詩教在焉。」。其《詩式》序云：「夫《詩》者，眾妙之華實，六經之菁英，雖非聖功，妙均於聖。……洎西漢以來，文體四變，將恐風雅寖泯，輒欲商較以正其源。……今從兩漢已降，至於我唐，名篇麗句，凡若干人，命曰《詩式》。使無天機者，坐致天機。若君子見之，庶幾有益於詩教矣。」周維德《詩式校注》（杭州：浙江古籍出版社，1993）即云：「皎然惟恐風雅寖泯，詩教淪缺，故撰《詩式》，以正其源。」（頁 2）。當然，由《詩式·重意詩例》的說明，可知皎然心目中的詩教，與道佛之教是相通的。

用。」這是詩教溫柔敦厚的一個例子。作者用體用的觀念說明詩有
明暗兩面，如要表現君臣之間的關係（此即立意），可以不必明
說，而可用天地、日月、夫婦等同類型的物象以比喻，亦即將立意
寄放在象下的寫法，故說「物象是詩家之作用」。這些例子均指取
象與立意的契合問題，其觀念可追溯至《易傳》「立象以盡意」及
《詩經》「以物象明人事」之比興傳統。「論總例物象」舉了非常
多此類例子，目的無非在歸納詩人所喜歡用的意與象的對應關係，
看了這些例子，讓我們彷彿又回到《易傳·說卦》及王逸〈離騷經
序〉的年代❹。王昌齡、皎然論詩，既主張立意超越古人，不須怖
懼，以寫出難句、奇句爲尚，看似相當激進，但另一方面，又主張
發揚詩教，講求六義，看似相當保守，這種奇特的思想組合，很難
不使人想到中唐著名的，以韓愈、孟郊爲首的險怪詩派。

第二節　取　境

　　「取境」是皎然詩論中另一個特殊的觀點，取境與作用、重意
（言外之旨）等觀念結合，構成皎然有別於王昌齡的意境理論。除
了從苦思的角度論取境之外（見上引文），皎然於「辯體有一十九
字」條云：

---

❹　張伯偉也指出，物象往往是融合了主客，包括了意和象兩面，晚唐五代詩
　　格所重視的，是物象所構成的具有暗示作用的意義類型，可名之爲物象類
　　型（見張伯偉《全唐五代詩格校考》，頁16）。

　　夫詩人之思初發，取境偏高，則一首舉體便高；取境偏逸，
　　則一首舉體便逸。才性（一作情性）等字亦然。體有所長，故
　　各功歸一字。偏高偏逸之例，直於詩體、篇目、風貌不妨。
　　一字之下，風律外彰，體德內蘊，如車之有轂，眾美歸焉。
　　其一十九字，括文章德體風味盡矣，如《易》之有象辭焉。❺⓪

顯然，取境是「思」的一個重要環節，由所謂「取境偏高，則一首
舉體便高；取境偏逸，則一首舉體便逸」，可知高、逸皆是就整首
詩的統一性言，而以一字辯體，亦說明此一字即代表詩的統一性要
素。故取境說的用意，應為了說明詩的整體風格。以十九字辯
體，即是以十九字代表不同的詩體之德──簡稱「體德」。體德是
詩內在的統一性要素，其表現於外的語言形式，皎然稱之為「風
律」，這種內外的關係，彷如一個人內在才性與外在言行舉止的關
係：內在才性（亦稱「德性」）是人的統一性的根據，外在的言行舉
止雖有變化，卻以內在才性為基礎，故在變化中仍具有統一的特
質。皎然以「如車之有轂，眾美歸焉」比喻二者的關係，亦說明
「體德」如車轂，是一首詩統一性之所在，而外在的風律如車幅，
是依附體德才能運轉。皎然又以「如《易》之有象辭焉」比喻德體
的作用，亦值得注意。王弼《周易略例·明象》云：「夫象者，統
論一卦之體，明其所由之主也。」《周易正義》孔穎達疏云：「夫

---

❺⓪　此條自「偏高偏逸之例」至「一字之下」，較難斷句，茲改採周維德《詩
　　式校注》（杭州：浙江古籍出版社，1933）頁 34。唯筆者以為當作：
　　「偏高偏逸之例，直於詩體，篇目、風貌不妨。一字之下，……眾美歸
　　焉。」

子所作象辭，統論一卦之義：或說其卦之德，或說其卦之文，或說
其卦之名。」❺由此可見，皎然認為辯體十九字中每一個字可以解
釋某一首詩之整體之德，就如象辭之「統論一卦之體」、「說其卦
之德」，故謂「體德」。象辭是解釋一卦主要意旨，同樣，詩之體
德亦應指詩之主要意旨，不過辯體十九字並不專指某一首詩的意
旨，而是歸納詩的意旨範疇——就如人的德性可以區分為忠孝節義
等不同範疇。皎然稱之為「體德」，即強調其為內在因素——有如
人的德性，而非外在語言表現，故其解釋「靜」與「遠」兩字之體
云：

> 靜：非如松風不動、林狄未鳴，乃謂意中之靜。
> 遠：非如渺渺望水、杳杳看山，乃謂意中之遠。❺

依照皎然的取境說，詩的內部有一種統一性——體德，而此種統一
性則來自「取境」。境指詩人注意的對象，當詩人採取高的角度取
境時，則所取物象即由高角度所決定❺，整首詩的內部會由高的因
素所統一起來，而這種高的因素會影響詩的意旨——即其人事意
義，使詩的意旨偏向高的範疇。這種被取境所決定的意旨就成為詩
體之德（性），它會進一步影響到外在的語言表現——風律。依此

---

❺　《周易正義》乾卦〈象曰〉下孔疏。

❺　張伯偉《全唐五代詩格校考》，頁220。

❺　李端〈巫山高〉云：「巫山十二峰，皆在碧虛中。迴合雲藏日，霏微雨帶
　　風。猿聲寒過水，樹色暮連空。愁向高唐望，秋風見楚宮。」顯然是一首
　　高取境的詩，王夫之評云「俱從高字著筆」（《唐詩評選》卷三「五言
　　律」），蓋所取物象皆從「高處」之境取得。

看來，皎然所謂言外之旨應該就是來自此內在的體德，其理論結構
爲：取境決定體德，體德決定言外之旨，而言外之旨即象下之重
意；若以公式簡單表示，即爲：取境→體德→言外之旨（＝象下之
意）。由所謂「取境偏高，則一首舉體便高；取境偏逸，則一首舉
體便逸」，可以說：辯體十九字代表十九類詩境。

　　已有學者指出，皎然之「取境」與王昌齡《詩格》之「取思」
相同❺❹。案：王昌齡於〈論文意〉中談取象之法有云「如登高山絕
頂，下臨萬象，如在掌中」，這種說法很容易啓發「取境偏高偏
逸」的觀念。《詩式》「明勢」云：

> 高手述作，如登荊、巫，覘三湘、鄢、郢山川之盛，縈迴盤
> 礡，千變萬態。或極天高峙，崒焉不群，氣騰勢飛，合沓相
> 屬。或修江耿耿，萬里無波，欻出高深重複之狀。古今逸
> 格，皆造其極妙矣。❺❺

這段話對「逸格」的評論，比王氏所謂「如登高山絕頂」云云，形
象更爲生動，但觀點顯然相當一致，都是從高峰頂上眺望山川走勢
及形象變化。取境爲佛家特有的概念，如《雜阿含經》云：「世人
取諸境界，心便計著。」❺❻唐玄奘譯《阿毗達摩俱舍論·分別界
品》云：「論曰：於六根中，眼等前五唯取現境，是故先說。意境

---

❺❹　李壯鷹《詩式校注》頁 10。
❺❺　張伯偉《全唐五代詩格校考》，頁 200。
❺❻　《大正藏》冊二，頁 66 下。

不定。」「六識意界及法界攝諸心所法，各有所緣，能取境故。」[57]可見取境是指六根六識對外境的攝取作用，《成唯識論》多言「取境」，如云：

> 第六意識，俱有所依，……雖五識俱取境明了，而不定有故非所依。……識種不能現取自境，可有依義，而無所依。[58]
> 又誰定言此緣唯一，說多識俱者，許此緣多故。又欲一時取多境者，多境現前，寧不頓取？諸根境等和合力齊，識前後生，不應理故。[59]
> 如何五俱，唯一意識，於色等境，取一或多，如眼等識，各於自境，取一或多。[60]

這些都是分析心識的取境問題。案六朝以來，文人論藝文創作，喜言神思的想像活動，而從佛家的觀點看來，神思正屬於心識的作用[61]，故皎然會以取境論詩。不同的識所取之境（物象範圍）當然不同

---

[57] 《大正藏》冊二九，頁5下，8中。

[58] 《成唯識論》卷四，內容解釋參見林國良《成唯識論直解》（上海：復旦大學出版社，2000）頁275。

[59] 《成唯識論》卷七，內容解釋參見林國良《成唯識論直解》頁497。

[60] 《成唯識論》卷七，內容解釋參見林國良《成唯識論直解》頁498。

[61] 案《般若波羅蜜多心經幽贊》云：「心內所取境界顯然，內能取心作用亦爾。」（《大正藏》冊三三，頁527上）此謂心有取境之作用——心為能取，境界為所取，作用是針對心之功能言。而六朝人所謂神思，正指心神想像活動之種種作用。

㉖，故皎然亦藉取境談詩的風格類型。王昌齡與皎然都注意到觀察者所立位置會影響到他所觀察的物象範圍，不過，王氏較重視觀察的對象，強調的是「照之須了見其象」，亦即要見到清楚的物象，故云「照境」；而皎然則較重視觀察者本身的觀物角度，故云「取境」。根據取境說，取境的角度是可以變換的，不同的取境會影響詩的不同風格；而根據照境說，則照境角度是固定的──以能看清物象爲目標，故照境只會影響到物色是否達到「形似」，而不影響詩的風格。王昌齡重視照境，追求形似，表現出對客體物象的高度重視，似與北宗禪的觀念較爲接近㉗；皎然重視取境，追求言外之旨與象下之義，表現出對主體意識的高度重視，似與南宗禪的觀念較爲接近㉘。若然，則由王昌齡至皎然詩論的變化，亦反映南北宗勢力的消長。

《詩式》共五卷，第一卷總論各種作詩之法，如「詩有四不」「詩有四深」「詩有二要」等，皆屬詩格著作正統寫法。但自「詩有五格」之後，即以四卷多的篇幅，分五格品評漢魏至唐代的詩歌，又以「高逸貞忠節志氣情思德誠閑達悲怨意力靜遠」等十九字辯別各詩之「體」，但大都是摘句而非全篇。這種品評方式顯然是

㉖　如眼識取色境，耳識取聲境，其餘鼻舌身意等識依此類推，不過，嚴格講起來，六識是依賴六根才能認取外境。

㉗　《壇經》記北宗大師神秀偈語云：「身是菩提樹，心如明鏡臺。時時勤拂拭，莫使有塵埃。」（據李申、方廣錩《敦煌壇經合校簡注》，頁 32）可見北宗重視心的照境功能，與王昌齡的意境論接近。

㉘　皎然中年之後傾心南宗禪，與南北禪宗的興衰更替相一致，參見賈晉華《皎然年譜》頁 19。許清雲亦注意到皎然論詩受到南宗禪的影響，見《皎然詩式研究》，頁37。

受到鍾嶸《詩品》及唐初《古今詩人秀句》一類書籍的影響❻。而
《詩式》在這類品評之前，常會加上「評曰」兩字，這種著作方式
對後來的詩文評點，是否產生影響，是值得考慮的。顯然，皎然既
是有經驗的作者，又是有經驗的讀者，故「評曰」代表的是「理想
讀者」——亦即「高手」的評論。皎然詩論與王昌齡詩論之差異，
也就在於：王氏只從作者的角度談論寫作經驗，而皎然則兼從讀者
的角度談鑒賞方法——其評謝靈運詩「池塘生春草」「明月照積
雪」即爲一例。王昌齡所謂照境取象，純從作者角度論寫作方法，
而皎然所謂取境與偏高、偏逸之關係，則揉合了作者與讀者的觀
點。同樣，皎然重視言外之旨、重意，亦皆包含有讀者觀點。王昌
齡較重視意與物境象的融合，而皎然則注意到意與象的分離，二者
均對意境論的形成有重大影響。

---

❻　參見王運熙、楊明著《隋唐五代文學批評史》頁 350-52。

第五章 中晚唐的意境論

第一節 詩境與禪心

　　劉勰《文心雕龍・詮賦》論賦體之起源云：「賦也者，受命於詩人，而拓宇於《楚辭》也。於是荀況〈禮〉、〈智〉，宋玉〈風〉、〈釣〉，爰錫名號，與詩畫境，六義附庸，蔚成大國。」指賦雖出於詩，但後來已發展成大國，「與詩畫境」，指賦與詩各成一範圍，彷如各有國境，在這裏，「詩境」的概念已呼之欲出。目前所知，正式提出詩境名稱，乃見於（唐）玄奘《題半偈舍生山》：「忽聞八字超詩境，不惜丹軀捨此山。偈句篇留方石上，樂音時奏半空間。」❶。唐代詩學的貢獻之一，即在詩境概念的建立。杜甫〈八哀詩〉云「乃知君子心，用才文章境」，此以境稱文章的內容❷，自然亦可移用指詩之內容，而稱之爲詩境。盛唐與中唐之重要詩選集，已由詩境的角度評詩。殷璠之《河嶽英靈集》被推崇爲最能表現盛唐詩風的選集，而評王維詩云「一字一句，皆出

---

❶　陳尚君輯校《全唐詩續拾》卷三，見《全唐詩補編》（北京：中華書局，1992）中冊，頁 679。

❷　據王仲鏞《唐詩紀事校箋》（上冊，頁 416），杜詩乃稱讚張九齡「善屬文」。

常境」❸，所指應爲詩境。又如中唐詩選集代表，高仲武《中興間氣集》推崇李嘉祐爲「中興高流，與錢郎別爲一體」，評其詩句「禪心超忍辱，梵語問多羅」（〈奉陪韋潤州遊鶴林寺〉）云「設使許詢更生，孫綽復出，窮思極筆，未到此境」，評李季蘭詩句「遠水浮仙棹，寒星伴使車」（〈寄校書十九兄〉）云「蓋五言之佳境也」，皆就詩境而言；而評張南史云「苦節學文，數載間稍入詩境」❹，則直接提出「詩境」的概念。中晚唐詩中，直接用「詩境」一詞者尤多，如白居易〈秋池二首〉其二：「閑中得詩境，此境幽難說。」〈將至東都先寄令狐留守〉：「詩境忽來還自得，醉鄉潛去與誰期。」姚合〈送殷堯藩侍御遊江南〉：「詩境西南好，秋深晝夜蛩。」朱慶餘〈陪江州李使君重陽宴百花亭〉：「醉里求詩境，回看島嶼青。」雍陶〈韋處士郊居〉：「滿庭詩境（一作景）飄紅葉，繞砌琴聲滴暗泉。」許渾〈與裴三十秀才自越西歸亭阻凍登虎丘山寺精舍〉：「酒鄉逢病客，詩境遇僧閒。」唐末僧泠然〈宿九華化成寺〉：「佛寺孤莊千嶂間，我來詩境強相關。」這些資料顯示，在中晚唐，詩境概念已經建立無疑。

皎然詩文中常見心與境對言的情形，如〈唐蘇州開元寺律和尙墳銘〉：「以熠火之心，當太虛之境。境非心外，心非境中，兩不

---

❸ 案：僧肇〈答劉遺民書〉已用到「常境」：「聖心虛微，妙絕常境。」（《全晉文》卷百六十四）唐僧人飛錫（天寶初曾遊長安），其〈楚金禪師碑〉亦云：「夫心同琉璃，思出常境。」（《全唐文》卷九百十六），則常境似爲佛徒常用語。

❹ 案：上引殷璠《河嶽英靈集》與高仲武《中興間氣集》之評語，皆取自傅璇琮編撰《唐人選唐詩新編》（西安：陝西人民教育出版社，1996）。

相存而兩不相廢。」❺〈白雲上人精舍尋杼山禪師兼示崔子向何山道上人〉：「望遠涉寒水，懷人在幽境。……世事花上塵，惠心空中境。清閑誘我性，遂使煩慮屏。」❻〈酬秦系山人題（一作戲）贈〉：「石語花愁（一作悲）徒自詫，吾心見境盡為非。」〈送關小師還金陵〉：「持此心為境，應堪月夜看。」這些話大概是強調心與境兩者既有交涉又似互相獨立，故「兩不相存而兩不相廢」。可能是因為受到佛教（尤其是禪宗）影響，中唐之後，心與境的感應關係，甚受重視，有的強調主觀意識（心）會影響甚至決定對外境的感受，如李華〈潤州鶴林寺故徑山大師碑銘〉云「境因心寂，道與人隨」❼，梁肅〈心印銘〉云「夭壽得喪，惟心所宰；心遷境遷，心曠境曠」❽。但亦有強調外境對心的影響，如柳宗元〈小石潭記〉即云「以其境過清，不可久居，但記之而去」。呂溫〈戲贈靈澈上人〉則云「僧家亦有芳春興，自是禪心無滯境」，這又強調禪心能感受外境但不會執著，不會為外境而悲喜❾。上述心與境的

---

❺　《全唐文》卷九百十八，冊四，頁 4241。

❻　《全唐詩》卷八百十六（十二冊，頁 9185）。案：因《全唐詩》已為一般性工具書，查考較易，為免注解過多，占據篇幅，故下引《全唐詩》之作品，皆不再註明出處。

❼　《全唐文》卷三百二十一，冊二，頁 1436。

❽　《全唐文》卷五百二十，冊三，頁 2339。

❾　近人吳言生解此詩云：「禪者既有芳春興又不滯于芳春興，禪心一似清湛的池水，映現著世上萬事萬物的影子，但受影的同時，仍然保持澄明平靜。」（《禪宗詩歌境界》，北京：中華書局，2001 年，頁 299）案白居易〈和知非〉詩認為「詮較天下事，第一莫若禪」，並說學禪的好處：「不如學禪定，中有甚深味。……春無傷春心，秋無感秋淚……。」正可與呂溫此詩相印證。

關係，其實亦可轉換為意與境的關係，如白居易〈夏日獨直寄蕭侍御〉云「地貴身不覺，意閑境來隨」，與上引李華、梁肅銘文之意相同，不過用「意」代「心」，使意與境的結合又推進一步。

外境與詩興的關係，或內在心理因素──尤其是禪心或道心──與詩境的關係，亦受到注意。皎然頗注意到外境會引發詩情，如〈秋日遙和盧使君遊何山寺宿易上人房論涅槃經義〉云「詩情緣境發，法性寄筌空」。李華〈賀遂員外藥園小山池記〉亦云「賦情遣辭，取興茲境」❿，此謂詩情之感興來自外境，並已有「取境」的概念。劉得仁〈池上宿〉云「涼風白露夕，此境屬詩家」，意味某種境容易引起詩興。戴叔倫〈送道虔上人遊方詩〉云「律儀通外學，詩思入禪關；煙景隨緣到，風姿與道閒」，指出詩思與禪心可以相通不妨。修習禪定時很容易進入詩境，似是當時流行的看法，如劉商〈酬問師〉云「虛空無處聽，彷彿似琉璃。詩境何人到，禪心又過詩」，武元衡〈劉商郎中集序〉亦云：「晚歲，擺落塵宰，割棄親愛，夢寐靈山之境，消遙元牝之門，……著歌行等篇，皆思入窅冥，勢合飛動，滋液瓊瓌之朗潤，濬發錦繡之濃華，觸境成文，隨文變胡。」⓫這是說劉商晚歲潛心研習佛道，使詩思更無拘束，觸境皆能引起感興，寫出好文章。

---

❿　《全唐文》卷三百十七，冊二，頁 1420。
⓫　《全唐文》卷 531，冊三，頁 2386。

第二節　「意與境會」與「境生象外」
——權德輿與劉禹錫的意境論

　　談中唐意境論，不能忽略權德輿與劉禹錫。權德輿與詩僧皎然、靈澈同時，皎然有〈答權從事德輿書〉，可見二人有交往。皎然頗傾心馬祖道一之新禪學——洪州禪⓬，而權氏〈唐故洪州開元寺石門道一塔銘〉云「門弟子以德輿嘗遊大師之藩，俾文言而偈之」⓭，透露出權氏曾在馬祖道一座下聽過心法。道一俗姓馬，被尊為馬祖，在禪史上地位極高，惠能南宗禪可說至馬祖而大盛⓮。根據《景德傳燈錄》卷六道一傳與卷二八《道一禪師語錄》，可知道一禪學有三個重要觀點：一是「此心即是佛心，心外別無佛」；一是「一切法皆是心法，萬法皆從心生」；一是「一切法皆是佛法，在在處處有佛」⓯。這三個觀點連貫起來，又可濃縮為：佛即在心中，佛即在萬境。故權氏〈道一塔銘〉云：「（師）常曰：佛不遠人，即心而證；法無所著，觸境皆如。」這幾句可說相當扼要地濃縮道一的禪法：佛即在心中，不須外求；佛法並不是固定在一處，到處都可體會真如佛性。謂佛在心中，心外無佛，原本是南宗禪的基本觀念，洪州禪的特色應在其主張「處處有佛」、「觸境皆如」，

⓬　參見賈晉華《皎然年譜》頁 102。

⓭　《全唐文》卷五百一，冊三，頁 2261。

⓮　參見洪修平《中國禪學思想史綱》，頁 178。

⓯　宋釋道原《景德傳燈錄》（臺北：真善美出版社，1970），頁 104-05，175。

亦即修行者不必枯坐一室,而可到處隨緣、在任何山水景物中去體會己心與萬物共有的真如佛性。這種「觸境皆如」的觀點,與詩人觸物興感的創作原理,其實是可相通的,只不過禪子在山水景物中體會到真如佛性,而詩人則在山水景物中體會到自己的情性。受到洪州禪的影響,境物與情性的融和,將更成為詩人關注的焦點,而有利於意境論的形成。權氏〈送元上人歸天竺寺序〉云:「且以句吳有山水之絕境,天竺又經行之靜界,振錫而往,其心浩然。蓋隨緣生興,觸物成化而不為外塵所引也。」❶最後兩句推崇上人禪心修養工夫,稱其能隨緣起興,觸物皆能體會其中清淨佛性──視之為佛性真如之化身,因而不為外境(外塵)所牽引繫縛。皎然於《詩式》「文章宗旨」條論謝靈運作詩之精進與讀釋典有關:「及通內典,心地更精,故所作詩,發皆造極,得非空王之助耶?」權德輿亦認為禪心有助於詩心,其〈送靈澈上人廬山迴歸沃州序〉云:「上人心冥空無而躋寄文字,故語甚夷易,如不出常境,而諸生思慮,終不可至。……覽其詞者,知其心不待境靜而靜。況會稽山水,自古絕勝,……夏五月,上人自鑪峰言旋,復於是邦。予知夫拂方袍,坐輕舟,溯沿鏡中,靜得佳句,然後深入空寂,萬慮洗然,則嚮之境物,又其稊稗也。」❶❼在這段話中境字出現三次,一次是指詩境(不出常境),二次是指外在現實事物(境物),其中心觀點是強調禪心有益詩心,最主要是修禪能使心歸於空寂平靜❶❽,

---

❶ 　《全唐文》冊三,頁 2226。
❶❼ 《全唐文》卷四百九十三,冊三,頁 2226。
❶❽ 白居易〈酬夢得以予五月長齋延僧徒絕賓友見戲十韻〉云:「禪後心彌寂,齋來體更輕。」可見修禪能使心靈寂靜,這正是習禪的目的。

不受外境干擾，故容易得到佳句；所寫雖多山水風月的常境（平常之境），但寓意深遠，非一般人用心思慮所能及。這段話既牽涉到心與外境的關係，也牽涉到心與詩境的關係，而心的空寂平靜尤其受到重視。其〈左武衛胄曹許君集序〉又云：「凡所賦詩，皆意與境會，疏導情性，含寫飛動，得之於靜，故所趣皆遠。」❶最後兩句亦強調心與詩境的關係，認為平靜之心有助於賦詩作文。案陶弘景與梁武帝〈論書啓〉有云：「手隨意運，筆與手會，故意得諧稱。」❷這是強調書法藝術中「意、手、筆」三者合一的狀態。用「甲與乙會」的句法，表示「甲、乙」二者完全一致的狀態，亦見於唐盧重玄〈列子敘論〉：「夫生者何耶？神與形會也。」❸足見權氏所謂「意與境會」，乃指主體情志與客體境物完全合一的狀態，上引文乃稱讚許君之詩能將情性寄托在境物之中，使二者合而為一，如此既使情性藉境物「疏導」，亦使內容更為靈活「飛動」，而其關鍵在於許君有一顆平靜之心，才能使意與境融合無間，具有如此深遠的趣味。意與境會的類似觀點，亦見於權德輿〈右諫議大夫韋君集序〉：「會情性者，因於物象；窮比興者，在於聲律。」❹以物象與聲律為詩的藝術性結構要素，是我們非常熟悉的觀點，「會情性者，因於物象」，即將情性寄托在物象之中，情性與物象會合為一。其〈唐故通議大夫梓州諸軍事梓州刺史上柱

---

❶　《全唐文》卷四百九十，冊三，頁 2215。
❷　見張彥遠《法書要錄》（瀋陽：遼寧教育出版社，1998）頁 24。
❸　引自楊伯峻《列子集釋》附錄二：重要序論匯錄。據秦恩復〈列子盧重玄注序〉，盧重玄為盧思道玄孫，玄宗開元二十三年為通事舍人。
❹　《全唐文》卷四百九十，冊三，頁 2215。

國權公文集序〉稱讚權若訥之詩「緣情遣詞，寫境物而諧律呂」
❷，由上下句的對應看來，緣情是藉寫境物表現，遣詞是由諧律呂
修飾，與上引〈韋君集序〉的讚語幾乎完全相同。「意與境會」、
「會情性者，因於物象」、「緣情以寫境物」三者的意思相同，都
是指憑藉物象（境物）表現情意，情意與物象完全融而爲一。呂溫
〈聯句詩序〉云：「乃因翰墨之餘，琴酒之暇，屬物命篇，聯珠迭
唱，審韻諧律，同聲則應，研情比象，造境皆會。亦猶眾墼合注，
沛爲大川，群山出雲，混成一氣，即宣五色，微闡六義，雖小道必
有可觀，其在茲矣。」❷中間數句論詩的藝術性，亦以聲律與意象
的結合爲重點，「研情比象，造境皆會」說明藉著造境使情意與物
象會合起來，正是意境論的重要觀點。

　　案王昌齡也注意到內心與外物的感應關係，其論「感興勢」
（《十七勢》之第九勢）云：「感興勢者，人心至感，必有應說，物
色萬象，爽然有如感會。」這是說人的心靈具有敏銳的感應能力，
一旦內心有所感動，就會投射在相應的物象之中，使情志與物象合
爲一體，與上述權德輿意與境會的觀點頗爲接近。不過，實際上王
昌齡只提到意與象契，而未直接提出意與境會的說法，留下一點遺
憾，讓人覺得意境的完整概念尚未建立。權德輿「意與境會」說以
最簡潔的語言提煉出意境論的基本觀點，意境的完整概念幾乎已經
呼之欲出，實「標志著意境論在唐代已基本成熟」❷；晚唐及宋人

---

❷　《全唐文》卷四百九十四，冊三，頁 2231。

❷　《全唐文》卷六百二十八，冊三，頁 2807。

❷　參見顧祖釗〈論意境論的稱謂和淵源〉，《文藝理論研究》，1995 年第 2
　　期頁 66。

詩格以「意句」、「境句」分析句法，及後來意境合成一詞，均為「意與境會」說的自然發展。另外，權德輿認為禪心有助於詩思，平靜之心容易促成意與境會，亦反映中唐詩人對詩禪關係的探索更加深入。

　　劉禹錫幼年逢安史之亂，隨父避居江淮間，其〈澈上人文集序〉云：「初上人在吳興，居何山，與畫公（皎然）為侶。時予方以兩髦執筆硯陪其吟，皆曰孺子可教。」❷❻可知劉氏幼年曾從皎然、靈澈學詩，其論詩亦受到這些江南詩僧的影響❷❼。劉氏〈袁州萍鄉縣楊岐山故廣禪師碑〉云「結廬此山，心與境寂」❷❽，〈洗心亭記〉云「槃高孕虛，萬景坌來。詞人處之，思出常格。禪子處之，遇境而寂」❷❾，這些話都表示修禪的人較喜歡空寂之境。而〈秋日過鴻舉法師寺院便送歸江陵〉序引云：「梵言沙門，猶華言去欲也。能離欲則方寸地虛，虛而萬景入，入必有所泄，乃形乎詞。詞妙而深者，必依於聲律。故自近古而降，釋子以詩名聞於世者相踵焉。因定而得境，故脩然以清，由慧而遣詞，故粹然以麗。信禪林之花萼，而誠河之珠璣耳。」❸❶這是認為學佛能使人離欲，故其心空虛能包容萬物，有利於作詩；所謂「虛而萬象入」，顯然

---

❷❻　《全唐文》卷六百五，冊三，頁 2708。

❷❼　關於劉禹錫生平，近人卞孝萱《劉禹錫年譜》最為詳盡，唯此據賈晉華《皎然年譜》頁 104-05。

❷❽　《全唐文》卷六百十，冊三，頁 2730。

❷❾　瞿蛻園校點《劉禹錫全集》（上海：上海古籍出版社，1999），頁 65。

❸❶　蔣維崧、趙蔚芝、陳慧星、劉聿鑫《劉禹錫詩集編年箋注》（濟南：山東大學出版社，1997），頁 107。

與後來蘇軾所謂「空故納萬境」是一致的。文中明顯提出佛家「定
慧」（即止觀）之禪法有利於寫詩：「因定而得境，故儵然以
清」，指修習禪定有助於取得自然❸清新之詩境；「由慧而遣詞，
故粹然以麗」，指運用禪觀慧解有助於純正美麗之修辭。案：嚴維
〈酬普、選二上人期相會見寄〉云「夜靜溪聲近，庭寒月色深。寧
知塵外意，定後便成吟」，李益〈入南山至全師蘭若〉云「吾師亦
何授？自起定中吟」，可見釋子確有定後吟詩之習。定慧每爲禪觀
的別稱，如魏靜〈永嘉集序〉云「偏宏禪觀，境智俱寂，定慧雙
融」❸，陸長源〈唐故靈泉寺元林禪師神道碑〉云「如非夫善發惠
源，深窮定窟，何足以大明觀行，獨秉禪宗，使定惠兼修，空有俱
遣，道流東夏，聖齊北山哉」❸，戴叔倫〈唐故靈泉寺元林禪師神
道碑〉云「獨秉禪宗，仗定惠兼修，空有俱遣」❸，這些話都表明
修禪是「定惠兼修」的工夫，宗密《禪源諸詮集都序》卷上之一更
明白說：「禪是天竺之語，具云禪那。中華翻爲思惟修，亦名靜
慮。皆定慧之通稱也。」❸于頔〈釋皎然杼山集序〉云「妙言說於
文字，了心境於定慧」❸，亦認爲皎然文字之妙得自修習禪觀。劉
氏這段話，亦再度證明，唐代意境論的重要觀念頗多借助於佛家止

---

❸ 《莊子·大宗師》：「儵然而往，儵然而來。」儵然，自然超脫貌。參見
　蔣維崧、趙蔚芝、陳慧星、劉聿鑫《劉禹錫詩集編年箋注》，頁108。
❸ 《全唐文》卷四百二，冊二，頁1821。
❸ 《全唐文》卷五百十，冊三，頁2296。
❸ 《全唐文》卷五百十，冊三，頁2296。
❸ 《大正藏》第冊四八，頁399上。
❸ 《全唐文》卷五百四十四，冊三，頁2444。

觀禪法❸。

　　談唐代意境論，不可避免地，必須引劉氏〈崔氏武陵集序〉的一段話：「詩者，其文章之蘊邪？義得而言喪，故微而難能；境生於象外，故精而寡和。千里之謬，不容秋毫。非有的然之姿，可使戶曉，必俟知者，然後鼓行於時。」❸中間四句甚受矚目，它們所論的，正是如何理解意與境的問題，而這幾句話與王弼《周易略例·明象》頗有關聯，茲再度引出以爲對照：

> 夫象者，出意者也。言者，明象者也。盡意莫若象，盡象莫若言。言生於象，故可尋言以觀象，象生於意，故可尋象以觀意。意以象盡，象以言著。故言者所以明象，得象而忘言；象者，所以存意，得意而忘象，……然則，忘象者，乃得意者也；忘言者，乃得象者也。得意在忘象，得象在忘言。故立象以盡意，而象可忘也；重畫以盡情，而畫可忘也。❸

這段話是環繞「言與象」及「象與意」的關係進行分析，讀來有點反覆繞口，是因爲其中包含作者與讀者的雙向觀點。從作者的觀點

---

❸　張少康即引慧遠〈念佛三昧集序〉，指出佛家所說禪定與老莊虛靜之說相通，並引劉禹錫此段話，說明佛家禪定之說亦被用來說明藝術構思的原理。（〈我國古代的藝術構思論〉，《古代文學理論研究》第七輯，頁8-9）。

❸　《全唐文》卷六百五，冊三，頁2708。

❸　樓宇烈《王弼集校釋》，頁609。

分析，「言、象、意」三者都須要肯定，因為缺一不可，而從讀者的觀點分析，則言、象二者可忘，但前提是必須把握到意——即卦的義理。其主要觀點可簡單表示如下：

言與象： 言者所以明象，得象而忘言→得「象」

象與意： 象者所以存意，得意而忘象→得「意」

劉禹錫所謂「義得而言喪，故微而難能；境生於象外，故精而寡和」，談的是「義與言」及「境與象」的關係，顯然是在「言、象、意」三者中插入「境」這一因素，所導致的理論結構的變化，亦可以簡單表示如下：

言與意： 義得而言喪（得意而忘言）→得「意」

象與境： 境生於象外（得境而忘象）→得「境」

可以看出，象與境的結合，是導致意象論演變為意境論的原因。由上下句的平行結構還可以看出，「言、象」指詩中直接表現出來的語言與形象，「義、境」指語言之外、暗示性的意義與境物。就言與意的關係言，在古人的理解，是先有意才有言，由言可以聯想其意，但說出來的言卻無法將意的內涵完全包括進去，很容易引起誤解，故不應停留在言上，而應尋求其真意並忘其言。以此類推，象是取之於境，由象可以聯想其所取之境——故說「境生象外」，但是，境所包含的是更豐富的象，故不應局限在語言所直接描寫的象上，而應進一步去尋求象外之境。在劉禹錫文集中，境與景有時對

言，如上引〈洗心亭記〉云：「槃高孕虛，萬景坌來。詞人處之，思出常格。禪子處之，遇境而寂。」〈海陽湖別浩初師〉亦云：「近郭有殊境，獨游常鮮觀。逢君駐緇錫，觀貌稱林巒。湖滿景方霽，野香春未闌。」文中的景與境，是對等的概念；而景與境皆離不開物象，如〈奉和中書崔舍人八月十五日夜玩月二十韻〉：「莫景中秋爽，陰靈既望圓。……二儀含皎澈，萬象更澄鮮。……逢人盡冰雪，遇境即神仙。……象外行無蹟，寰中影有遷。……境同牛渚上，宿在鳳池邊。……」詩中之「萬象」，應指中秋之景（境）中之所有物象，而很明顯，詩中實際寫出之象，只是萬象之極小部分。象屬於境，故由象可以得境，但詩中之象僅屬境之小部分，至於境之整體仍必須求之於象外。「境生象外」指出語言文字所描寫的象是有限的，其背後實有更豐富甚至無限的象，這種觀念應是受到佛道思想的啓發❹。依照劉氏的說法，暗示性的意義與境物才是詩之精華所在——他稱之爲「文章之蘊」，劉氏謂「千里之謬，不容秋毫。非有的然之姿，可使戶曉，必俟知者，然後鼓行於時」，指出要了解文意之蘊並非常人所能做到，而有待「知者」，正如皎然所謂「兩重意以上，皆文外之旨。若遇高手如康樂公，覽而察

---

❹　佛道兩家均有道在言象之外的說法，如《老子》云：「道可道，非常道。」成玄英《義疏》解云：「常道者，不可以名言辯，不可以心慮知，妙絕希夷，理窮恍惚，故知言象之表，方契凝常真寂之道。可道可說者，非常道也。」（蒙文通《道書輯校十種》，頁 375-76）而華嚴宗大師法藏〈大乘起信論疏序〉云：「夫真心寥廓，絕言象於筌蹄；沖漠希夷，忘境智於能所。非生非滅，四相之所不遷；無去無來，三際莫之能易。」（《全唐文》卷九百十四）既有「絕言象」，又有「忘境智」，故劉氏之說，很可能是受到佛道理論之啓發。

之，但見情性，不睹文字」，高手與知者皆指理想讀者（即知音）。劉禹錫所謂「義得而言喪，故微而難能；境生於象外，故精而寡和」，不僅指出意與境是在言象之外，更指出：意與境的結合是文章（詩）的精蘊所在，使意境理論便爲完整、清晰。

　　根據上面的分析，我們認爲，由王昌齡的純作者角度，經皎然混合作者與讀者，至劉禹錫之純讀者角度，正反映意境論由作者立場往讀者立場的移動，而隨著這個移動，言內與言外，表層言象與深層意境的區分更爲明確，這種情形，至司空圖提出「象外之象，景外之景」而達到高潮。

第三節　「思與境偕」與「象外之象」
──司空圖的意境論

　　司空圖是晚唐意境論的代表，其理論重點有二：一是對韻外之致❹、味外之旨的強調（見〈與李生論詩書〉），這是本於皎然文外之旨的觀點；另一是對詩境的重視，即〈與王駕評詩書〉所謂「思與境偕，乃詩家之所尚者」❷。關於「思與境偕」，或以爲是「詩

---

❹ 「韻外之致」語已見於東晉釋道恒（鳩摩羅什高徒）〈舍利弗阿毘曇論〉：「會天竺沙門曇耶舍等，義學來遊，秦王既契宿心，相與辨明經理，起清言於外教之城，散眾微於自無之境，超超然誠韻外之致，惜惜然覆美稱之實。」（《全晉文》卷一百六十三）

❷ 司空圖論詩文的幾封重要書信，皆已收入周祖譔編選《隋唐五代文論選》（北京：人民文學出版社，1999）頁 347-52，本節所引司空圖文即取自該《選》。

人的情思和外界的境相結合，大致也就是情景交融之意」❹，這當
然是受到明以後流行的情景交融說的影響所作的解釋。不過，葉朗
則認爲「思與境偕」是王昌齡論「三思」「三境」等思想的概括
❹，並說：

> 有人把「思與境偕」的「思」解釋爲情意，這是不準確的。
> 「思」，是指詩人的藝術靈感和藝術想像，也就是劉勰說的
> 「神思」，和荊浩「六要」中「思」的涵義相彷。「思與境
> 偕」，就是說詩人的藝術靈感和藝術想像不能脫離客觀的
> 「境」（「象外之象」），而要依賴於審美觀照中「心」與
> 「境」的契合，也就是王昌齡的「以境照之」，「心入於
> 境」。❹

葉先生注意到「思與境偕」與王昌齡意境論的關係，且認爲思即神
思，是可以接受的，不過，還可以作進一步說明。案：「思」是六
朝文論中一個重要概念，陸機〈文賦〉即有多次談到「思」字。
〈文賦〉開頭一段有云：「遵四時以歎逝，瞻萬物而思紛。」李善
注云：「遵，循也。循四時而歎其逝往之事，攬視萬物盛衰而思慮
紛紜也。」可知這兩句是指因物色變化而引起人事感慨，思指的是
對各種人事變化的思慮。接下去，〈文賦〉有四次提到思字，則都
是指屬文時的構思，最後一次提到思字云「思乙乙其若抽」，指的

---

❹　王運熙、楊明著《隋唐五代文學批評史》，頁 677。
❹　葉朗《中國美學史大綱》（臺北：滄浪出版社，1986）上冊，頁 271。
❹　葉朗《中國美學史大綱》上冊，頁 271-72。

是「精思」、「苦思」（見李善注）。沈約〈懷舊詩·傷謝朓〉云：
「吏部信才傑，文鋒振奇響。調與金石諧，思逐風雲上。」第四句
之思顯指詩的構思（即詩思）。沈約〈（梁）武帝集序〉又云：「感
而後思，思而後積，積而後滿，滿而後言。」（案：此引王褒〈四子講德
論〉所引「傳曰」之語）綜合這些資料，可見思的基本意義爲思慮，在
創作理論中，常指感物興情之後的構思活動。感興是一種強烈的心
理變化，是對外在事物的較直接的反應，其時間較難持久；而思雖
是以感興爲基礎，但卻是一種較爲持續性的理解活動，（梁）顧野王
《玉篇》（思部第八十八）云「深謀遠慮曰思」，可見思是一種深度的
理解活動，它需要較持續的專注力，因而很耗費精神能量。故前人
在談文藝創作中的構思活動，常強調其艱苦的一面，如魏慶之《詩
人玉屑》卷十有「詩思」一節，其「總說」云：

> 詩之有思，卒然遇之而莫遏；有物則敗之矣。故昔人言覃
> 思、垂思、抒思之類，皆欲其思之來，而所謂亂思、蕩思
> 者，言敗之者易也。鄭棨詩思，在灞橋風雪中驢子上；唐求
> 詩，所游歷不出二百里。則所謂思者，豈尋常咫尺之間所能
> 發哉！前輩論詩思，多生於杳冥寂寞之境，而志意所如，往
> 往出乎埃溘之外。苟能如是，於詩亦庶幾矣。謝無逸問潘大
> 臨：近曾作詩否？潘云：秋來日日是詩思，昨日捉筆，得
> 『滿城風雨近重陽』之句，忽催租人至，令人意敗。輒以此
> 一句奉寄，亦可見思難而易敗也。❻

---

❻　案：此段話應取自葛立方《韻語陽秋》卷二。

文中所謂詩思，實指一種追求理想詩句的構思活動，既然如此，就不是一件簡單、輕鬆的事。潘大臨構思得到「滿城風雨近重陽」，自認爲是一理想詩句，但受到催租人來到而打斷思路，終於再也找不到理想的對句，故本段話的結論是：思難而易敗。根據文中的說明可知，要獲得理想詩句，並不是一件容易的事，所以需要覃思（即深思）、抒思。劉禹錫〈金陵五題序〉云：

> 余少爲江南客而未游秣陵，嘗有遺恨。後爲歷陽守，跂而望之。適有客以金陵五題相示，逌爾生思，欻然有得。他日友人白樂天掉頭苦吟，嘆賞良久，且曰石頭題詩云：潮打空城寂寞回，吾知後之詩人不復措詞矣。餘四詠雖不及此，亦不孤樂天之言爾。❹

文中「生思」顯指劉禹錫由金陵五個景點所引發的一系列構思活動（這些構思活動當然是以對景物的不同感慨爲基礎），而文中藉由友人白居易之「嗟賞良久」，強烈暗示：〈金陵五題〉（〈石頭城〉、〈烏衣巷〉、〈臺城〉、〈生公講堂〉、〈江令宅〉等五首詩）幾乎皆是理想詩句。六朝人已經注意到文章構思常須苦慮、勞情❹，同樣，王昌齡與皎然亦皆重視精思、苦思之功，即因爲理想詩句（或文句）是不易獲得。常被批評寫詩過於容易的白居易，其〈新秋病起〉竟然

---

❹　瞿蛻園點校《劉禹錫全集》（上海：上海古籍出版社，1999），頁 171。
❹　如上引陸機〈文賦〉云「思乙乙其若抽」，而劉勰《文心雕龍·神思》亦云「是以秉心養術，無務苦慮；含章司契，不必勞情也」。

說「損心詩思裏，伐性酒狂中」，在〈閑詠〉詩中又云「早年詩思苦，晚歲道情深」，可見詩思指的是追求理想詩句的構思活動，爲此必須耗費巨大的精神能量。但詩思雖然招致損心之苦，卻又使人陷溺其中、樂此不疲，故白氏稱之爲「詩魔」，其〈與元九書〉云：「不知我者以爲詩魔，何則？勞心靈，役聲氣，連朝接夕，不自知苦，非魔而何？」其〈閑吟〉亦云「惟有詩魔降未得，每逢風月一閑吟」❹。司空圖亦重視苦思，並同樣稱之爲詩魔，如〈題柳柳州集後〉，先說「詩人之爲文，始皆繫其所尚，既專則搜研愈至，故能炫其工於不朽」，後面論柳宗元詩，又稱其「玩精極思，則固非璨璨者輕可擬議其優劣」，所謂「研搜愈至」「玩精極思」，正是王昌齡、皎然所強調的精思或苦思。司空圖〈南至四首〉又云「已被詩魔長役思」❺，則其所謂「思與境偕」之思亦指詩思，指的是作詩時的構思活動。其〈楊柳枝二首〉之一云：「陶家五柳簇衡間，還有高情愛此君（案：指楊柳）。何處更添詩境好，新蟬敲枕每先聞。」詩中所謂詩境，指楊柳枝上有新蟬鳴叫之具體狀況，故知境指景物。綜合這些資料，我們認爲，基本上，思指的是感物興情之後的構思活動，那是一種需要專注、耗費精神的想像

---

❹ 劉禹錫〈春日書懷寄東洛白二十二、楊八二庶子〉亦云「心知洛下閑才子，不作詩魔即酒顛」。詩酒是白居易最愛──其集中常常詩酒對舉，故既稱詩思爲詩魔，亦稱酒癮爲酒魔，如〈齋戒〉詩：「酒魔降伏終須盡，詩債填還亦欲平。」比較起來，詩魔似比酒魔更難降伏，故〈寄題盧山舊草堂兼呈二林寺道侶〉云：「漸伏酒魔休放醉，猶殘口業未抛詩。」

❺ 司空圖〈修史亭三首〉其二云：「不似香山白居士，晚將心地著禪魔。」此以禪魔稱白居易晚年對禪學的嗜好，則圖所謂「已被詩魔長役思」，或許正根據白氏以詩魔稱詩思而來。

過程❺，而其目的則在取得理想詩句（或文句）。這裏須要特別指出的是，最先提出思與境合作的，是王昌齡而不是司空圖（葉先生已注意到這點），王氏有云：「思若不來，即須放情卻寬之，令境生。然後以境照之，思則便來，來即作文，如其境思不來，不可作也。」（引文已見第三章第二節）如前面所分析的，王氏所謂「思」，實指一種取象的構思活動，依照王氏的說法，為了要取得理想物象，必須等待一理想境物出現（即「令境生」），然後「左穿右穴」、「深穿其境」——即仔細觀察境中物象，對各物象的特徵看得非常清楚（王氏簡稱之為「照境」），最後再用思取象，如此所取物象既能把握其特徵（達到「形似」），並能與所要表現的情意完全契合。王氏很重視景物與意興的融合，故云：「凡詩，物色兼意下為好。若有物色，無意興，雖巧亦無處用之。」「詩貴銷題目中意盡。然看當時所見景物與意愜者相兼道。若一向言意，詩中不妙及無味。景語若多，與意相兼不緊，雖理通亦無味。」（引文亦見第三章第一節）參照王昌齡《詩格》的說法，可知司空圖所謂「思與境偕」實指構思活動能與照境活動相偕行一致（即等待一理想境物出現再從中構思取象），如此，所取物象乃來自某理想境物，物象中即蘊藏有所要表達的情志，二者達到契合無間。「思與境偕」的結果，正如梅聖俞（堯臣）稱讚一些晚唐詩句所謂「狀難寫之景，如在目前，含不盡之意，見於言外」（見歐陽修《六一詩話》），如此

---

❺ 宋阮閱《詩話總龜》卷八載：「范文正有〈採茶歌〉，天下共傳，蔡君謨謂希文：『公歌膾炙人口，有少未完，蓋公才氣豪傑，失於少思。』……」所謂少思，正指缺少精思苦思之功。

就能讓讀者感受到詩特有的「醇美」──味外之旨、韻外之致。

司空圖〈與極浦書〉云：「戴容州云：『詩家之景，如藍田日暖，良玉生煙，可望而不可置於眉睫之前也。』象外之象，景外之景，豈容易可譚哉？」這段話區分兩種象景，前一個象景是詩中具體描繪的部分，後一個象景是由第一個象景所延伸出來，但未在詩中描繪的部分❷。所引戴叔倫云「詩家之景」顯指後一個象景，用來說明兩種象景之間有不即不離的關係。這段話與劉禹錫所謂「境生於象外，故精而寡和。千里之謬，不容秋毫。非有的然之姿，可使戶曉，必俟知者，然後鼓行於時」，語意非常接近，「象外之象，景外之景」與「境生象外」應是同一義涵，象外之象指的正是象外之境，不過重點在境所包含的更豐富的象──它們是象內延伸出來的象，故說「象外之象」。司空圖謂「思與境偕」，應是站在作者角度立言，唯若是從讀者角度看作品，則由文字所呈現的，常只是少數或部分的形象，尚有更豐富的象是在語言之外，而那些象並不易掌握，故說「豈容易可譚哉」。〈與極浦書〉又云：「愚近有〈虞鄉縣樓〉及〈柏梯〉二篇，誠非平生所得者。然『官路好禽聲，軒車駐晚程』，即虞鄉入境可見也。」此即謂理想的詩句較易使讀者由文字形象進入文字形象之外的「境」──「象外之象，景外之景」。司空圖在〈與李生論詩書〉中曾舉各類自己較爲得意的

---

❷ 張少康云：「它的第一個象即是劉禹錫所説的象，指藝術作品中所具體描繪的實的部分，而第二個象和景則是存在於第一個象和景之外的，即是劉禹錫所説之境，指藝術作品中藉第一個象和景的比喻、暗示、象徵作用而呈現出來的沒有直接描繪的虛的景象。」《古典文藝美學稿》（臺北：淑馨出版社，1993）頁 26。

詩句，而其得於道教宮觀（道宮）的詩句有「碁聲花院閉，幡影石幢幽」，對此，王運熙、楊明著《隋唐五代文學批評史》有一段說明，相當值得參考：

> 他寫道宮「碁聲花院閉，幡影石幢幽」，直接寫到的景物不多，但能使讀者聯想起道宮花院中幽美的景色、寧靜的環境、道人對弈的情景等等，這便是所謂象外之象、景外之景了。㊼

詩句直接寫出的是簡單的形象，而境所包含的遠爲豐富的形象，則在文字形象之外，但它們卻是由詩內之象所延申出來的，二者的關係正是「象外之象，景外之景」。綜合司空圖的觀點，可以簡單表示如下：

<u>言、象（表層）</u>	詩內之象、景
境（深層）	象外之象、景外之景
意（深層）	韻外之致、味外之旨

由上往下，代表由表層至深層的結構：文字形象是屬於表層結構的成分，境與意則皆屬深層結構的成分，故或稱象外，或稱韻外。稱深層之物境爲「象外之象、景外之景」，這是受到劉禹錫「境生於象外，故精而寡和」的影響，而稱文章內涵的情意爲「韻外之致、

㊼　王運熙、楊明著《隋唐五代文學批評史》頁 676。

味外之旨」，則受到皎然「文外之旨」的影響。由簡圖可以看出，意即是皎然所謂象下之意。上述表層與深層的關係，亦可以三角圖形表示如下：

言·象　　　　（表層）
　　　　　　　　　　　（深層）
文外之旨
味外之旨　　意　→　　境　　象外之象
韻外之致　　　　　　　　　景外之景

茲以這個圖表說明由王昌齡至司空圖，意境論的發展過程。王昌齡受六朝意象論影響較深，故他注意的是意與象如何契合的問題，境的主要作用就是提供理想的物象，以便寄托意旨，起的是中介的作用；王氏重視的是言象境意的緊密結合，而不強調其不同層次[54]。皎然提出文外之旨，象下之意，明顯將詩體區分為明暗或深淺的兩層結構[55]，但他只區分表層言象與深層意義，尚未區分表層之象與深層之境，就這點而言，仍未完全脫離自《易傳》至六朝意象論的傳統。至劉禹錫與司空圖，則除區分表層之言與深層之意義，又區

---

[54] 題〔宋〕陳應行收王昌齡《詩格》，其「常用體十四」有「七曰象外語體，八曰象外比體」，似乎王氏也注意到詩的不同層次，唯《詩格》內容被學者認為「真偽混雜」（張伯偉《全唐五代詩格校考》，頁 125），故只能存疑。

[55] 據皎然《詩式》「重意詩例」所說，詩有兩重意、三重意、四重意，故在皎然心目中，詩應是一個多層次的立體結構，唯自兩重意以下，皆屬於深層結構部分。

分表層之象與深層之境物，「境生象外」「象外之象」的提出，彌補了意象論所忽略的部分，至此，由意象論至意境論的轉變始告完成❻。不過，司空圖的意境論卻有另一層意義，即王昌齡、皎然、劉禹錫等較重視詩境中所寄寓的情感或思想意義，而司空圖則進一步強調詩境中的美感性質，他在〈與李生論詩書〉中區分鹹酸與鹹酸之外的醇美之味，說是「辨於味而後可以言詩」，這就是說，詩之所以爲詩在於它能帶給讀者美的感受——即今人所謂美感經驗或純粹經驗，而詩所引起的美感經驗並非單純來自詩中之象，更主要是來自象外之境，這種觀點，在宋朝以後的文藝理論中得到很大的迴響。

司空圖關於意境的文字雖不多，卻很精要，可以說是融合了王昌齡、皎然、劉禹錫等意境理論的結晶，既包含有作者觀點，亦包含有讀者觀點。而由司空圖的理論可以看出，當意境論轉向讀者觀點時，很容易轉變爲追求味外味的神韻論❼。

---

❻　陳伯海亦云：「意境（亦稱境、境界）一詞出現在古代文論中，原本同意
　　象的含義十分接近。……自劉禹錫提出境生象外的命題，意境說才獲得其
　　超越具體形象的內涵。」（〈「變則通，通則久」——論中國古代文論的
　　現代轉換〉，《文學遺產》，2000 年一期，頁 37）

❼　主張神韻論者（如清代王士禛）甚推崇司空圖，味外味、味在酸鹹之外，
　　常是神韻論者的口頭禪。參見陳應鸞《詩味論》頁 13。

第四節　意句與境句：句法分析
　　　　　　與「三境」說

　　舊題白居易撰《文苑詩格》，近人認定非白氏本人之作，而疑
其「或爲晚唐五代人僞托」⑱。今存《文苑詩格》，篇幅並不多，
但有「依帶境」、「杼柝入境意」、「招二境意」等三個主題與境
有關，可見境——尤其是境與意的關係，是作者頗爲關心的重點之
一。其中，「杼柝入境意」的說明最值得注意：

> 或先境而入意，或入意而後境。古詩：「路遠喜行盡，家貧
> 愁到時。」「家貧」是境，「愁到」是意。又詩：「殘月生
> 秋水，悲風慘古臺。」「月」「臺」是境，「生」「慘」是
> 意。若空言境，入浮艷；若空言意，又重滯。⑲

句法分析原屬於詩格類著作的傳統，如王昌齡在〈論文意〉中區分
「一句見意」「兩句見意」，又說「詩有上句言意，下句言狀；上
句言狀，下句言意」，其〈十七勢〉之「第十五理入景勢」云「詩
不可一向把理，皆須入景，語始清味」，「第十六景入理勢」云
「詩一向言意，則不清及無味，一向言景，亦無味。事須景與意相
兼始好」。凡此皆可看出已注意到意句與境句的區分，只是不用境

---

⑱　參見張伯偉《全唐五代詩格校考》《文苑詩格》解題（頁335）。
⑲　張伯偉《全唐五代詩格校考》，頁340。

字，而用狀、景等字而已。由上引《文苑詩格》這段話可見意境論
的觀念已經相當普遍，才會以意與境兩個因素分析句法。由所謂
「月、臺是境，生、慘是意」可知：文中所說的境，指的是客觀的
具體物象，而意則指主觀的感受。不過，文中又謂「家貧是境」，
「貧」字顯然是一種主觀感受，稱之爲境，容易引起困惑，故須略
加解釋。首先，當我們回顧第一章的結論時，即可發現，古人在爲
境取名時，常是根據主體的感受，用以概括境物的特徵：如佳境、
幽境等取名方式。茲再以白居易詩爲例加以說明⑩：

> 嫋嫋涼風動，淒淒寒露零。蘭衰花始白，荷破葉猶青。獨立
> 棲沙鶴，雙飛照水螢。若爲寥落境，仍値酒初醒。（〈池
> 上〉）
> 白露凋花花不殘，涼風吹葉葉初乾。無人解愛蕭條境，更遶
> 衰叢一匝看。（〈衰荷〉）
> 冰塘耀初旭，風竹飄餘霰。幽境雖目前，不因閑不見。
> （〈冬日早起閑詠〉）

案白氏〈秋遊平泉贈韋處士閑禪師〉詩云「心興遇境發，身力因行
知」，〈閑夕〉詩又云「放懷常自適，遇境多成趣」，詩中兩個境
字顯然是同樣意思，皆指具體的景物，白氏強調其心情閑適，故對
所遇景物皆能感受趣味。上舉三首詩皆提到某境，亦指景物，共通
點是先用幾句描寫景物特徵，再稱之爲某境，而所謂寥落境、蕭條

---

⑩　白居易與其詩友劉禹錫均常用境字，似與二人佞佛有關。

境、幽境等，顯然都是根據主體感受對前述景物特徵的概括。同樣，元稹亦有詩句：「共愛寥落境」（〈和樂天秋題曲江〉）、「長年苦境知何限」（〈哭子十首〉），其中，「苦境」尤其明顯，是以主體感受來稱呼客觀現象。由這些例子看來，當主體感受被用來概括景物特徵時，已被視爲客觀現象的性質——亦即主觀性被轉換成客觀性的意義，成爲景物的客觀性質，故用爲境的名稱。以此類推，家貧雖具有主觀成分，但它是用來概括家庭貧窮狀況，已經轉換成客觀性意義，故說「家貧是境」。姚合〈寄東都分司白賓客〉云「賓客分司眞是隱，山泉繞宅豈辭貧」，此即根據具體的生活狀況（山泉繞宅）說明貧或不貧。許渾詩〈示弟〉云「家貧爲客早，路遠得書稀」，家貧與路遠相對，顯然指客觀事實而非單純的主觀感受。《文苑詩格》所引古詩「路遠喜行盡，家貧愁到時」，正同許渾〈示弟〉詩，「家貧」與路遠相對，應指貧窮的生活狀況，那是一種客觀的、具體的存在，並不是主觀的、抽象的感受，故說「家貧是境」；而「愁到」則寫詩人對此貧窮家境的感覺，純是主體感受的描寫，故說「愁到是意」❻。詩意是說：由遠路回家，原本應該歡喜，但一踏入家門，所見是貧窮景況，不覺愁上心頭。

　　唐人論意境，大都將意與境分開，王昌齡更明顯地將意句與境句（景語）分開，但在《文苑詩格》中，則不是以「句」爲單位，而是以意與境兩種因素分析句法，因此，在一句中又可區分何者爲「意」，何者爲「境」，這種現象反映出，意境論的發展是出於對

---

❻　林昌彝《射鷹樓詩話》卷十四，即云：「貧與富是人中之境，厭貧喜富是　　境中之情。」亦即貧富是客觀之境，而對此境的厭或喜則是主觀之情。

意與境兩種因素如何融合的探索，並且其分析是越來越趨精細，而追溯其源，不能不說與六朝意象論有關。閱讀《文苑詩格》之區分境與意，再回頭看王昌齡《詩格》區分「物境、情境、意境」等三境（參見第三章），似有進一步了解。三境中之物境很容易理解，因為「境」與「物」原本可以相通，稱構思中的自然物色為物境，可說順理成章。但何謂「情境」、「意境」，則頗費思量，再加上王昌齡的說明非常簡略，使得此二境所指涉的對象更難索解。《文苑詩格》區分意與境，似乎為三境之說指出解決之道，即三境可能是對詩中境句性質的分析、歸納：有些物象因與自然物色有關，故稱之為「物境」；有些物象因與人的情感有關，故稱之為「情境」；有些物象因與某種義理有關，故稱之為「意境」。《文苑詩格》所謂「月、臺是境，生、慘是意」，似啓發了南宋人（如范晞文《對床夜雨》）用情景兩種因素分析詩句，而釋普聞《詩論》則亦用意句與境句分析宋人（如王安石、黃庭堅等）之詩句。

第六章 結 論

上面各章內容，可以歸納爲幾個重點：

一、境的本義是疆界，而疆界的作用在區隔土地的範圍。後來，境的用法雖擴充至任何事物，仍皆具有疆界、範圍之意。

二、中國傳統思想重視情志與物象的感應關係，爲各種創作論的深層動機。而在三教融合過程中，境概念逐漸與文藝創作觀結合：當境概念與感應創作論結合時，即出現「物，外境也」的說法，境成爲刺激創作衝動的外在重要因素；而當境概念與神思創作論結合時，境成爲取得意象的重要關鍵，促使原有的意象論轉變爲意境論。

三、唐代是意境論眞正形成的時期，其中，盛唐詩人王昌齡可說居於承上啓下的關鍵性地位。他將六朝的神思論與佛道凝心照境之法結合，提出境思合作的觀念，說明如何凝心照境，再構思取象——亦即要等待一理想境物出現，再仔細觀察，要清楚了解境中各物象特徵，然後取出最能表現內心情志的物象。如此，既使意與象的契合問題獲得圓滿解決，並使意象論轉變爲意境論。皎然將取境與重意、文外之旨說結合起來，重新解釋傳統的比興觀念，將象與意區分爲上、下的不同層次，使意、象由合朝向分的方向發展，造成意境論的轉向，對中晚唐的意境觀念產生重大影響。權德輿提出意與境會的說法，進一步發展王昌齡的觀念，使意與境直接結合，

並成爲意境論的基本觀念，可以看成意境論成熟的標志。劉禹錫由
讀者觀點提出「義得而言喪，境生象外」，是受到佛道兩家道在言
象之外說及皎然文外之旨說的影響，進一步區分象與境爲內外兩
層，至此，言與象屬於內層（文字直接表現之內的部分），意與境皆屬
於外層（文字表現以外，屬於間接暗示性的部分），意境論對意象論的
改造終於完成。司空圖綜合上述合與分兩條路線，「思與境偕」是
繼承王昌齡與權德輿的觀念，而「味外之旨」取自皎然，「象外之
象，景外之景」取自劉禹錫，如此，既注意意象與意境的結合，亦
區分其不同的層次。另外，司空圖又提出辨味、醇美的觀點，強調
間接暗示性的詩境所具有的美感性質，對宋以後的美學思想產生重
大影響，成爲神韻派詩論所宗尚的主要觀念。總之，唐代意境論雖
處於探索階段，但已提出意境論中最基本且重要的觀念，其觀念之
間往往形成互補：如王昌齡注意意與象之契合，而皎然則注意象下
之意，二者形成對立性互補❶；又如劉禹錫提出「義得而言喪，境
生象外」，指出象意之間另有境一層，但境是在象外，則不僅對王
昌齡「境思」合作說形成對立性互補，亦對皎然象下之意說形成正
面性互補。

　　四、唐代意境論的形成與變異，與吸收佛（尤其是禪宗）、道教
義有關，而禪宗的發展對意境論及以禪喻詩風氣的影響非常明顯，
尤值得注意。因此，上述意境論的形成過程可以簡單概括爲：漢代
經學中之心物感應論→魏晉玄學影響下之意象論→唐代佛學影響下

---

❶　對立性互補指有區分表層與深層（或言內與言外），與未區分者形成互
　　補。

的意境論，剛好與思想史的發展相對應。

　　五、《文苑詩格》用境與意分析句法，是繼承詩格著作的習慣，另一方面也反映意境二者的關係受到重視。

　　六、除詩論外，書畫品評中均使用「境」字（參見結論之後的附文），可見「境」已成爲各藝文範疇共同的美學概念，用以說明特殊的美感經驗。

　　在簡單歸納各章主要內容之後，下面擬進一步就「境」字的使用語境，及意境之義涵問題，略加說明。

第一節　境字的使用語境

　　古人在使用境字時，其指涉對象常隨不同的語境（語言的特殊範圍）而有變化，這是造成近人研究上困難的重要原因，因此，筆者乃根據所見資料歸納幾種常見的用法，以供參考。

一、外物

　　文人寫作常來自感物興情，唐宋之後，常稱此引起感興之物爲境，如葛立方《韻語陽秋》卷一云：「老杜寄身於兵戈騷屑之中，感時對物，則悲傷係之。如……言人情對境，自有悲喜，而初不能累無情之物也。」由上下文可知境指引起感時、悲喜之物；悲喜屬於內心的感受，文中所說的，正是內心與外境的感應關係。唐宋之後，詩文中常見心與境對舉，如蘇軾〈出峽〉云「吾心淡無累，遇境即安暢」，黃庭堅〈次韻張詣齋中晚春〉云「非無車馬客，心遠境亦靜」。當境與心對舉，強調其感應關係時，境通常是指外物而

言，而這種用法應與佛家影響有關，如蘇軾〈次韻定慧欽長老見寄八道〉之四云「根塵各清淨，心境兩奇絕」，將心境二者的感應關係與根塵二者的感應關係對應起來，明顯然是根據佛家的用法。江盈科爲袁宏道《敝篋集》作序，引袁宏道之語云：「詩何必唐，何必初與盛？要以出自性靈者爲眞詩爾。夫性靈竅於心，寓於境。境所偶觸，心能攝之；心所欲吐，腕能運之，心能攝境，即螻蟻蜂蠆皆足寄興，不必《睢鳩》、《騶虞》；腕能運心，即諧詞謔語皆足觀感，不必法言莊什矣。以心攝境，以腕運心，則性靈無不畢達，是之謂眞，何必唐？又何必初與盛之爲沾沾！」❷文中的焦點是心與境的感應關係，一再提到「以心攝境」，其實就是以心取境，亦來自佛家的觀念。

二、詩之景物

佛家稱外物爲境，而詩中常描寫景物，故詩論家亦稱詩中之景物爲境。由於詩中之景物每寄托有詩人情意，故又稱之爲「意境」。隨著意境論的形成，唐宋之後，有些詩論家更區分句法爲意句與境句，更進一步則注意到意句與境句二者的轉換關係，如南宋釋普聞《詩論》認爲「境句易琢，意句難製」，眞正的妙句乃是「意從境宣出」——即將境句轉換爲意句❸，使境句中包含意的成分，而不光是寫景而已。宋人范晞文《對床夜雨》曾用情景兩種因

---

❷ 黃仁生輯校《江盈科集》（長沙：岳麓書社，1997）上冊，《雪濤閣集》
　　卷八〈敝篋集引〉（或作〈敝篋集敘〉〈敝篋集序〉），頁398。

❸ 見吳文治主編《宋詩話全編》（南京：江蘇古籍出版社，1998）第二冊，
　　頁1427。

素分析詩句❹，明清的詩論家尤喜歡從情景交融的角度評論作品，
乃以景字代替境字，以情景交融指具有意境的作品。應注意的是，
詩人將情意寄託在景物之中，則所構想之景物必是理想化之景物
——即適合表現情意之景物，故意境之境雖指景物，卻不是普通的
景物，而是一種理想的景物，王國維有見於此，故云：「有造境，
有寫境，此理想與寫實二派之所由分。然二者頗難分別。因大詩人
所造之境，有必合乎自然，所寫之境，亦必鄰於理想故也。」❺有
意境的作品容易使讀者由物象體會情意，正如皎然稱讚謝靈運詩云
「但見性情，不睹文字」。由於境原指現實景物，則當詩人於現實
景物中感受某種情意時，此實際景物亦可稱之為意境。

三、藝文作品所提供的經驗範圍

境的本義是指土地的邊界，後來，境字的用法雖已不限於土
地，其邊界的涵義其實並未完全消失。邊界的作用是為了確定範
圍，故境字常具有範圍的意義，為了強調某個範圍中的事物，常使
用「境」字。如白居易〈草堂記〉云：「匡廬奇秀甲天下山。山北
峰曰香爐，峰北寺曰遺愛寺。介峰寺間，其境勝絕，又甲廬山。元
和十一年秋，太原人白樂天見而愛之，若遠行客過故鄉，戀戀不能
去，因面峰腋寺，作為草堂。」❻白居易被貶為江州司馬這段期

---

❹　范晞文《對床夜雨》用情景兩種因素分析老杜詩，見吳文治主編《宋詩話
　　全編》第九冊，頁 9289。

❺　王國維《人間詞話》第二則，引文見施議對《人間詞話譯注》（臺北：貫
　　雅文化公司，1991）頁 7。。

❻　朱金城《白居易集箋校》第五冊，卷第四十三，頁 2736。

間，曾在廬山蓋一座草堂，「介峰寺間，其境勝絕」，正說明草堂
所在之範圍：介於廬山香爐峰與遺愛寺之間，「其境」指這個範圍
中的景物。詩的內容亦描寫某個範圍的生活，故稱之為詩境，而若
所描寫的生活範圍不同，即被認為詩境不同。如中國文學史上第一
部文人詞選集《花間集》，其內容大都歌詠男女之情，風格以香軟
濃豔為宗，但偶然也有例外，如孫光憲〈風流子〉其一云：

> 茅舍槿籬溪曲，雞犬自南自北。菰葉長，水葒開，門外春波
> 漲綠。　聽織，聲促，軋軋鳴梭穿屋。

詞中出現茅舍、雞犬與織機之聲，已非《花間集》中常見的生活範
圍，讓人有走出花間詞境外之感，故《栩莊漫記》評曰：「《花間
集》中忽有此淡樸詠田家耕織之詞，誠為異彩。蓋詞境至此，已擴
放多矣！」❼王國維《人間詞話》評馮延巳詞云：「馮正中詞雖不
失五代風格，而堂廡特大，開北宋一代風氣。與中後二主詞皆在
《花間》範圍之外，宜《花間集》中不登其隻字也。」此評中之堂
廡、範圍，都是指詞境，意指馮延巳與南唐二主之詞，其所寫之生
活範圍已超出《花間集》，更為闊大。有的詩人因為作品描寫的生
活範圍特別廣闊，被比為開疆拓土的帝王，如如江盈科稱讚白居易
詩云：「意到筆隨，景到意隨，世間一切都著併包囊括入我詩內。

---

❼　《栩莊漫記》為近人李冰若（1899－1933）著，評語見：沈祥源、傅生文
　　《花間集新注》（南昌：江西人民出版社，1997），頁 353 引。李冰若之
　　生平，其子李仲蘇先生有介紹，見〈李冰若的《栩莊漫記》和《綠夢庵
　　詞》〉（華東師範大學，《詞學》第十二輯，2000）。

詩之境界，到白公不知開擴多少。較諸秦皇、漢武，開邊啓境，異事同功。名曰廣大教化主，所自來矣。」❽同樣，葉燮亦稱讚蘇軾詩云：「如蘇軾之詩，其境界皆開闢古今之所未有，天地萬物，嬉笑怒罵，無不鼓舞於筆端，而適如其意之所欲出，此韓愈後之一大變也，而盛極矣。」（《原詩》內篇上）類似評語，如別闢異境、因廣其境、能開新境、獨闢之境、又開境界等等，皆視詩境如一國土，而有才氣之作家不會拘於前人的範圍，他們會創造新的內容或新的寫法，有如擴充原有的國土疆界，甚或另開一新的國土。藝文範疇之間的比較，如詞學家強調詞境不同於詩境❾，或畫論家強調畫境不同於詩境❿，都是因爲不同的藝文範疇其所提供的經驗範圍不一樣，故被視同獨立的國土，各有其邊界。

　　不同的藝文作品所提供的經驗範圍並不相同，給人的感受亦不一樣，因此，詩境的概念常會與某種特殊感受結合在一起。如魏慶之《詩人玉屑》卷十「詩思」有「詩境」一則（引《碧溪詩話》），文中云：「韓愈寄孟刑部聯句云：『美君知道腴，逸步謝天械。』或問：道果有味乎？余曰：如介甫『午雞聲不到禪林，柏子煙中坐擁衾。』『竹雞呼我出華胥，起滅篝燈擁燎爐』『各據槁梧同不

---

❽　黃仁生輯校《江盈科集》下冊，《雪濤詩評·評唐》，頁802。

❾　如清謝元淮《塡詞淺説》「詞爲詩餘」則云：「是知詞之爲體，上不可入詩，下不可入曲。要於詩與曲之間，自成一境，守定詞場疆界，方稱本色當行。」（中華書局版，唐圭璋編《詞話叢編》三冊，頁2509）

❿　如〔清〕方薰《山靜居畫論》云：「畫境異乎詩境，詩題中不關主意者，一二字點過。畫圖中具名者必逐物措置，惟詩有不能狀之類，則畫能見之。」（臺北華正書局，俞劍華《中國畫論類編》上冊，頁238）

寐，偶然聞雨落階除。』澹泊中味，非造此境，不能形容也。」在
實際應用時，詩境常簡稱爲「境」，引文末尾三句中所謂「此境」
顯指「澹泊」之「詩境」，「澹泊」是作品給予人的感覺。葛立方
《韻語陽秋》卷一云：「大抵欲造平淡，當自組麗中來，落其華
芬，然後可造平淡之境，如此則陶謝不足進矣。」文中「平淡」之
境亦指詩境。王漁洋（士禎）云：「少年初筮仕時，唯務博綜該
洽，以求兼長。……入吾室者，皆操唐音。……中歲越三唐而事兩
宋，……既而清利流爲空疏，新靈寖以佶屈，顧瞻世道，怒焉心
憂。於是以大音希聲，藥淫哇錮習，《唐賢三昧》之選，所謂乃造
平淡時也，然而境亦從茲老矣。」❶此亦以平淡爲最成熟之詩境。
由詩境有平淡、組麗，可知詩境雖指詩所表現的生活範圍，而更重
要的是：詩所描寫的生活能提供讀者某種特殊的審美感受，形成某
種幻覺，似乎自成一個特殊的國土範圍，與現實世界有所區隔。因
此，任何作品，只要能提供某種特殊的審美感受，皆可謂之爲詩
境；詩境可以說是一個相當廣泛的概念❷。前面所說的意境其實亦
屬詩境範圍，不過，意境指的是情景交融所構成的具有形象性的藝
術世界，這種詩境是基於形象性所帶來的特殊經驗，可稱之爲狹義
的詩境。而一般所說的詩境，則不限於形象性的作品，凡能提供特

---

❶ 俞兆晟《漁洋詩話、序》》引，見丁福保編《清詩話》。

❷ 袁枚《隨園詩話補遺》卷三：「蓋詩境甚寬，詩情甚活，總在乎好學深
　思，心知其意，以不失孔、孟論詩之旨而已。必欲繁其例，狹其徑，苛其
　條規，桎梏其性靈，使無生人之樂，不已傎乎！」（顧學頡點校《隨園詩
　話》，臺北：漢京文化事業，1984，頁 626-27）袁枚論詩不喜格調，即
　因其桎梏性靈，使詩境變狹。

殊的美感經驗皆屬其範圍，王國維《人間詞話》云：「境非獨謂景
物也。喜怒哀樂，亦人心中之一境界。故能寫眞景物，眞感情者，
謂之有境界。否則謂之無境界。」❸王氏所說境界，其實是屬於廣
義的詩境。

四、風格類型與造詣層級

如上所說，詩境是對詩所提供特殊經驗的通稱，有時爲了強調
詩境的特殊性，詩境會轉變爲風格類型的同義語，如翁方綱《石洲
詩話》卷四：「唐詩妙境在虛處，宋詩妙境在實處。……盛唐諸
公，全在境象超詣。」此處比較唐宋詩之異同，妙境指詩所提供的
美妙經驗，因強調唐宋詩所提供的經驗不同，使得對詩境的探討延
申爲不同風格類型的比較。詩文評中常見「境界」一詞，亦常兼指
詩境與風格，如袁枚《小倉山房文集》卷三十一〈與稚存論詩書〉
云：「使韓、杜生於今日，亦必別有一番境界，而斷斷不肯爲從前
韓、杜之詩。」所謂「別有一番境界」，意指今之詩境有不同於往
昔之詩境，在此，境界除指詩境外，亦具有風格的意味。朱庭珍
《筱園詩話》卷三云：「韓退之特從奇偉處，力造光怪陸離之境，
欲自闢生面，力樹赤幟，實則仍係得杜一體，不過擴充恢張，略變
面目，非能外李、杜而另創壁壘，以期凌誇也。」所謂「光怪陸離
之境」，境顯指詩境，但與「光怪陸離」連接在一起，且接著云
「欲自闢生面」，風格的意味非常強烈。林昌彝《射鷹樓詩話》卷
十一云：「《雪樵集》四卷，……林松著。先生詩戛戛獨造，大有

---

❸　施議對《人間詞話譯注》，頁 21。

妙悟，迥異尋常境界。」此處用「迥異尋常」形容境界，對特別性的強調，很容易使境界（詩境）轉變為風格類型的意涵。有些詞學家為強調詞境的特點，同樣，亦使境界帶有風格類型的意味，如〔清〕劉體仁《七頌堂詞繹》云：「詞中境界，有非詩所能至者，體限之也。」況周頤《蕙風詞話》卷二云：「詞境以深靜為至，韓持國胡擣練令過拍云：燕子漸歸，春悄，簾幙垂清曉，境至靜矣……蓋寫景與言情非二事也。善言情者但寫景而情在其中，此等境界，唯北宋人詞往往有之。」引文中的「境界」雖明指詞境，但因重點在強調詞體特有的性質，其意涵亦同於風格類型。劉熙載《藝概·賦概》云「宋玉〈招魂〉，在《楚辭》為尤多異采。約之亦只兩境：一可喜，一可怖而已」，「賦有夷險二境」。這是由相對性凸顯不同的風格，境字亦有風格意味。

佛典使用境界，常兼有類型與層級兩種意涵（參見本書第一章），受到佛教影響，文論中的境與境界亦常指文學的造詣層級，如查慎行〈題項霜田讀書秋樹根圖〉：「才高氣盛心轉細，獨繭一一絲抽蠶。問君此境豈易到？確有階級難旁參。」⓮最後兩句，明顯指出此境為較高的階級，常人不易達到。袁枚《小倉山房尺牘》：「他山是白描高手，一片性靈，痛洗阮亭敷衍之病，此境談何容易。」⓯末句同樣表示此境是較高（或另一類）的詩境層級。惲敬《大雲山房文稿》「言事」卷一〈與舒白香〉云：「文章之事，工部所謂天成，……然此事如禪宗，籮桶脫落，布袋打失之後，信

⓮　嚴迪昌《清詩史》（臺北：五南圖書，1998）引，上冊，頁 562。
⓯　袁枚《小倉山房尺牘》（臺北：廣文書局《隨園五種》）卷八，頁 147。

口接機，頭頭是道，無一滴水外散，乃爲天成。若未到此境界，一鬆口便屬亂統矣。」❶文中「此境界」既指天成自然之詩境類型，亦指較高的藝術層級。

五、人生體悟

如本書第一章所說，境或境界，雖常用來指外在客觀的事物，亦常用來指內在的心靈體驗與思想認知（簡言之，爲「人生體悟」）。文藝作品中蘊涵豐富的心靈體驗與思想認知，是無庸置疑的（陶淵明與蘇軾的作品即爲典型例子），偉大的文學作品，即常因爲作品中所表現的人生體悟而感動讀者。有些批評家重視作品中的人生體悟，可稱之爲哲理式批評。在哲理式批評中，其所謂「境界」與「意境」往往是指作品中的人生體悟而言，如王國維喜歡用哲學眼光看待文學（其《紅樓夢評論》爲顯例），其《人間詞話》在評論作品時，即喜歡挖掘作品中的人生體悟而具有哲理式批評的色彩❶，如評南唐中主詞（「菡萏香銷翠葉殘，西風愁起綠波間」），謂：「大有眾芳蕪穢，美人遲暮之感。」評後主詞，謂：「儼有釋迦、基督擔荷人間罪惡之意。」故其所用「境界」評語，亦常指某種人生體悟，如第二六則云：「古今之成大事業、大學問者，必經過三種之境界：……。」即爲顯例。

---

❶ 郭紹虞主編《歷代文論選》引，下冊，頁 252。

❶ 邱世友即云：「眾所周知，王氏所著的《人間詞話》哲理性強，而又不流爲詞論者，是由於這種哲理見諸深微的寄興。」——見《詞論史論稿》（北京：人民文學出版社，2002）頁 383。

六、詩法

　　上述這些用法是大家比較熟悉的，至於指稱詩法所用的境字，可能爲一般人所忽略。陳廷焯《白雨齋詞話》卷四云：「樊榭百字令云……鍊字鍊句，歸於純雅，此境亦未易到也。」況周頤《蕙風詞話》卷一云：「詞用虛字協韻最難，……斯境未易臻，仍以不用爲是。」以上是用境字指稱鍊字、鍊句，甚至虛字、協韻等細節。劉熙載《藝概·文概》云：「『一波未平，一波已作，出入變化，不可紀極，而法度不可亂』，此姜白石詩說也。是境常於韓文遇之。」這是談章法結構，亦稱之爲境。劉熙載《藝概·詩概》又云：「謝客詩刻畫微眇，其造語似子處，不用力而功益奇，在詩家爲獨闢之境。」「常語易，奇語難，此詩之初關也；奇語易，常語難，此詩之重關也。香山用常得奇，此境良非易到。」以上兩則是談造語問題。

　　總之，境字是一個非常具有彈性的概念，任何事物都可以使用境這個字眼以強調其特殊性，因此，雖然同用一個境字，卻常隨語境的不同而意涵有差異。上面所歸納的六點，是否能盡括各種用法，筆者亦無絕對把握。其中，境界與意境的區別，尤其困擾學者，亦需略加分辨。如祁彪佳有兩則劇評：

　　　　叔考匠心創詞，能就尋常意境，層層掀翻，如一波未平，一波復起。（評《唾紅》）⑱

---

⑱　祁彪佳《曲品·能品》評史槃《唾紅》，引文見朱尚文校注《明曲品劇品》（發行人：朱尚文，臺南市延文印刷廠，1960，東海大學館藏）頁31。

本尋常境界，而能宛然逼真，敷以恰好之詞，則雖尋常中亦
自超異矣。（評《喬斷鬼》）⑲

在兩則劇評中，或云「尋常意境」，或云「尋常境界」，皆指情節
中的具體事件⑳，看不出有何區別㉑。又如王國維《人間詞話》第
一則云：「詞以境界爲最上，有境界則自成高格，自有名句。五代
北宋之詞所以獨絕者在此。」而第四二則云：「古今詞人格調之
高，無如白石。惜不於意境上用力，故覺無言外之味，弦外之響，
終不能與於第一流之作者也。」前者以「境界」爲判斷詞格高下之
標準，後者雖肯定白石（姜夔）格調甚高，卻惜其不於「意境」上
用力，致無言外之味，前後對照，境界與意境二者似指同一件事。
顯然，因爲境界與意境二者皆包含境這個概念，很容易形成通用現
象：談意境基本上不能脫離事物形象，而談境界（事物形象）亦自
然會包含某種意義，二者似乎並無絕對的界線。筆者認爲，若要嚴
加區別，大概有兩點可說，一是：境界所指涉的範圍較廣，意境所
指涉的範圍較狹窄。如本書第一章所介紹的，境界與境本是同義，
故上面所歸納的各種境的用法，幾乎皆可換成境界稱之，相對的，
意境則較局限於某種理想的景物。另一是，當境界與意境同指景物

---

⑲　祁彪佳《劇品·雅品》評周藩誠齋《喬斷鬼》，引文見朱尚文校注《明曲
　　品劇品》頁 113。
⑳　案：祁彪佳評戲曲之情節，於《曲品》中或單言境，或用情境、意境、境
　　界等，頗多變化，而於《劇品》中，則常用境界一詞。
㉑　顧祖釗曾舉此二例說明古人運用意境與境界二者無別的現象，見〈論意境
　　的稱謂和淵源〉（《文藝理論研究》，1995 年第 2 期）。

時，境界較偏重景物的形象特徵，而意境則較偏向景物所寄寓的情感意義。前者如王國維《人間詞話》（第八則）云：「境界有大小，不以是而分優劣。『細雨魚兒出，微風燕子斜』何遽不若『落日照大旗，馬鳴風蕭蕭』？『寶簾閒掛小銀鉤』何遽不若『霧失樓臺，月迷津渡』也？」所謂境界之大小，顯然是針對物象特徵而言。後者如紀昀評陳與義（簡齋）〈登岳陽樓〉❷云「意境宏深，直逼老杜」❷，評許渾〈曉發鄞江北渡寄崔韓二先輩〉❷則云「用晦五律勝七律，然終是意境淺狹」❷，評語中的「意境」雖兼指物象特徵及其寄寓的情感意義，但較偏向後者，而比較陳詩與許詩（尤其是末尾四句），確實如評語所謂：前者的意境顯得宏深，後者則顯得「淺狹」。

第二節　意境的義涵

在本章將結束時，應對意境的義涵作一總的說明。

根據佛家的用法，成為感覺對象的境亦可稱之為物❷，正是在

---

❷　陳詩云：「洞庭之東江水西，簾旌不動夕陽遲。登臨吳蜀橫分地，徙倚湖山欲暮時。萬里來游還望遠，三年多難更憑危。白頭吊古風霜里，老木滄波無限悲。」

❷　紀評見諸偉奇、胡益民點校《瀛奎律髓》（合肥：黃山書社，1994）頁20。

❷　許詩云：「南北信多歧，生涯半別離。地窮山盡處，江泛水寒時。露曉蒹葭重，霜晴橘柚垂。無勞促回楫，千里有心期。」

❷　紀評見諸偉奇、胡益民點校《瀛奎律髓》，頁289。

❷　案：古人所謂物或萬物非必指自然景物，也可指人事，如《商君書》：

這個意義中，境與傳統感物創作論及意象論結合起來，發展成意境論。由於境具有物的含意（或稱之爲境物），故能與情景交融中的景（六朝人稱之爲物色）對應起來。不過，景與境雖可相通，卻似有某種細微的區別，試看白居易〈池上幽境〉：

> 裊裊過水橋，微微入林路。幽境深誰知？老身閑獨步。行行何所愛？遇物自成趣。平滑青盤石，低密綠陰樹。石上一素琴，樹下雙草屨。㉗

詩中之物與境應是一體的，但「物」指具體事物，如水橋、林路、青盤石、綠陰樹等，而「境」字則著重在事物的範圍，並且與某種

「故聖人明君者，非能盡其萬物也，知萬物之要也。故其治國也，察要而已矣。」（〈農戰〉）「聖人非能通知萬物之要也，故其治國，舉要以致萬物也。」（〈賞刑〉）「或曰：人主執虛後以應，則物應稽驗，稽驗則姦得。」（〈禁使〉）這些地方將物與“治國”連繫起來，所謂物應指人事。又《韓非子·主道》：「道者，萬物之始，是非之紀也。是以明君守始以知萬物之源；執紀以知善敗之端，故虛靜以待令，……」謂「明君知萬物之源」，物亦當指人事。《呂氏春秋·舉難》：「以全舉人固難，物之情也。人傷堯以不慈之名，舜以卑父之號，禹以貪位之意，湯、武以放弑之謀，五伯以侵奪之事。由此觀之，物豈可全哉？」這段話舉許多古代著名人君不忠不孝之事，而謂之物，最能説明古人所謂物是包括人事而言。《顏氏家訓·涉務》亦云：「士君子之處世，貴能有益於物耳，不徒高談虛論，左琴右書，以費人君之祿也。」此段話所謂物亦明顯指人事而言。明清戲曲小説評論所以稱人物動作或故事情節爲意境，即因爲境所指之物原本可包括人事。

㉗　朱金城《白居易集箋校》第四冊，頁 2468。

特殊感覺有關──如題目與詩中的「幽境」，除了指「池上」此一範圍之外，更凸出其「幽靜」的特徵。爲何要凸出幽靜的特徵？因爲在幽靜的氣氛中，最適合老人閑行獨步，並且適合在樹下彈琴詠詩。由此可知：後人喜歡以情景交融解釋意境，是因爲景物較具體，更易了解；但景字無法完全取代境字，因爲境字可以確定景物範圍，並且能凸顯景物的特徵，與某種感受結合在一起㉓；「池上幽境」若改爲「池上幽景」，似有些不自然。理想的境物容易引發某種情意，故謂之意境，但是，當詩人要將想像中的意境（蘊涵特殊情意的理想境物）變成作品形象時，顯然無法將境物的全體寫進作品中（也無此必要），他只能選擇某些特殊的形象來表現──此即所謂取象。故王昌齡論取象時謂「搜求於象，心入於境，神會於物」，即要求在取象之前必須先深入體會境物可能蘊涵的情意。另外，王氏又要求取象時必須「以此見象，心中了見」、「照之須了見其象」，即要求先觀察清楚境物的形象特徵，然後去選擇、描繪物的形象，達到逼眞的程度。故詩人所取形象（亦即詩中所呈現的形象）應是最能表現境物特徵的形象，才能使讀者由這些形象聯想到背後的境物，進而體會其中所蘊涵的情意。

關於意境的涵義，學者們各有不同的體會，不過，卻也有某種共識存在，那就是承認傳統情景交融的解釋有某種合理性，不容完全否定。所謂情景交融，指的是主體的情意與客體物象融而爲一的

㉓ 如孔穎達《禮記・樂記疏》云：「若外境……則其心……故其聲……」即指外境與内心情感有某種對應關係（參本書第二章），而白居易詩提到寥落境、蕭條境、幽境等（參見第二章結束部分），乃根據主觀情意形容外境，其實就是意境。

狀態，確實是把握意境論中所謂「意與境會」的基本觀點。不過，
也有學者注意到，情景交融的解釋忽略了言外之意與象外之象的部
分，而那正是意境之所以爲意境的精華所在❷。這種批評是有道理
的，根據唐人的說法，言、象與意、境既有相合的一面，亦有相離
的一面，而情景交融說只注意到相合的一面，又如何說明司空圖所
謂「象外之象，景外之景」❸？由於受到道佛影響，唐人對體物寫
志與比興作法有了新的理解，如皎然、劉禹錫、司空圖都注意到，
高手詩人就是善於利用語言所造成的斷裂（或遮蔽）作用，使意境
深藏在語言表層的言象以下（或以外）。而司空圖更進一步認爲，
語言的這種斷裂（或遮蔽）作用反而促成深層的意境具有一種特殊
的醇美（有如深藏地下的美酒）。司空圖這種味外味的觀點，亦成爲
後來神韻論者所追求的目標。蒲震元有一段話，頗能言簡意賅地道
出意境的完整意涵：

　　意境不是虛無飄渺的東西，沒有藝術形象就沒有意境。而沒

---

❷　較早注意這一點的，大概是張少康的〈論意境的美學特徵〉——收入《古
　　典文藝美學論稿》（臺北：淑馨出版社）。朱承爵《存餘堂詩話》云：
　　「作詩之妙，全在意境融徹，出音聲之外，乃得眞味。」王國維《人間詞
　　話》亦云：「古今詞人格調之高，無如白石。惜不於意境上用力，故覺無
　　言外之味，弦外之響，終不能與於第一流之作者也。」此即以言外之味作
　　爲意境的特點。
❸　陶水平《船山詩學研究》（北京：中國社會科學出版社，2001）有「從情
　　景論上升到意境論」一節（第五章第一節），即認爲「船山對詩學意境論
　　或理想論的研究主要不是在情景論中展開的，而是主要通過他的象外論來
　　展開的。」（頁298）

　　有景情交融的慘淡經營，就沒有具生動藝術情趣和藝術氣氛
的藝術形象。如若沒有超以象外的藝術效果，意境就是不深
遠的；不顧這一點，就不是完整的意境說。❸

這說明意境必須具有景情交融的藝術形象，又須有形象之外的深遠
意味，與宋詩人梅堯臣所謂詩求「意新語工」的說法，頗爲相契。
梅氏論詩見歐陽修《六一詩話》：

　　聖俞常語余曰：「詩家雖率意，而造語亦難。若意新語工，
得前人所未道，斯爲善也。必能狀難寫之景，如在目前，含
不盡之意，見於言外，然後爲至矣。賈島云：『竹籠拾山
果，瓦缾擔石泉。』姚合云：『馬隨山鹿放，雞逐野禽
棲。』等是山邑荒僻，官況蕭條，不如『縣古槐根出，官清
馬骨高』爲工也。」余曰：「語之工者固如是。狀難寫之
景，含不盡之意，何詩爲然？」聖俞曰：「作者得於心，覽
者會以意，殆難指陳以言也。雖然，亦可略道其彷彿：若嚴
維『柳塘春水漫，花塢夕陽遲』，則天容時態，融和駘蕩，
豈不如在目前乎？又若溫庭筠『雞聲茅店月，人蹟板橋
霜』，賈島『怪禽啼曠野，落日恐行人』，則道路辛苦，羈
愁旅思，豈不見於言外乎？」❸

---

❸　蒲震元《中國藝術意境論》（北京：北京大學出版社，1999），頁 14。
❸　清何文煥輯《歷代詩話》（北京：中華書局，1981）上冊，頁 267。

梅聖俞（堯臣）所謂「狀難寫之景，如在目前，含不盡之意，見於言外」，指寫景貼切逼眞，並蘊涵言外之意，正好是意境的最佳說明。其中所舉詩句，如賈島「竹籠拾山果，瓦缾擔石泉」、姚合「馬隨山鹿放，雞逐野禽棲」，皆屬景物描寫，故屬於「境」；而「山邑荒僻，官況蕭條」，則針對所描寫的景物特徵，說明其蘊涵之意。由評語可知，意即蘊涵在景物特徵之中，並且是在言外，正合上述關於意境的定義。同樣，溫庭筠「雞聲茅店月，人蹟板橋霜」，賈島「怪禽啼曠野，落日恐行人」，本是寫景，但卻蘊涵「道路辛苦，羈愁旅思」之意，亦可視爲意境。其中，「雞聲茅店月，人蹟板橋霜」較爲人所熟知，茲略加分析，以印證前述關於意境的理論。此二句出於溫庭筠〈商山早行〉，全詩如下：

> 晨起動征鐸，客行悲故鄉。雞聲茅店月，人蹟板橋霜。樹葉落山路，枳花明驛牆。因思杜陵夢，鳧雁滿回塘。㉝

三四句「雞聲茅店月，人蹟板橋霜」所以被梅堯臣舉爲例子，主要是因爲這兩句全是寫景，而在寫景之中，又蘊涵某種深刻主題（意）——形成言外之意。「雞聲茅店月」，呼應本詩首句（「晨起動征鐸」），在寫景之中同時蘊涵時間性與空間性意義：既暗示起行之時爲清晨㉞，又暗示此爲山區㉟，離都城長安漸遠。下句「人

㉝ 〔清〕曾益等箋注《溫飛卿詩集箋注》（上海：上海古籍出版社，1980），頁155。

㉞ 用具體物象表示時間的變化，這是古典詩詞一貫的手法，如張繼〈楓橋夜泊〉之「月落烏啼霜滿天」，即結合幾種物象暗示清晨時刻。

蹟板橋霜」❸，除承接上句外，亦呼應本詩第二句（「客行悲故鄉」），既延續清晨之時間性意義與山區之空間性意義，又增加一層人事意義：客行。不難看出：雞聲、茅店月、板橋霜等物象是特別挑選的❸，藉由聽覺、視覺、觸覺等的結合，表現出山區早晨特有的淒清冷靜氣氛，與都城之熱鬧繁華形成強烈對比；而「人蹟」則屬畫龍點睛──暗示「客行」之足蹟，由於它才凸顯出「道路辛苦，羈愁旅思」之意，兩句互相照應，才能表現客行之悲。這兩句詩所以顯得突出，是因爲它們的物象組合構成一相對完整獨立的「商山早行」的境界，而在此一相對完整的境界中，很容易讓人感受到「道路辛苦，羈愁旅思」之意。案：劉禹錫〈途中早發〉前四

---

❸ 案商山有驛館，是長安東南近畿重要的驛站，唯已入深山，故第五句云「樹葉落山路」，元稹〈春蟬〉詩亦云「及來商山道，山深氣不平」。

❸ 清曾益等箋注《溫飛卿詩集箋注》（上海：上海古籍，1980）引《關中記》「板橋在商州北四十里」，及《三洲歌》「送歡板橋灣」（頁155），似板橋爲地名。唯《清統志》商州條云：「商山在州東。……舊志，山在州東八十里丹水之南，形如商字，路通武關。」（朱金城《白居易集箋校》一冊頁 425〈登商山最高頂〉箋）。若視板橋爲地名，似與商山之地理位置有所衝突，且詩中之板橋霜與茅店月相對，故以普通物質名詞──木板（或石板）橋視之，較爲妥當。

❸ 案元稹〈酬樂天書懷見寄〉云：「我上秦嶺南，君直樞星北。秦嶺高崔嵬，商山好顏色。月照山館花，裁詩寄相憶。」山館花指商山曾峰館之桐花，元稹〈三月二十四日宿曾峰館夜對桐花寄樂天〉末聯云：「我在山館中，滿地桐花落。」另元稹〈桐孫詩〉之序云：「元和五年，予貶掾江陵。三月二十四日，宿曾峰館。山月曉時，見桐花滿地，因有八韻寄白翰林詩。」可見「月照山館花」之月是指是商山中的曉月，元稹注意的是曉月所照之桐花，而溫庭筠所注意的是曉月與雞聲、茅店結合所形成的早晨氣氛；同樣寫商山，而所選之景物則隨詩人所要表現的情意而異。

句云:「中庭望啓明,促促事晨征。寒樹鳥初動,霜橋人未行。」
寫的正是清晨時刻征人將要出發的情景,與溫庭筠〈商山早行〉前
四句頗爲接近,但相較之下,予人的感動不如後者,主要是因所取
物象未能構成一個特殊的境界,無法強烈暗示「道路辛苦,羈愁旅
思」之意。故筆者一再指出,意境之境乃一理想之境,〈商山早
行〉三四句之所以受到矚目,就因其物象背後有一特殊境界,形成
山城與都城的對比,容易讓人感受到「道路辛苦,羈愁旅思」之
故。經由分析可知:站在詩人的立場,商山早行是一現實之境,此
一現實之境很容易引起「道路辛苦,羈旅愁思」,故亦爲理想之
境。詩人從此一現實之境(亦理想之境)中選擇一些能表現時間性與
空間性特徵的物象組合起來,目的是讓讀者一看到這些物象就能自
動聯想到物象背後的完整的現實之境(亦是理想之境),進一步體會
其「道路辛苦,羈旅愁思」。站在讀者的立場,「商山早行」是由
雞聲、茅店月、人蹟、板橋霜等物象所構成的象外之境,而「道路
辛苦,羈旅愁思」則屬於言外之意;「道路辛苦,羈愁旅思」之意
即蘊涵在境象之中,不須明言,故可謂爲意境。由這兩句詩確實可
以體會到,理想的境界往往具有很強的暗示性與很大的開放性,會
引導讀者進入無限的時空與意義當中:此一行客是何身份?爲何來
此山城?又將去向何處?又:此一「客行」牽涉到哪些人、事、
物?事實上,此一商山早行之境可以引起很多的想像,「樹葉落山
路,枳花明驛牆。因思杜陵夢,鳧雁滿回塘」,說的就是這位行客
在此山城中看到什麼,想到什麼,而其中又牽涉到他在京城長安❸

---

❸　庭筠家在杜陵附近的鄠縣,詩中的杜陵實指庭筠故鄉(參見傅璇琮主編

的往事舊夢。由此四句可知此詩是溫庭筠離開長安就宿於近畿商山
驛館❸有感而發之作，由於剛離開長安且進入山區，開始觸發「道
路辛苦，羈愁旅思」，於是寫下這首詩。顯然，商山早行之境只不
過是「道路辛苦，羈愁旅思」的一個片段而已，針對此一用意，其
實可以不斷延伸下去（包括向過去或向未來），詩所實際寫出的只是
非常小的一部分，可以毫不誇張地說：詩外的空間（象外之象，景外
之景）比詩內廣闊得多了❹，故梅堯臣譽之為：「狀難寫之景，如
在目前，含不盡之意，見於言外」。〔元〕揭傒斯《詩法正宗》
云：「……四曰詩味。唐司空圖教人學詩須識味外味，坡公嘗以為
名言，……要見語少意多，句窮篇盡，目中恍然別有一境界意思。
而其妙者，意外生意，境外見境，風味之美，悠然辛甘酸鹹之表，
使千載雋永，常在頰舌。」❹這段話與梅氏之讚語相通，而更能說
明意境之特點。二十世紀法國著名小說作家普魯斯特於名作《追憶
似水年華》中記載，混著點心的些許茶水可以引起敘述者幾乎數不

《唐才子傳校箋》第三冊 434 頁）。唯唐詩亦常以杜陵指京城（參見傅義
《鄭谷詩集編年校注》，上海：華東師範大學出版社，1993，頁 54），
故詩中的杜陵應兼指故鄉與京城長安。

❸ 此詩應為庭筠赴方城縣尉任職而作。庭筠曾數舉進士不中第，此次未及第
而授官，並非美事。蓋授官就等於斷絕了由進士出身的機會，亦即斷絕了
以後廟堂論政的可能。且方城距京城較遠，故當時同情溫氏者皆認為是才
高被貶。詳見王勛成《唐代銓選與文學》（北京：中華書局，2001）頁
348。

❹ 參見張少康〈論意境的美學特微〉——《古典文藝美學論稿》，頁 27。

❹ 臺北廣文書局《名家詩法彙編》卷八《揭曼碩詩法正宗》，總頁 201-
202。

清的記憶㊷；同樣，德國著名哲學家海德格爾則由梵谷所畫的一雙
破舊農鞋想到鄉下農婦辛勤勞動的一生㊸。中國六朝著名文學理論
家劉勰亦云：「以少總多，情貌無遺。」（《文心雕龍·物色》）而
佛家則謂：「一毫之內，具足三千大千；一塵之中，容受無邊世
界。」㊹此種思維，或稱為由小見大㊺，或稱為「一多相即」㊻，
可能是基於此種共同的思維定勢，故作者與讀者之間會產生一種默
契：「作者得於心，覽者會以意」。會意的讀者不難由板橋霜上的
人蹟，想像出無數與「道路辛苦，羈愁旅思」相關之景象。

㊷ 該書共七卷二百萬字，最後一卷之標題為《重現的時光》，參見《追憶似
水年華》（南京：譯林出版社，1994）羅大岡〈試論《追憶似水年華》〉
（代序）。

㊸ 見海德格爾〈藝術作品的本源〉，收入孫周興選編《海德格爾選集》（上
海：上海三聯書店，1996）上冊，頁 253-54。唯梵谷畫中破舊之鞋，或
許不是農婦之鞋，而可能是梵谷自己所穿之鞋，參見朱狄《當代西方藝術
哲學》頁 176 腳注 5。

㊹ 敦煌本《楞伽師資記》淨覺序文（《大正藏》冊八五，頁 1283 中）。

㊺ 就西方思想傳統言，指的是由個別到一般的思維，或稱為總體性思考。

㊻ 案：類似上引《楞伽師資記》淨覺序文，佛典甚為常見，尤以天臺、華嚴
兩家，發揮最多。華嚴宗稱之為一多相即（一即一切，一切即一），如以
金師子為喻，謂一一毛中皆有無邊師子；又稱之為因陀羅網境界，如帝釋
天之珠網，珠珠互相輝映，比喻法法互攝，重重無盡（參見宋淨源《金師
子章雲間類解》，《大正藏》冊45，頁 665 下，頁 666 上）。

附：書畫藝術與唐代意境論

唐代詩人常有觀畫詩，值得注意的是，境已被用來指稱畫作內容，如王昌齡〈觀江淮名山圖〉云：「刻意吟雲山，尤知隱淪妙。遠公何爲者，再詣臨海嶠。而我高其風，披圖得遺照。援毫無逃境，遂展千里眺。淡掃荊間煙，明標赤城燒。青蔥林間嶺，隱見淮海徽。但指香爐頂，無聞白猿嘯。……」這裏所描寫的，顯然是一幅山水圖，「淡掃荊間煙，明標赤城燒」注意到濃淡的對比，「青蔥林間嶺，隱見淮海徽」，則標示遠近的層次，而「但指香爐頂，無聞白猿嘯」則更注意到有聲詩與無聲畫的區別。「援毫無逃境，遂展千里眺」，讚美畫家能將千里之間廣大的山水境物呈現在很小的畫幅中。這首詩反映出王昌齡對畫作的深刻了解，在他的意境論中，很多觀點，其實是以畫家之眼說明詩人之心，如〈論文意〉中仔細描寫「河山林嶂涯壁間」的景象隨昏旦霧氣日光而變化，讓人感覺到詩人具有一雙銳利的畫家之眼。又如《論文意》云「如登高山絕頂，下臨萬象，如在掌中」，《詩格》論「物境」云「欲爲山水詩，則張泉石雲峰之境，極麗絕秀者，神之於心。處身於境，視境於心，瑩然掌中」，雖然是論詩，其實更像是在論畫。由王昌齡此詩亦可知其重視物象的眞切，其照境取象的觀點，實與畫家的觀點相近。

山水畫家很早就注意到繪畫的一種神奇功能，即將甚大的空間納於狹小的畫幅上，如東晉宗炳《畫山水序》云：「且夫崑崙山之大，瞳子之小，迫目以寸，則其形莫睹，迴以數里，則可圍於寸眸。誠由去之稍闊，則其見彌小。今張絹素以遠映，則崑閬之形，

可圍于方寸之內。豎畫三寸，當千仞之高；橫墨數尺，體百里之迴。是以觀畫圖者，徒患類之不巧，不以制小而累其似，此自然之勢。」南陳姚最《續畫品》亦云：「咫尺之內，而瞻萬里之遙。」❹這些話顯示畫論家已經注意到繪畫中遠近透視法的原理，而由朱景玄《唐朝名畫錄》，可見唐代善畫山水的畫家甚多，故這種觀點已成為論山水畫的一種常識，不僅多見於唐代畫論畫史中，即詩人觀畫詩亦多見之，如李白〈觀元丹丘坐巫山屏風〉云「高咫尺，如千里」，杜甫〈戲題王宰畫山水圖歌〉亦云「尤工遠勢古莫比，咫尺應須論萬里」❹。王昌齡〈論文意〉云「語須天海之內，皆納於方寸」，雖可能取自佛典，亦頗合畫意。而王氏喜歡用「如在掌中」比喻照境取象的想像過程❹，畫論亦有同樣說法，如王微〈敘畫〉即云：「披圖按牒，效異山海。綠林揚風，白水激澗。嗚呼！豈獨運諸指掌，亦以神明降之。此畫之情也。」唐朱景玄〈唐朝名畫錄序〉亦云：「展方寸之能，而千里在掌。」❺王昌齡所謂「左穿右穴，深入其境」，若參考山水畫論——如王維〈山水訣〉與

---

❹ 《南史·（齊）蕭子良傳》（卷四十四，列傳第三十四）附子良之孫蕭賁傳云：「能書善畫，於扇上圖山水，咫尺之內，便覺萬里爲遙。」可見此爲山水畫的特色，故常見於畫評。

❹ 何志明、潘遠告編著《唐五代畫論》頁 47、53。

❹ 佛典常以掌中含納巨大的事物比喻佛菩薩之神通，如曹魏康僧鎧譯《佛說無量壽經》（卷一）云：「（無量壽佛）能於掌中持一切世界。」（《大正藏》冊 12，頁 270 中）《維摩詰經》亦云：「（維摩詰）持諸大眾並師子座，置於右掌，往詣佛所。」（〈菩薩行品〉）

❺ 何志明、潘遠告編著《唐五代畫論》頁 75-76。

〈山水論〉㊶所提供之畫訣，亦較容易了解。

　　皎然《詩式》論「明勢」云：「高手述作，如登荆、巫，覩三湘、鄢、郢山川之盛，縈迴盤礴，千變萬態。或極天高峙，崒焉不群，氣騰勢飛，合沓相屬。或修江耿耿，萬里無波，欻出高深重複之狀。古今逸格，皆造其極妙矣。」這段話也明顯地是採用畫家「取境」的角度論詩。皎然〈奉應顏尚書眞卿觀玄眞子置酒張樂破陣畫洞庭三山歌〉又云：「盻睞方知造境難，象忘神遇非筆端。」案《摩訶止觀》有「造境」之語㊿，故皎然所謂取境、造境，原是取自佛教概念。這幾句是讚美畫家創造畫境之艱難；「象忘神遇非筆端」則似乎是用《莊子·養生主》中庖丁所謂「臣以神運而不以目視」的典故，強調畫境創造的終極因素，不在手筆的技巧，而在心神的想像作用。比起王昌齡之重視創作客體──境象，皎然之取境、造境說顯然更強調創作主體──心──的重要性。權德輿〈右諫議大夫韋君集序〉云：「嘗著天竺寺六十韻，魯郡文忠公序引而和之，使畫工圖于仁祠，摘句配境，皆爲勝絕。」㊾這裏提到韋君使畫工依照詩句去「配境」，即是要求以畫境配合詩境，反映唐代詩畫更深入交流的情形，由此亦可見意境的觀念已爲詩畫所共同接受，故韓愈〈桃源圖〉亦云「文工畫妙各臻極，異境恍惚移于斯」，即反映詩境與畫境交融難分的情形。唐代著名畫家張璪，工畫樹石山水，其「外師造化，中得心源」爲畫論中之名言，張璪撰

_____

㊶　二文已收入趙殿成《王右丞集箋注》，但合爲一篇，題爲〈畫學秘訣〉（何志明、潘遠告編著《唐五代畫論》亦收有二文）。

㊿　《大正藏》冊四六，頁1下－2上。

㊾　《全唐文》卷四百九十，冊三，頁2215。

有《繪境》一篇，見唐張彥遠《歷代名畫記》張璪傳：「尤工樹石、山水，自撰《繪境》一篇，言畫之要訣，詞多不載。」❼由「詞多不載」可見張彥遠是看過〈繪境〉一篇，故知其詞多；且張彥遠於後面又說「彥遠每聆長者說，璪以宗黨，常在予家，故予家多璪畫」，則張璪是張彥遠宗黨長輩，張璪撰有《繪境》，乃張彥遠親眼目睹，應無可疑。段成式《酉陽雜俎·語資》記：大曆末，荊州陟屺寺齋壁上有：張璪所畫古松，符載之贊，衛象之詩，為「一時三絕」。符載之贊題為〈江陵府陟屺寺上人院壁張員外畫雙松贊〉，正文曰：「張公運思，與造化敵。根如蹲虯，枝若交戟。離披慘淡，寒起素壁。高秋古寺，僧室虛白。至人凝視，心境雙寂。」（《文苑英華》卷七八四）最後一句指觀畫者的感受，「心境雙寂」是就畫中古松與古寺結合所帶來的巨大感染力言，由此似可推測，若張璪撰有《繪境》，亦不會讓人感到意外。《歷代名畫記》「論山水樹石」又云「吳興茶山，水石奔異，境與性會」，由此亦可證以境論畫已為畫家所重視❺。

　　如上所述，意境論乃由意象論發展而來，故對如何取象非常重視，而繪畫以形象為根本，幾乎是不言自明的。如張彥遠〈歷代名畫記敘論〉論繪畫之起源，即從「象形」的角度論「書畫異名而同體」，並引一些資料，如《爾雅》云「畫，形也」，《釋名》云「畫，挂也。以彩色挂物象也」，陸機云「丹青之興，比《雅》

---

❼　何志明、潘遠告編著《唐五代畫論》頁245。

❺　樊波亦云：「其實，唐代繪畫美學已經提出了境這個範疇，例如張璪就把他的繪畫美學論著稱之為〈繪境〉；張彥遠也提出過性與境會的命題。」（《中國書畫美學史綱》，頁323）

《頌》之述作，美大業之馨香。宣物莫大於言，存形莫善於畫」
⑤，從表現形象的角度認爲繪畫兼有記傳、賦頌之長。但是論畫
者，通常不以形象逼眞爲滿足，而常追求某種意義於形象之外，
《孔子家語・觀周》云：「孔子觀乎明堂，睹四門墉有堯舜之容，
桀紂之象，而各有善惡之狀，興癈之誡焉。……夫明鏡所以察形，
往古者所以知今。」這是對古代人物畫的典型看法，即認爲在人物
形象中寓有鑒誡用意。後代畫論家論人物畫常取此種觀點，如唐裴
孝源〈貞觀公私畫史序〉云：「其於忠臣孝子，賢愚美惡，莫不圖
之屋壁；以訓將來。」⑤而早在六朝，就有人注意到繪畫之美常在
形象之外，如南朝（宋）宗炳《畫山水序》云：「旨微于言象之外
者，可心取于書策之內。」⑤（南齊）謝赫《古畫品錄》論「畫有
六法」，除「應物象形」之外，尚有「氣韻生動」等五法，而論
「張墨荀勖」云：「若拘以體物，則未見精粹，若取之象外，方厭
膏腴，可謂微妙也。」⑤「取之象外」遠早於司空圖所謂「象外之
象」。唐張彥遠貶斥只重形似的畫家，而推崇吳道子之「六法俱
全，萬象必盡」⑥及閻立德「六法備該，萬象不失」⑥。這些觀
念，與皎然至晚唐之意境論，頗有相通之處。

---

⑤　見俞劍華編著《中國畫論類編》頁 28。

⑤　何志明、潘遠告編著《唐五代畫論》頁 9。案：張彥遠《歷代名畫記・敘
　　畫之源流》亦從鑒誡的觀點論畫之教化功能，因文長，不具引。

⑤　見俞劍華編著《中國畫論類編》頁 237。

⑤　見俞劍華編著《中國畫論類編》頁 237-38。

⑥　見俞劍華編著《中國畫論類編》頁 33。

⑥　見俞劍華編著《中國畫論類編》頁 35。

　　在上面的討論中，我們對三教——尤其是佛教——思想與意境理論的關係，著墨較多，其實，由六朝至唐代，書畫藝術盛行，相關的美學理論亦已紛紛出現，而文人接觸書畫的機會甚多，書畫藝術影響到詩論是很正常的現象。除繪畫之外，書法理論亦頗有與意境論相通者，如東漢之書法家就已注意到勢的問題⑫，書勢、筆勢一直是書法評論中常見的主題，而王昌齡有〈十七勢〉，皎然《詩式》亦有「明勢」。書法家論寫作狀態時，亦多重視精神之集中與心理之平靜，如被認爲是王羲之作〈題衛夫人《筆陣圖》後〉云：「夫欲書者，先於研墨，凝神靜思，預想字形大小偃仰、平直振動，令筋脈相連，意在筆前，然後作字。」⑬唐初，這種觀念尤受重視，如唐太宗〈筆法論〉云：「初書之時，收視反聽，絕慮怡神，心正氣和，則契於元妙。」⑭歐陽詢〈傳授訣〉亦云：「每秉筆必在圓正，氣力縱橫重輕，凝神靜慮。」⑮這些說法，與王昌齡主張在作詩時應「凝心」，亦有共同之處。唐太宗〈指法論〉甚且提到「思與神會，同乎自然」⑯，所謂思，指對書意、筆意的構思、想像，與權德輿之「意與境會」實可相通。在書法理論史上，被稱之爲盛唐氣象代表的張懷瓘⑰，其〈文字論〉云：「如陸平原

---

⑫　如東漢崔瑗有《草書勢》，蔡邕有《篆勢》，後代書法論著以勢爲名者甚多，以勢之觀點論書勢、筆勢者尤多，茲不贅引。

⑬　見張彥遠《法書要錄》卷一。

⑭　《全唐文》卷十，頁49。

⑮　《全唐文》卷一百四十六，冊一，頁651。

⑯　《全唐文》卷十，冊一，頁48。

⑰　王鎮遠《中國書法理論史》頁127。

〈文賦〉，實爲名作，若不造其極境，無由伏後世人心。……深識書者，惟觀神彩，不見字形。」❻與皎然所謂「兩重意以上，皆文外之旨。若遇高手如康樂公，覽而察之，但見情性，不睹文字」，觀點相當接近。不僅如此，以「境」或「境界」評書法藝術，尤早見於書法品評中，如前引東漢蔡邕《九勢》已提到「妙境」，而齊王僧虔〈論書〉云：「謝靜、謝敷，並善寫經，亦入能境。」❻此以「能境」評書法，是就書法藝術所達到的層級言，在此，境字義同境界，指藝術造詣。唐人如孫過庭《書譜》云：「夫心之所達，不易盡於名言；言之所通，尙難行於紙墨。粗可彷彿其狀，綱紀其辭，冀酌希夷，取會佳境，闕而未逮，請俟將來。」❼案：「希夷」出《老子》第十四章，是用來形容感官所不能把捉的道❼，在此應指書法藝術之道。「佳境」之佳是美好之意，書法藝術能給予創作者與欣賞者美好的感受，那是一種特殊的經驗，彷如在現實世界之外另闢一美妙國土、世界，故謂佳境。這段話大意是說：語言文字難以充分表達內心的感受體會，但仍希望藉此《書譜》大略說明書法藝術之道，及書法藝術所形成之美妙世界。上引張懷瓘〈文字論〉又云：「蘇（侍郎晉）且說之。因謂僕曰：看公於書道無所不通，自運筆固合窮於精妙，何謂鍾王頃爾遼闊？公且自評書至何

---

❻　張彥遠《法書要錄》卷四。

❻　《全齊文》卷八。

❼　見《歷代書法論文選》（上海書畫出版社，2000 年第 4 刷），頁 128。孫過庭《書譜》作於武后垂拱三年，見該書第 132 頁。

❼　陳鼓應《老子註譯及評介》，頁 114。

境界，與誰等倫？」⓸這裏亦用「境界」評書法，同樣是指書法所
達到的藝術層級──即造詣。由此看來，書法品評使用「境界」尤
早於詩文評論。

⓸　上海書畫出版社《歷代書法論文選》，頁 210。

國家圖書館出版品預行編目資料

意境論的形成：唐代意境論研究

黃景進著. – 初版. – 臺北市：臺灣學生，
2004[民 93]
面；公分

ISBN 957-15-1222-2(平裝)

1. 中國文學 – 歷史 – 唐（618–907）
2. 中國文學 – 唐（618–907）– 評論

820.904   93009730

意境論的形成：唐代意境論研究 （全一冊）

著　作　者：黃　　　　　景　　　　　進
出　版　者：臺 灣 學 生 書 局 有 限 公 司
發　行　人：盧　　　　　保　　　　　宏
發　行　所：臺 灣 學 生 書 局 有 限 公 司
　　　　　　臺 北 市 和 平 東 路 一 段 一 九 八 號
　　　　　　郵 政 劃 撥 帳 號 ： 0 0 0 2 4 6 6 8
　　　　　　電　話 ： (0 2) 2 3 6 3 4 1 5 6
　　　　　　傳　眞 ： (0 2) 2 3 6 3 6 3 3 4
　　　　　　E-mail：student.book@msa.hinet.net
　　　　　　http：//www.studentbooks.com.tw

本書局登
記證字號：行政院新聞局局版北市業字第玖捌壹號

印　刷　所：長 欣 彩 色 印 刷 公 司
　　　　　　中 和 市 永 和 路 三 六 三 巷 四 二 號
　　　　　　電　話 ： (0 2) 2 2 2 6 8 8 5 3

定價：平裝新臺幣二七○元

西 元 二 ○ ○ 四 年 九 月 初 版

820901